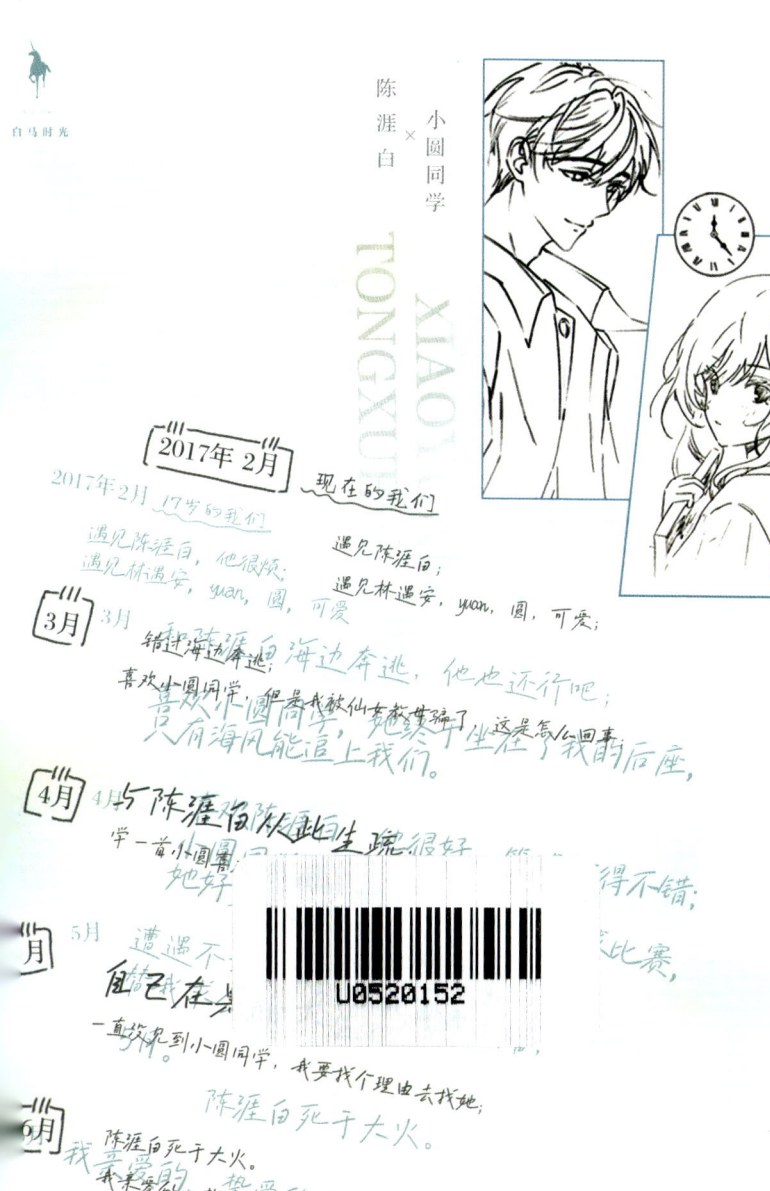

陈涯白 × 小圆同学

2017年2月 现在的我们

2017年2月 17岁的我们

遇见陈涯白，他很烦； 遇见陈涯白；
遇见林遇安，yuan，圆，可爱 遇见林遇安，yuan，圆，可爱；

3月 3月
错把陈涯白 海边奔逃；海边奔逃，他也还行吧；
喜欢小圆同学，偶尔我被仙女救生骗了
只有海风能追上我们。 坐在了我前后座，

4月 4月 陈涯白陈 跳生踩很好
学一首小圆 得不错；
她好

5月 5月 遭遇不 比赛，
自己在身

一直没见到小圆同学，我要找个理由去找她；
陈涯白死于大火。

6月
我 陈涯白死于大火。
亲爱的、挚爱的小圆同学，我亲爱的、
挚爱的小圆同学，我比你想象的要更
喜欢你。请像我喜欢你那样，赴汤蹈火地去爱这个世界吧。

图书在版编目（CIP）数据

小圆同学 / 朝露何枯著. — 南昌：百花洲文艺出版社，2024.10. — ISBN 978-7-5500-5676-3

Ⅰ.Ⅰ247.7

中国国家版本馆 CIP 数据核字第 2024UF9627 号

小圆同学

XIAOYUAN TONGXUE

朝露何枯　著

出 版 人	陈　波
责任编辑	黄文尹　程昌敏
出版统筹	李国靖
特约监制	张　俊
特约策划	张　俊　李　肖
特约编辑	李　肖
平台策划	李　薇
装帧设计	白马时光
内文插图	十七禾叶　西希浮　白乌子
赠品绘图	八二年的二锅头　paparobin
题　　字	一元一碗碳
经　　销	全国新华书店
印　　刷	三河市金元印装有限公司
开　　本	787mm×1092mm　1/32
印　　张	8.75
字　　数	200 千字
版　　次	2024 年 10 月第 1 版
印　　次	2024 年 10 月第 1 次印刷
书　　号	ISBN 978-7-5500-5676-3
定　　价	49.80 元

赣版权登字：05-2024-211

版权所有，侵权必究

发行电话：0791-86894752　　网址：http://www.bhzwy.com

图书若有印装错误，影响阅读，请联系承印厂（17310172360）调换。

如果生命是个圆,
我也将在名为陈淮白的道路上
一直行走,
最后,稳稳地
被他接在怀中。

公主，我在。
我在，令九在这里。

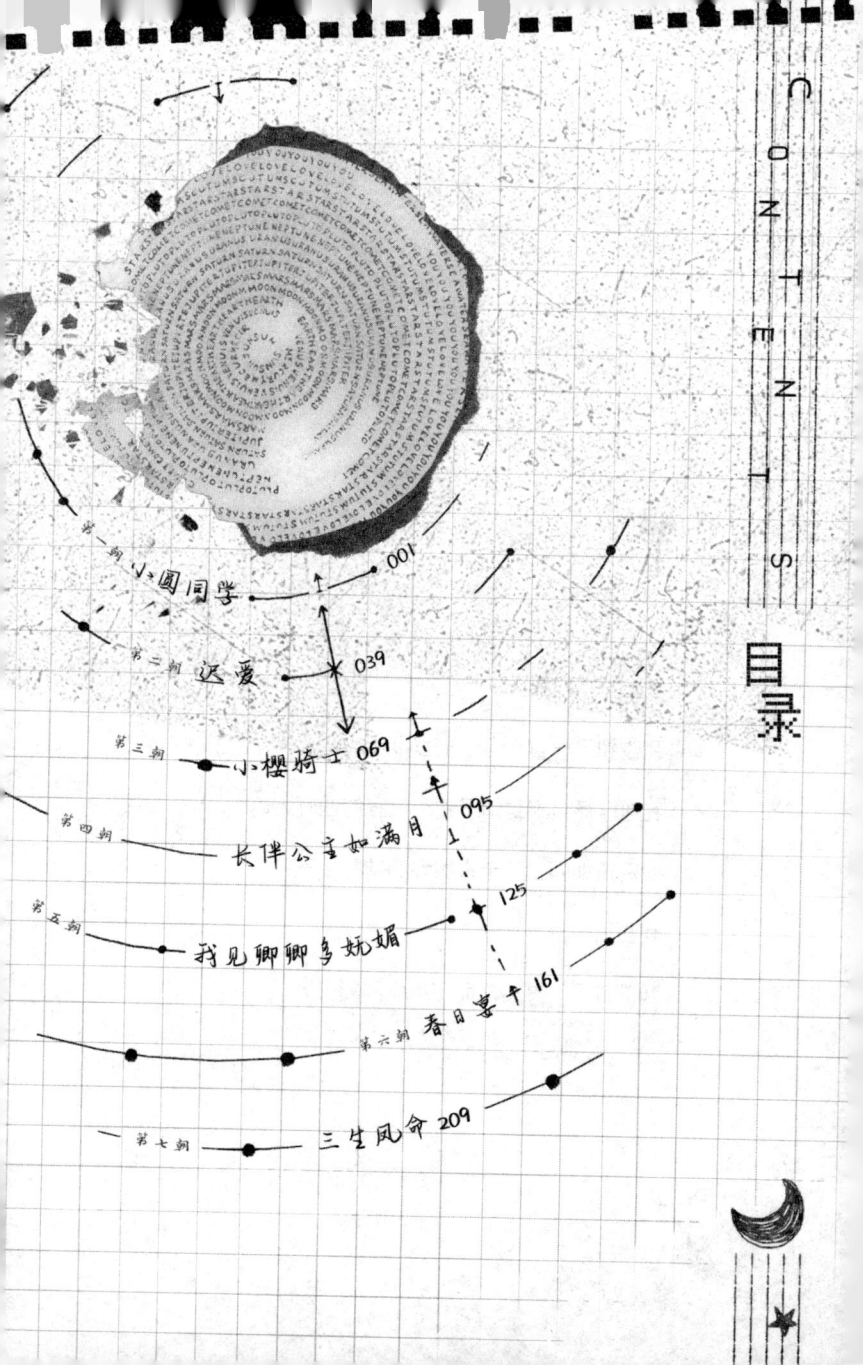

三十岁生日那天,

我收到了一封来自十七岁少年的情书,

我可以通过这封情书和十七岁的他聊天。

他别扭地问:"未来的我们结婚了吗?"

我说:"是。"

我撒谎了,其实他死在那年的夏天。

小圆同学

2017年3月1日

第一朝

结账时相亲对象借口上厕所去了,他留在桌上的手机亮了一下,是微信聊天界面。

他发的消息:"她工作稳定,性格还行,但是各方面都平庸得出奇,而且都三十了,我条件不错,还能再找找。"

我平静地把账单给结了,人均五十的套餐。我付完钱,相亲对象回来了,他讪讪地说:"我那份儿转给你?"

我摇摇头,背起背包往外走的时候,刚好接到我妈的电话。她的声音透过来:"这次的怎么样?又是公务员,年龄和你差不多,条件不错的。"

我握着电话,在车水马龙的人群中艰难穿行,路过一家蛋糕店,店员正把一盒临期的蛋糕放在特售区。

我不说话,无声中表达了我的态度,我妈的声音提高了,着急又惶恐:"林遇安,你明天就三十岁了,能不能现实一点。"

我看了看天空,说:"可以。"

我把那盒临期蛋糕买回家了,也是突然才想起来,过了今晚我就三十岁了。

我熬不到十二点钟,提前把蜡烛给点了,我什么愿望都没许,可能是知道自己想要的根本就不会出现。

可当我睁开眼的时候,在烛光的映照下,面前居然出现了一封信。带着小苍兰的味道,白色的信封,上头写着"小圆同学收"，字迹疏狂而熟悉。

我的眼皮跳了一下，没有署名，但我已经知道是谁。会叫我小圆同学的"文盲"，大概只有一个人。

我抽出信纸，上面就两行字："小圆同学，我喜欢你，不要不识抬举。"落款日期是 2017 年 3 月 1 日。那时候我刚上高二，十七岁。他也是。但我那年没收到这封情书。

字迹还很新，和刚写的一样，真是太嚣张了，上面的字迹被匆匆划掉，像是写的人也觉得有些羞耻。我心里竟然不觉得害怕，顺手抄起了笔，在下面空白的地方，写了两个字："有病。"

那边呆愣了好久，像是惊到了，几个字迟疑地浮现："你是谁？"

我几乎觉得自己出现了幻觉，屏住了呼吸，耐心地诓骗他："十七岁的陈涯白？我是你的仙女教母。"

他沉默了很久来消化这个信息，许久，两个大字缓缓浮现，这回换他骂我了："有病。"

我提笔继续写字，沉稳地写道："我真的是你的仙女教母，我预感到你明天打篮球会扭到脚，你最好小心点。"

他没再理我，明显不信的样子。

我得意地放下笔，等着吧，不听教母的话，要瘸腿一个月。

小圆同学。

陈涯白一开始就这么叫我，他是高二转校来的，一来就成了学校风云人物，期初分班英语考试的时候就坐我后边。

他有双眼尾狭长的桃花眼，支着脸笑盈盈地叫我："小圆同学。"

这场考试名单是拼音形式的，我的拼音就是"linyuan"，后面两个字是遇安,这个文盲瞥了眼就以为是圆的读音。

陈涯白腿长,一钩就能钩到我的椅脚,我转过头,他的睫毛和细碎的头发在金光里发亮,鼻梁高挺:"帮帮忙。"

我点点头,很爽快地就答应了。

成绩出来之后,我英语考了三十分,他比我还高一点,三十八分,估计他作文写得比我好点。

分班结束,我俩不幸地因为差劲的成绩分在同一个"吊车尾"班。他向我走来的时候,我感觉自己就要被这个校霸打了,结果他在我面前停住,乱揉了我一把头发,"啧"了声:"小圆同学,你的英语不太好啊。要不我给你补补?"

考三十八分的给考三十分的补英语,他够有自信的。

我很烦地别过头。其实我成绩没那么差,但爸妈闹离异闹了很久,我是特意考差来引起他们注意的,很可惜我失败了。倒是不小心让陈涯白记恨上了我。

后来陈涯白烦了我挺久的,"小圆同学小圆同学"叫了我一年。以至于后来没人叫我"小圆同学"了,我还有点不适应。

我三十岁那天,什么也没做,请了一天假在家里休息。那信纸放在我面前,我支着脑袋看了好久,上面的字还停留在昨天的对话上。

微信界面上跳出来相亲对象的聊天框:"要不要再出来进一步聊聊,我对你的感觉其实不错。"

我对他来说不尽如人意,但是可以做个备选。但其实我也曾是谁的必选项、首选项。

我刚要回复,那张信纸上咬牙切齿地出现了一句话:"你真的是仙女教母吗?是巫婆吧。我腿摔伤了。"

呵呵，我当然知道。这一年陈涯白摔伤了腿，但他捏着我的把柄，明明伤得不重，还让我帮他跑了半个月的腿。打水吃饭交作业，都靠一句"小圆同学"。

我那时候站在他的面前，气笑了："你不会上厕所还要我帮你吧？"

陈涯白当时怎么说的？他俯下身，故作虚弱地把头埋在我的肩上，气息烫在我的脖颈，恶劣地弯起唇角："如果你愿意，也不是不行。"

现在三十岁的我，竟然还能记起他那时候的眉梢有多动人。

我还没再继续写，纸上又出现了一句话，他问："如果你是仙女的话，你在哪里？我怎么没看见你。"

我握紧了笔，写得很慢："我在很久后的未来等你。"

他慢吞吞地问："小圆同学成为记者了吗？"

我写："是。"

这是我撒的第一个谎。我的新闻理想在毕业后第一年就死了，我在一个单位当文职，每天的任务是生产文字垃圾。

"我当警察了吗？"

我写："是。"

第二个谎言。他没走到他应有的未来。

他的笔迹几乎压抑不住欣喜，很久才郑重又别扭地添上，状似无意："我和小圆同学，结婚了吗？"

我的心轰然发烫，原来十七岁的他真的喜欢我，遗憾的是我三十岁才知道。我压着酸涩，笔下的字几乎在颤抖："是。"

过了很久，几行龙飞凤舞的大字才得意地浮现出来："早就看出来她对我有非分之想了。"

骗了个傻子，我真的愧疚。

2017年3月,我因为成绩大滑坡,在班主任办公室外头罚站。班主任给我爸妈打电话,没一个接的。对面的墙上贴着各高校的招生照片,我漫无目的地读过去。我没想过上什么学校,当死则死,"以后"对我来说是摸不到的字眼。

耳边突然出现陈涯白的声音,他指着其中一张高校照片说:"我想要去这个警校。"

他腿还瘸着呢,不知道在我旁边站着干什么。我想偏过头,他扣着我的后颈,不让我乱动,指尖冰凉:"你得去我对面的传媒大学,这样过个马路就到了。你就当记者好了。"

我以为他看见了我上节课填的理想专业,要说什么我的优点,比如实事求是、敢于发声之类的,陈涯白懒散地补充理由:"你笑得好看。"

广播里在放那年很火的歌,好像叫《起风了》,我没说话,突然沿着走廊往前走,走到拐角的时候,陈涯白突然笑着喊了我一声:"小圆同学。"

我回过头,他站在有光的一面,风吹动他的头发,侧颜熠熠生辉。

他问:"你去干吗?"

我没好气地回答:"上厕所。"

他看着我,含笑应了声。

广播里的词正唱到"翻过岁月不同侧脸,措不及防闯入你的笑颜"。

谁的十七岁遇见陈涯白,都挺烦的。

他出现一下子,眩晕我一辈子。

我后来去了那个传媒大学,走过很多次那条马路,闭上眼睛三十秒再睁开,都没能遇见陈涯白。

骗子。

所以，从一开始，就别相互烦恼了吧。

陈涯白的话其实不是很多，从上次知道他期望的答案之后，再也没想起来我。

我把信纸夹在一眼就能看见的地方。几天过去了，也没见到新的字迹。直到我挨完五十岁秃头领导的批评回来，下意识看向情书时，上头终于有了新的字迹。圆锥曼妙的曲线就出现在上头，字迹散漫，带了点不耐烦。

我磨牙："陈涯白，你在仙女教母的情书上打数学作业草稿？"

他才恍然大悟："你还在啊。"

对啊。我一直在。

我问："小圆同学不理你了吧。"

信纸被摁下一个烦躁的印子，看来被我说中了。我看了一下日期，信纸两边时间流速是一样的，那边应该是7号，我生理期一直稳定在这个时间。

我说："你今天不要去烦她。"

一个问号出现在我的字旁边。

我解释原因："今天她生理期。"

然后我眼睁睁看着纸上的字划了又改，最后只有一个带着羞恼的"哦"。我忘了，现在他才十七岁，对于这些是会害羞的。

我放下笔，弯了眉眼。突然脑中却闪过我从未经历过的画面，凭空出现，像是崭新而确切发生过的事情。

我看见十七岁的林遇安走进教室，唇有点微微发白，课间人声鼎沸，她看见自己桌子上多了杯温热的红糖姜茶。不知道谁放的。如果她转头,就可以看见窗边那个懒散的少年用书盖住脸,却露出了发烫泛红的耳尖。

这段回忆,开始变旧变老,不再清晰地封存在我的记忆里。我眨眨眼,低头怔怔地看着那张信纸,竟然想落泪,所以这是刚刚发生的吗?因为我的字吗?

我在情书上写:"陈涯白,你从哪儿搞的红糖姜茶?"

他落笔:"别管。"

我话头一转,几近哄骗:"仙女教母远道而来,是替很久很久以后的小圆同学喊话,她说高中的你太直男了。"

他沉默了。

我补充:"所以,你最好先听我的指导。"

其实我根本没抱希冀,陈涯白压根儿不是会听别人话的人,他有时候自大得让人发指。

但是他的回答是"好"。

如果能让小圆同学更喜欢我一点的话,我的答案是"好"。

我在办公桌前,看看那行字,握笔的关节发白。

我之所行,跨越时光而来,欺骗我尚未长成的少年,教他如何远离小圆。

不要再救小圆同学了,陈涯白。

陈涯白开始把我当他的废话箱。经常以小圆为开头,小圆为结束。他也会偶尔提起其他的事情,但很快又会绕回来。如果说,生命是一个循环往复的圆,那么小圆就是他的节点。

"小圆新卡了个发卡,很好看。"

所以他从小圆头上顺走了。

"A班那个理科男又来找小圆借书,他自己不会买吗?"

然后他在球场上虐杀了 A 班球队。

我安静地听着他的那些心事,只言片语之中好像重新看见了那个满是蓝白校服的学校,我从不知道陈涯白的这些少男心事。

我耐心地一遍遍纠正他的行为,不要总是去招惹小圆,要保持距离感,太倒贴的男人没人要的。从小卖部回来不要给小圆顺手带草莓味的牛奶,给她带提神的苦咖啡,不要总是提醒她积极学习。不要老是使唤小圆同学,来往要有礼貌地说"你好"和"谢谢"。

陈涯白按着我说的做了一段时间,态度对我好了许多:"她没那么讨厌我了。"

我抿了抿唇,僵硬地写道:"你觉得她很讨厌你吗?"

他沉默了一会儿,落笔:"是。"

我把头沮丧地埋进胳膊里,无可奈何,因为我那时候,就是很讨厌他啊。

其实陈涯白成绩很好,他转学来的时间晚,缺考了一门语文,其他科目都是逼近满分,只是从前没等到期末考试展露他真正的成绩,导致我现在才知道。

我咬牙切齿:"那你期初考试干吗要抄小圆的英语试卷?"

陈涯白笔迹散漫,意气张扬:"不这样怎么能叫她小圆同学,谁都能叫她遇安,只有我从第一面见她开始,就叫她小圆同学。"

我必须从一开始,就是特殊的。

他其实是个很耀眼的人。就算是我这种不关心周围的人都知道,中学时候最夺目的人无非三种,家庭、容貌和成绩,刚好陈涯白三样都占了。他长得好看,父亲是因公殉职的警察,至于成绩排名吊车尾,也算是别出心裁的显眼。

不知道他怎么会喜欢我的。

我有点无奈，款款落笔："为什么一定是小圆呢？"

陈涯白回了四个字："小圆效应。"

"当丁达尔效应出现的时候，光就有了形状。"

而当小圆同学出现时，陈涯白的喜欢变成了具象。

"多少年的东西了，你知道我为了寄给你找了多久吗？"我妈在电话那头有点不耐烦，"上回不是答应了和那个公务员多见面的吗，怎么人家说你不理他？"

我一边接着电话，一边把妈妈刚寄来的快递给拆开，随口敷衍道："很快就去见。"

电话被我挂断，反盖在桌子上。我知道电话那头她必定已经生气，然而我有更要紧的事情去做。

快递里头放了一个小饼干铁盒，表面被火烧出黑色的痕迹已经在岁月里头氧化，我屏住呼吸打开盒子，蒙满灰尘的时光像潘多拉魔盒一样打开。

里头的东西不多，只有一个日记本、一张创可贴、一枚发卡。

我翻开日记本，其实我学生时代不喜欢写日记，里头的字迹少得可怜。我已经翻到我要找的东西了。

"2017年3月31日海湾下大雨，和陈涯白奔逃。"

其实十多年过去，很多当时以为能记一辈子的场景，不出三五年就会忘得一干二净。但是我闭上眼，竟然还记得非常清楚。

我是一个没人要的小孩，我很早就朦朦胧胧地意识到这一点。所以我厌恶一切耀眼的人，包括烦人的陈涯白，因为他们看上去那么值得被爱。那天是周五，我比放学时间要早很多地回家。

因为我爸妈最终决定离婚,我心上的石头反而落了下来,但是他们谁都不要我。我靠在沙发上,听着爸妈互相推诿,我爸说女孩跟妈妈比较方便,我妈说不行,她经济条件不好。

门开着,街坊邻居竖着耳朵在听热闹。我当时想,怎么还不下雨,下场暴雨淹死我得了。我闭着眼睛数数,数三十秒睁开,或许会是不一样的景象,这是陈涯白教我的方法。还没到三十秒,突然有清冽的声音响起来,不应该出现在这里的陈涯白就站在门口,他十分用力地踢了一脚门,"哐当"一声,争吵的声音戛然而止。他面色难看,说:"吵什么呢?!"

我爸妈愕然地回过头,看着这个身材高大的男生,一时间竟然说不出话来。

陈涯白一字一顿地说:"你们不要她,我要的。"

他上前两步攥住我的手腕把我往外拉,一路逃离争吵的家里、听热闹的邻居,我跟着他急促的脚步走,才发现他另一只手上拎了个白色的书包,拉链还没拉好,露出里面满满当当的作业,后知后觉地意识到原来我忘带书包回来了,他是来给我送作业的热心同学。没想到撞上一出狗血家庭剧。

陈涯白很生气,抿着唇不讲话,额角都隐隐跳动着,但又像是在难过。楼下停着一辆线条流畅的电动车,我多打量了两眼,陈涯白却在它面前停下,他没问过我意见,就把一个粉色的头盔往我头上戴,我脑袋一沉,他的手使劲在我圆圆的头盔上往下按。看着我的憨态,他低笑了两声。

"小圆同学,我运气不错。"

"从现在开始,闭上眼三十秒,是海水的味道。"

骗人,哪里是三十秒,明明好久的。

我坐在陈涯白的后边,为了安全不得不抱紧他精瘦的腰身。

车子一路驶过繁华的市区,往遥远的海湾区驶去。已经是天空深蓝的晚上,海湾区车少,他的速度越发快,只有海风能追上我们。

中途下了大雨,打在我俩的衣服上,顺着头盔往里头滴落。湿透的衣服黏在一起,只有他的体温是滚烫的。

那是我第一次不那么讨厌陈涯白。

他畅快地大笑:"带你出逃。"

如果不是这场大雨,我不会把他当成朋友,允许他接近的。

信纸那边的时间到了日记上的 3 月 31 日下大雨这天,我还没找上陈涯白,他先找上我了,笔迹散漫:"在吗?十块钱替我算一卦。"

我心平气和:"我是西方的教母,不是学道的。陈涯白。"

他无所谓地在我清秀的字体上画画,有点心不在焉。

我妥协:"好吧,算什么?"

"算一算,我找到她的概率有多大。"

我有点不知所云,对面像是不满意我的笨拙,我都能想象到他"啧"一声的样子:"现在才中午,她刚刚急匆匆地就回家了,连书包都没拿,看她这么多的作业没做我会很难受。所以我打算翘课给她送作业。"

我替十七岁的林遇安谢谢你的热心。

他轻描淡写:"就是不知道她住在哪里,班上同学都不知道。只知道她每次会坐 1 路公交车,那条路上老小区挺多的,只能一个个找了。"

我滞住,我从不知晓原来他是这样出现在我面前的,那时候已经是晚上了,难怪他说自己运气不错。

"我刚刚帮你算了一卦,往城东那条青春南路走,你会看见她的。"

他半信半疑:"真的?"其实我家住城西,青春南路在城东,他逛遍都不会遇见我。陈涯白,我帮你算了一卦,这一次你不会再找到她。

我有点心虚,但怕他看出来,于是写得又快又稳:"真的。我什么时候骗过你啊。"

我盯着信纸很久,再也没有新的字迹出现。看来是信了。一股困倦涌上来,我上床就睡觉了。梦里浮浮沉沉,新的回忆替代出来,旧的记忆从我的脑海里一点点被擦掉。

那天夜里,2017年3月31日的夜里,我没能等到陈涯白,我坐在那个沙发上,听着争执声,看见了迟来的一场暴雨。

陈涯白在青春南路上徘徊,遭遇了一场暴雨,没找到他的姑娘。

我起床的时候感觉好累,记忆有一点空荡,日记本还摊在桌子上。

"2017年3月31日大雨。"只有日期和天气,日记的主体却是空白一片,像是被擦掉一截。

信纸上咬牙切齿地多了控诉我的一句话:"你算的什么卦,我在那条路上根本没看见她。"

我叹气:"东西方文化有差异,算卦也许不是仙女教母的特长。下次给你搞预言术,你没给她送成作业她应该还挺高兴的。"

陈涯白不说话了。

我笑嘻嘻地写字:"你别生气呀,我告诉你一个小圆同学的秘密。她很喜欢《起风了》那首歌,她后来说你要是在6月份的校园文艺晚会上弹唱这首歌,她一定立马爱上你。"

我看见那个"爱"字下头洇出了墨迹,有人握笔在那处久久停驻,才恍然回神飞扬两个字:"等着。"

学校琴房的钥匙都在 A 班的江子舒手里捏着,作为学生会文艺部部长,她还管校园文艺晚会的事宜,如果陈涯白这次还是要练琴,少不了要和她接触的。江子舒漂亮、优秀,最重要的是她和陈涯白算半个青梅竹马,很喜欢他。

陈涯白死后,她不止一次来找过我,她揪住我的头发歇斯底里,她问我,为什么死的不是我。江子舒后来出国了,也许也是想忘掉陈涯白。

她和陈涯白才是一类人,我不是。

我感觉自己忘掉了一些事情,所以尝试把记得的事情都给写下来,普通的本子肯定不行,会像日记一样被抹去字迹。我把那封情书的封皮拿来用了,我之前确认过,在封皮上写字陈涯白不会收到。

从 3 月末那场大雨过后,我忘了因为什么契机,觉得陈涯白其实还挺不错的,不再抵触他的接触,并姑且可以纳入朋友的范围内。我爸妈最终还是离婚了,我跟着爸爸,我妈从失败婚姻中解脱出来后迅速搬离了这座城市,我爸因为工作出差,那段时间把我丢给了叔叔。

我抗议过,但他不管。

叔叔家有个堂哥林随,读的名校大学,却不知道为什么休学在家,婶婶把他宠得像块宝。我爸把我丢过来的时候,美其名曰和我堂哥好好学学,补补我那吊车尾的成绩。

堂哥开始给我补习,他戴着眼镜,总是很温和地笑。其实他比我爸妈都负责,甚至会接我上下学,他说女孩子走夜路不安全。陈涯白在校门口看到过他等我放学，扯着我的书包带把我钩过去，一伸手就揽住了我的肩，很懒散地站着，一双桃花眼却眯着看着林随，亲昵地问我："小圆同学，这谁啊？"

林随扶了扶眼镜，谦和地笑道："我是遇安的堂哥，林随。"

陈涯白紧绷的脊背一下子松懈下来。

那时候，那件事情还没有发生，展现的都是柔和的景象。陈涯白是我唯一的、特别的朋友，虽然他很烦，但都在可忍受范围之内。打球之前，他会强迫我坐在第一排，故意把外套盖在我的发顶，一股干净的皂香味。他个子高，在人群中很显眼，身边又总是有不少人，他却总是喜欢隔着很远喊我一声小圆，以彰显他的特别。

我开始查阅那所传媒大学的资料，电脑上的网页却久久停留在它旁边的那所警校的图片上。

他的青梅竹马江子舒曾经来找过我，警告我道："陈涯白只是觉得你很可怜。他朋友多，对谁都很好，你别多想。"

我耸耸肩，如果不是她说，我压根儿没往那方面想过。

这些都是那年4月份发生的事情，漂亮得像是春天飘飞的柳絮。

但三十岁的我，只希望陈涯白过得顺遂一点，那么改变这4月份仅存的美好记忆也是值得的。

在我的提示下，信纸连接那端的时空里，陈涯白开始练那首歌，不得不因为诸多原因和江子舒接触，年级里逐渐传起来关于他俩的流言。

陈涯白和我表示不满的时候，我正在和上次的相亲对象吃饭。他坐在我对面，吃烤肉吃得满嘴油光。

我把信纸掩起来一角放在旁边,说不上来我为什么要随身携带这封情书,也许是真的不想错过他的只言片语。陈涯白烦躁地写:"年级里传我和江子舒的闲话,我觉得小圆听了会不开心。"

我咬着笔头回他:"可是江子舒很漂亮不是吗?喜欢江子舒会轻松很多。"

那边停滞了很久,出现的字迹几近平静:"你希望我喜欢江子舒吗?"

我打了钩表示赞同。

相亲对象席卷了桌上的食物之后,终于抬起头看我,疑惑地问:"你在写写画画什么?"

我应付说是单位的事情。他不满地嘟囔了一声,状似无意地问道:"你们那儿的彩礼是多少啊?"

我的答案脱口而出:"一辆电动车。"

话说出口,不仅是他,连我都愣住了,我不知道为什么自己会说出"电动车"三个字,寻遍我的记忆也找不到相关的信息,我最终只当作口误。没想到相亲对象挺高兴的,也许在他眼里,电动车比八万八的彩礼便宜不少。

我低头,下意识地看向信纸,新的字迹已经安静地在那里躺了很久,十七岁的陈涯白问:"未来的小圆会开心吗?"

其实陈涯白除了第一次得到他满意的答案之后,再也没有探寻过他和小圆的未来,按他的话来说就是,他会自己走到小圆的未来去。

三十岁的我回答他:"她很开心。"

她很开心,能够穿越时空和你再次相遇。

陈涯白和江子舒越走越近,人人都觉得他们理所当然地在一起了。

陈涯白已经不和我多说小圆的事情,他打球时再没有小圆同学的专属位置,再没有给小圆指点江山该上哪所大学,他也再没有烦过小圆同学。

他的字越写越少,像是对纸上莫名出现的仙女教母终于厌倦了一样。这张信纸挺特别的,拢共就这么大一张,写满了就自动翻新掉字迹,成为崭新的一张苍白信纸,但陈涯白最初落下去的那一句"小圆同学,我喜欢你,不要不识抬举"始终在第一行。

可是,我匆匆地扫了一眼新的对话记录,满纸出现最多的,是江子舒的名字。

"江子舒和我妈告状,说我总是欺负同学,拜托,我只欺负小圆。"

"江子舒很烦,我问她女孩子喜欢什么,她把自己的购物车付款链接发过来了。"

"我练琴的时候,江子舒非要跟着,赶都赶不走。"

2017年的4月很快就过去了,陈涯白因为6月的校庆活动越发忙碌,那首《起风了》几乎烂熟于心。在我的干涉下,陈涯白和十七岁的小圆同学终于没和当初一样熟络,反而生疏了不少,像是两条短暂交错的线逐渐回归到了平行。

5月到来,我把2017年5月称为我人生最黑暗的一个月。

人是会故意忘记让自己感到痛苦的记忆的,我也不例外。

我的堂哥林随,是个人渣。

婶婶疯狂地骂我是个不知廉耻的女孩,她的儿子可是名牌大学学生,怎么可能会做出这样的事情,一定是我主动的。叔叔红着眼劝我,说亲戚一场,堂哥从小对我也不错,他只是喝多了酒。

我爸赶回来抽了一地的烟,和我妈达成一致意见,最终的回答是:"遇安,算了吧,女孩子要名声的。"

你的名字,就是随遇而安。这样的事情,就也忍了吧。

只有陈涯白问我:"你有什么错?"

堂哥经常会进我房间,美其名曰辅导作业,然后我的内衣开始丢失。

我给妈妈打过电话,她说我该改改丢三落四的毛病啦。

他替叔叔接我上下学,学校到家的距离有段黑巷子。在5月份逐渐开始有夏天气息的一个夜晚,他就压着我在肮脏的阴影里。

不知道过了多久,他放开我,我痛得蹲在地上。林随蹲下身,柔声道:"遇安,我只是喝多了酒。你不会和别人说的,对吗?"他松开手,掌心都是从我头上扯下来的头发,"毕竟,没人会相信你,也没人会管你。"

我打电话给我爸妈,果真如他所料。他们要息事宁人,替我转校,离开这个地方,替我掩住这件不可告人的事。

我在夜里,打通了那个电话,带着哭腔道:"陈涯白,帮帮我。"

放下电话的时候,我颤着指尖,却从事发到现在一滴眼泪都没掉过。眼泪只会让他们觉得我软弱好拿捏,可是从陈涯白出现在我面前的那一刻,我号啕大哭。

陈涯白,我好疼啊。

后来我再没见过他那样的人。他穿着蓝白色的校服,俯下身来抱住我,几乎是在用全身的气力抱住我,可动作却又那么轻柔。他把我拉起来,带我去医院、去报警,他和我都不要息事宁人。

他在替我讨回公道。

学校的人那时候也知道我的事情,有男生会在我经过时发出古怪的笑声,江子舒和她的朋友会用怜悯的眼神看我。陈涯白在校内从不违纪,却不知为何在球场上和对面男生起了冲突,听说篮球都砸人家脑袋上了,脑袋缝了好几针。江子舒也在一个午后,面色难看、低声下气地来和我道歉,说不该在学校里乱传我的事。

从此学校里再没人敢议论纷纷。

唯有我路过年级办公室时,看见陈涯白妈妈流泪问陈涯白,为什么要这样。

陈涯白没说话,不经意地抬起眼,和在门口的我对上视线。

他没说话。我也是。

他从黎明走来,救我于混沌之中。

我已经三十岁了,但我永远会记得他,记得十七岁的陈涯白。

我记得他怎样把林随摁在地上打,眉梢都是狠绝之意,巡街的警察赶到才把陈涯白扯开;也曾看见他升起红旗,仰望天空,眉眼懒散地沐浴着阳光。

他是可以一直往上走的人,热烈、明朗、清澈。

我把林随的事情捅到他的学校,原来他是因为厕所偷拍等恶性行为才不得不休学在家的。但是我们这边的人都不知道,还以为他是那个高不可攀的名校学子,婶婶一直替他小心地隐瞒着。从小到大,她都把他宠得像宝。

我借住的那段时间,他们未必不知道林随的龌龊心思。纵容和无视才是最大的帮凶。也许从一开始,我就是目标,他们欺负我身后无人可依，以为我只是一个可以随意拿捏的小女孩。

可有人给我撑腰的。

我们把医院的检查报告和警局的立案单都复制发送给了学校，林随被学校彻底开除了。本地电视台媒体对林随的犯罪行为进行了报道，他外在温和的皮囊被撕下，其中乃是一颗黑色的兽心。

叔叔婶婶再也不敢骂我不知廉耻，他们甚至连家门都不敢迈出去一步。我妈曾叹息说："林遇安，差不多得了。别太过火，女孩子家的，这种事传远了还怎么生活？家丑不可外扬。"

我沉默了很久，说："我有什么错？"

这是陈涯白那天和我说的。我没有错，我是受害者，有人拉着我在寻求公正的路上行走，仅此而已。

堂哥林随在被押入警车的时候，曾回过头看在人群中冷冷注视他的我和陈涯白，很轻地笑了一下，我顿时毛骨悚然。

很久以后我才知道这个笑是什么意思。

我的堂哥一直是个很聪明的人，高中理科成绩一向逼近满分，才能考入人人艳羡的大学，所修的专业与电路有关。6月份的时候，万事皆平，蝉声开始鸣起，我以为我要和陈涯白共同迈入一个盛大的夏天，却遭遇了一场由电路失火引发的火灾。

我从林随家搬出来之后，就住在原来我爸的老房子里。我妈想要陪我，可我一看见她一开一合叹息担忧的嘴就心烦。最后还是我一个人住的。陈涯白经常放学来找我写作业，街角卖西瓜果饮的店主很喜欢他，每次都会顺上两杯西瓜汁给我。

有一次，陈涯白把藏在背后的手伸出来，掌心捧着一只黄色的小猫，迷茫地看着我。他说路上捡的，看我闲得发慌，就给我带来了。这只小猫，他给它取名叫阿花。

我想了想，问："陈涯白，你是不是怕我得抑郁症啊？"

陈涯白撑着眉角一直笑，肩膀发抖，他说："不是，我是怕没有合适的理由来找你。"

我怔住，和他同时别过头去，余光里看见他的耳尖和窗台上落下的粉霞一个颜色。

信纸那边的时间已经到 5 月份了，我脑中关于十七岁的陈涯白的记忆不断减少。连早已老死的阿花都没有了在我身边生活的痕迹。

三十岁的我做了一个梦，梦见了我十七岁的那场大火，发生在 2017 年 6 月 5 号。

陈涯白终于舍得来我的梦里了，幸运的是梦中的我还是十七岁的模样，不像现在眉眼那么黯淡。

我不知道从哪里开始起火的，从梦中被呛醒的时候已无逃生的可能，房中已被火势覆盖，空气炙热到扭曲，小猫阿花就在我旁边焦急地推我。我至今不知道陈涯白是怎么进来的，他像是一个根本不可能存在的英雄。

楼很高，不可能跳下去。他就把我和阿花托举在窗外，自己站在着火的房间里面。火光从背后照亮他的眉眼。我闻见皮肉烧焦的味道。

我赤足踏在楼外的一点凸起中，陈涯白一直等到窗外有消防队员通过救援设备上来，亲眼看着消防员把我和阿花接稳的时候，才轰然松开手。

我没想到，第一次梦见他，就是这样让人难过、记一辈子的生离死别之景。

梦中的我被消防员亲手接过去，并没有和现实里发生时一样号啕大哭，只是安静地看着他，我说："陈涯白，这次你不会死了。"

他的眉眼都是痛楚，终于支撑不住往后面倒下。

我最后说："陈涯白，别来救我了。"你要自己……自己走到你的未来去。

我的未来没有你，一片昏暗。但你的未来要是没有我，那真是一片坦荡。

我一出生就被骂是小扫把星，我妈因怀孕被迫下岗，从此与事业无缘。我爸那年开始陆陆续续生病，我是一切失意的来源。

从大火的梦中惊醒后，我浑身是汗，摸索着打开台灯，看了看信纸。我脑中的回忆每一瞬都在更新，这次真的是只属于我自己的黑暗五月了。

那天受难的夜晚我没有给他打电话，一个人扶着墙壁在黑暗之中行走，没人再给我撑腰。我妈也有点自责，但不多，她匆匆赶回来，给我秘密办了转学手续，预备在6月就离开。

可我也不是太能吃亏、忍气吞声的人，我把他所做之事捅到了他的学校，我知道林随最大的骄傲就是他的学校。我痛了，那么他也该痛一痛。只是这次各方劝导，没有人支持的缘故，我能做的、敢做的也只有这么多了。

这件事在我们那儿无声无息，叔叔婶婶都捂得严严实实的。在同学眼里，我不过是因家里有事请假了半个月而已。

重新再看这张和十七岁的时空相连的信纸，我很庆幸这回没再拉陈涯白下水，我至今都忘不了当初陈涯白把林随打得半死之后，他妈妈流着泪问他的那句话："涯白，你是要当警察的人，怎么能留下和流氓一样打架斗殴的案底呢？"

我没有立场为他说话，只能在拐角处捂着嘴哭泣。

好在我改变了这回的故事，我一个人经历就够了。信纸上陈涯白已经很少说话，他在一个午后曾经潦草地写下："小圆同学怎么请假半个月，我才发现她很久没来了。"

我忍了很久的眼泪，才故作轻松地回答他："她隔壁市的表姐结婚了，她得当伴娘，就过去帮忙筹办婚礼了。"

陈涯白沉默了一会儿，随意地落笔应承："婚礼啊。"

话题就此结束。不知陈涯白是否记得，我们的谈话从他问未来的他是否和小圆同学结婚开始，到现在的他对小圆终于不大关心结束。十七岁的陈涯白，只需要一点引导，就能回到他的路上去。

我一直紧张地算着日期，那边 2017 年 6 月 5 号的日子被我一直牵挂在心里。虽然我知道可能那场大火不会再发生了，陈涯白也压根儿不会去小圆同学的家。

因为原本会发生火灾的那天晚上，刚好是校园文艺晚会。陈涯白准备的钢琴独奏《起风了》正在节目单中，他不可能离场。可我还是焦灼难安，像是黎明之前的黑夜，十分难捱。

我主动在信纸上落笔，小心翼翼地写字，故作不经意道："教母来问一句，你的节目准备得不错了吧？会上场的吧？"

等了很久才等到回音："当然，练了那么久，不上场不是白费工夫吗？"

我放下心，平静地接受陈涯白愿意上场并非因为小圆同学的事实，他只是因为不愿浪费时间白费工夫。他甚至没有问我，为什么小圆同学没有来。

这一天，我请了一天的假，安静地待在家中，窗门大开，白色的纱被夜风吹动。我安静地等待自己的结局，死亡或者被陈涯白遗忘。这两种结局其实对我都差不多,但是我是真的很高兴。

陈涯白,我比谁都希望看见你活着,永远都在阳光之下。

我靠着沙发,却突然睡着了,像是陷入了时间的旋涡。

我又做梦了,也许这次不是梦,是真的发生的事情。

我看见梦中大火重新在我家里燃起,我不知所措,身旁再没有那只阿花。我绝望恸哭,却被一个干净的怀抱给抱住。他这次再没有和我交集,对十七岁的小圆同学来说,陈涯白只是一个有些陌生的同班同学。

但他还是来了,陈涯白把我托举到窗外,身上不再是蓝白色的校服,而是预备节目时穿的黑色西装。

热风滚烫,而他坦坦荡荡,忍受痛苦还在微笑,他说:"小圆同学,你别害怕,消防救援很快就到了。"

他说:"有个人一直阻挡我来见你,我可是越过她的阻碍来的。她让我在今天有事不能脱身,我就猜到你有麻烦了。果真如此,幸好来了。"

我看见他黑色的头发在火中被烧焦,陈涯白说:"你想听《起风了》吗?你应该很喜欢的。"他预备了两个月的歌,现在忍受着火焰炙烤的痛苦唱出来,声音都在低颤。

陈涯白痛楚无比,却满心温柔。

晚风吹起你鬓间的白发/抚平回忆留下的疤/你的眼中明暗交杂/一笑生花。

我被他稳稳地交给消防队员的时候,突然号啕大哭起来,十七岁的小圆同学不知为何如此悲怆,她有预感,她心底的疤抚不平了,哪怕到三十岁到垂垂老矣满头白发都抚不平了。

你要我抚平,没有你,我怎么抚得平?

陈涯白往后仰倒坠入火中那一刻,用尽所有气力大喊:"活下去，走到你的未来去！"

小圆同学，你好。

小圆同学，再见。

我从大梦之中醒来，压在桌子上的信纸被风吹起一角。

我慢慢地走近，巨大的悲怆向我袭来，我几乎直不起腰。我感觉有无数的回忆从我心间飞过，那些遗忘的回忆、新生的回忆在此刻纷然涌现，给了我一个顿悟的机会。

我看见信纸上所有的痕迹都被擦去，唯有开首从始至终都存在的那句"小圆同学，我喜欢你，不要不识抬举"还在。

信纸被风吹得不断翻动，隐约露出信纸后面的字迹。我颤着手翻过去，信纸的背面是一张铅笔描下的侧脸，女孩在长廊上回过头，鬓发被风吹动，眉眼青涩，正是十七岁的小圆同学。

下面龙飞凤舞写了一行字："我亲爱的、挚爱的小圆同学，你不会真以为我认不出你吧。"

我在一瞬间读懂了陈涯白的意思：小圆同学，你不会真的以为我认不出你的字和语气吧。

挺欠揍的，挺扬扬得意的。

我俯下身，泪流满面，陈涯白，你骗我，你根本没喜欢上江子舒。你一直骗我。你也知道我未来是怎样失意了吧？才按着我的话一步步去做。

信纸的封面上，还有我怕自己遗忘写下的原本的时间线：

2017年2月遇见陈涯白，他很烦；

3月和陈涯白海边奔逃，他也还行吧；

4月喜欢陈涯白，他很好，篮球打得不错；

5月遭遇不幸，陈涯白救我于黑暗，替我求公道；

6月陈涯白死于大火。

现在不是这样了：

2017年2月遇见陈涯白；

3月错过海边奔逃；

4月与陈涯白从此生疏；

5月自己在黑暗求生；

6月陈涯白死于大火。

我牵引了那么多的事情，可是不管过程怎样变化，不管重来多少遍，陈涯白都会毫不犹豫、千次万次地救我于世间水火。

窗外的风突然大了起来，白色的窗纱被风吹鼓得很厉害，我手上的信纸几乎拿不住，像是一只苍白的蝴蝶随时会裂开，头脑之中的记忆不断翻涌，旧的记忆以不可阻挡的趋势退去，新的记忆终究占据了主导地位。

眼前穿越时光、沟通时空的信纸连带着它的封皮一起消失，我尖叫起来，可是没有用的。

我什么都不记得了。

我只记得我在2017年2月份，遇见了一个姓陈的男同学，他挺烦人的，但眼睛长得很好看；后来他好像为了校庆练歌，和年级有名的江子舒在一起了，后来我忙着处理自己一塌糊涂的家庭事情，又遭遇了一场一生不可回望的不幸，不愿意记起那几个月；但是他很好，是个见义勇为的好同学，从火灾里救下我一命，可是自己因为烧伤太严重，去世了。我一直很愧疚，一直很感谢他，经常去祭奠他、看望他的母亲。

仅此而已。

很久以后，别人问我，有没有一生不能忘怀的人，我脱口而出。

"有。"

"叫什么名字?"

"陈涯白。"

那个相亲男再想找我拼单吃饭的时候,发现我已经把他拉黑了。我妈再也不敢让我去相亲,因为她听见我冷漠的语气都暗自心惊。我辞掉了枯燥乏味的工作,重新去了从前的传媒大学一趟,看见隔壁警校的学子往外走,我抬起头突然就流泪了。

我重新从事媒体工作,专注于未成年人性教育和防范意识的推广工作。

我终于如陈涯白所愿,自己走到了未来。

而他永远年少,永远热烈明朗。

番外一

藏在相机里的情书

"小圆。"

"小圆同学。"

时隔多年,重新走在高中校园的长廊上,我突然回过头去。

可身后空空荡荡,只有攀墙而上的爬山虎,不改旧时模样。原来只是幻听。

这次我应邀回校举办未成年人性教育的讲座,给学生们普及相关的新闻案例。来接待我的校领导正好是我当初的班主任,十几年过去,当时的中年人早已两鬓发白,见到我第一句话不免感叹:"原来你们都这么大了,都已经是成家立业的年纪了。"

我笑着点点头,眼神透过透明的玻璃往教室里看去,清一色蓝白的校服,风华正茂的年纪,他们正好十七。

被封藏在时光琥珀里的热烈少年,他也一直十七。

"遇安,你拿奖的那篇报道写得真是好啊。前两天刚让他们填了未来的职业规划意向表呢,里头有很多学生喜欢你的采访风格,特别是女生,都说要成为和你一样的记者。"班主任笑呵呵的，一副与有荣焉的样子。

我抿着唇笑，刚想说，我还做得不够好，还无法成为这么多学生的职业榜样。话到嘴边，却突然问："要当警察的呢？"

有多少人想要当警察呢，匡扶正义、抚弱助困，当个无所畏惧的英雄。

我看见玻璃倒影上我茫然的眼神，像是自己都不知道为什么会问这句话。究竟当初是谁想要当警察？很多期许、很多承诺，十几年过去，也许是冥冥之中注定，不得不忘记。

班主任一愣，接过话头："我们高中一直比较重文，选警察这条路的学生屈指可数。这些年，也很少有在专业领域闪闪发光的警察校友榜样，这一届学生，想当警察的人，真的不多。

"我倒是记得你那一届，有个很出色的少年想当警察来着，当时你们很多女孩子都喜欢他的，快头疼死我了，男生也都和他关系很好，"班主任皱起眉头回想，"咝"了一声，"叫什么来着，陈——"

"陈涯白。"我说。

那是个陌生的名字，我上高中的时候和他接触不多，经口的时候也觉得生涩，但是一直没能忘怀。

原来是他，曾经想要当警察。要是陈涯白还在，一定熠熠生辉。要是他步履坚定地沐浴在红旗下，成为自己想当的警察，学弟学妹中一定有不可数的人追随他的步伐而去。

然而，他死了。

这么多年过去，人和事都发生了改变。

他当初喜欢的江子舒已经结婚，过得很幸福；同学聚会的时候，大家忙碌着讨论工作、中年危机和孩子，陈涯白的名字很少被提起；他妈妈在他去世后，在亲戚的劝解下又领养了一个孩子。上次见到我，她看着我怔神很久。也许是那一瞬间，她想到，如果在大火中死去的少年有未来，也该和我一样越过青年时期、步入三十岁的行列了，也许早就生儿育女。

所有人都在往前走，我也不例外。我的工作很忙碌，经常昼夜轮转地跑新闻，没什么时间回忆往昔、追溯高中，不知道为什么今天频繁想起陈涯白来。

但我一直很感谢他，他拯救了我的生命。其实我和陈涯白说不上多么熟悉，我却一直记着某一日期初考，阳光明媚，身后的人长腿钩了我的椅子，桃花眼含笑，他从一开始就喊我什么来着？

"小圆同学。"

身后有真切而青涩的声音传来。

我骤然回过头，清瘦的少年穿着蓝白色的校服，那是另一张清秀陌生的面容，面露赧然。看样子是刚从教室后门溜出来，急匆匆地追上我们。

我微笑地看着他，像是并不为这个很久很久没被人叫过的称呼所动容。

学弟有点不确定了，重复问："学姐，你是小圆同学吗？我捡到了你学生时代的数码相机，是在学生活动中心的储藏室里找到的，里面都是你的照片。我刚刚才在一瞬间认出你来，赶紧追上来把东西还给你。它应该挺有纪念意义的。"

在我身旁的班主任吹胡子瞪眼，老班现在是年级主任，对校纪律抓得严。学弟双手合十，嬉皮笑脸，讨骂还笑。

我接过了数码相机，不知道是谁留下的，总之不是我自己。相机机身不起眼的一角，刻了几个字，署名正是"小圆同学"。

我一张张翻过照片。

时光的灰尘冲破禁锢扑面而来，我灰头土脸、满身尘埃，足够悲伤。

拍摄的人拍得很隐晦，很少直接拍我的脸。照片里有某次期初考试我三十分的英语试卷、午睡时我脸颊压出的红痕、课桌上盛着红糖姜茶的淡粉透明茶壶、做体操时我身边落下的影子、我的指尖落在墙上传媒大学的宣传图……数不胜数。

老旧的照片里，我看见一只手无数次想要碰上我的肩头，却在触碰的前一秒，蓦然收回。

克制而热烈、朝气而绝望。

唯一的一次正脸，我在长廊上回过头。眉眼青涩，鬓发都被风吹动。

上苍啊，如果时光可以回头，我想倒放，想知道究竟是谁在叫我，才让我露出了那样故作厌烦、其实希冀的神情。

小巧的相机屏幕已经裂出痕迹，压出不真切的色彩，像是做梦一般。

数码相机提示照片已经翻到了最后一张，那是一封没有送出去也不会再有回音的情书。

学弟摆脱班主任的训导，探过头来看屏幕，好奇地询问我："学姐，是谁给你写的这封情书啊，是他给你拍的这些照片对不对？这么多年过去了，你们结婚了吗？"

我摇了摇头，还没来得及说话，眼泪就已经滴落下来，落在屏幕上。

远处升旗台上国旗飘扬，也许是阳光太过刺眼。在眼泪晕开、模糊屏幕画面的前一秒，我完整地看清了情书上寥寥几句话，穿透时光而来，明朗坚定。

情书上写的是：

"小圆同学,我喜欢你,不要不识抬举。

"我亲爱的、挚爱的小圆同学,我比你想象的要更喜欢你。请像我喜欢你那样,赴汤蹈火地去爱这个世界吧。"

番外二

如果生命是个圆

报社接到本市恐怖袭击事件的热线时,我刚好在那家商场附近出外景,是离得最近的记者。收到指令,我立即带着设备赶往事故发生地。

警戒线拉出很长一条,本市最大型的商场上方滚出灰色的浓烟。商场里的群众都被疏散了出来,并没有什么伤亡,只剩下几个人质被歹徒劫持。但让人心惊胆战的是,商场里面不仅燃烧着大火,似乎还有炸弹的存在。

我控制着脸上的肌肉尽量不因紧张而抽搐,面对着摄像机,将所了解到的现场情况真实、快速地传回报社。

警戒线外有母亲捂着嘴在哭,歇斯底里地:"我女儿还在里头!"

在场的女性不多,我上前去抚慰她。失控的母亲打开我的手,尖叫道:"又不是你的孩子在里面,你叫我怎么冷静?"

手上一痛,我安静地看着她。

我说:"我的爱人也在里面。他比任何人都要危险,只要他还活着,你的女儿就不会有事。"

她愣住了,怔怔地问:"你爱人是?"

"特警队,陈涯白。"

这个名字并不算陌生,陈涯白前段时间刚接受过市里的表彰。她平静下来了,啜泣着接过我手上的纸巾,小声地和我道歉。

我回身看向警戒线内的商场,火光明暗,灰烟盘旋而上。刚来的时候我就知道了,认识我的特警见了我第一句话就是:"陈队在里面。"

他永远都在危险第一线。

我握紧五指才能掩藏住指尖都在颤抖的事实。陈涯白入警队之后,出的任务比这次要紧急的不是没有,但我从没感到这么害怕过。像是他原本就注定,会死在一场不期的大火里。

无论是我,还是陈涯白,之前都没有遭遇火灾的经历。我的堂哥不管是出狱前还是出狱后,都没有对我们施加报复。

等待是最让人焦急的事情,我不得不想些别的事情来转移视线。

从高中那年的暑假开始回想。

当初林随入狱后,我一直有些不安,但幸好什么事都没有发生。陈涯白拖着我在夏天的傍晚行走,眉峰微挑,语调懒洋洋的:"有什么好担心的,有我在呢,真要有事也轮不到你头上,我挡在你前面。"

高三时,班主任因为我俩越走越近,皱着眉头找我们谈话。很不巧的是,陈涯白这次没再抄我的试卷,成绩却依然名列前茅。他撑着办公室的椅子,睁着桃花眼说瞎话,故作伤心:"周老师,我能从垫底逆袭,全靠小圆同学辅导啊。你这样胡乱揣测同学关系,我真的会很伤心。"

班主任让他滚，从此睁一只眼闭一只眼。

我很尽心地扮演他的特别同学身份，是他球场上不得不坐在第一排呐喊助威的人，是他的朋友们路过我会促狭地叫一声"陈涯白"的人，是江子舒遇见我会生气地别过头的人。

我是他亲爱的小圆同学。

高考结束后，我们在一座陌生的城市重逢。他上了喜欢的警校，我在他一路之隔的传媒大学。越过那条马路，每次我闭上眼睛，无论我倒数多少次三十秒，重新睁开眼，每一次都能看见他。

他和警校的同学们一起往外走，挑起眉笑，不无炫耀："看见没，我的小圆。你们几个没女朋友吧，多和哥学学，懂？"

同学忍着他欠揍的语气，在我面前停下，喊了声"嫂子"，这个称呼一直持续到毕业后很多年的现在。

他在刑警队，我在报社，小猫阿花开始衰老的时候，他向我求的婚，在一个和十七岁那年同样盛大的夏天。

陈涯白单膝跪在地上，他笑着说："小圆同学，要不要嫁给我。说不嫁也没办法，我会一直烦着你。你没办法的。"

他的结婚誓词里有一句："一身热血与国家，但小圆同学，你永远是我发力的心脏。"

真是这样的。他从事着自己热爱的职业，身旁有最亲爱的人。陈涯白一直认为，自己特别幸运。

我的思绪在飘荡，却听见一声爆炸巨响。我茫然地抬起眼，眼前的商场正门玻璃飞溅，火光滔天，警方将围观的群众不断往后疏散。我失语失神，恐慌感把我的神经都扯紧。

刚刚才安抚下来的年轻妈妈，尖叫一声，当场晕了过去。

我说不出话来，死死盯着焦黑的门。

如果上苍能听见祈祷，如果上苍能有一丝怜悯，能不能还我一个热忱完整的陈涯白。

黑烟浓重，火光在一瞬间照亮又熄灭，有黑衣的特警敏捷地抱着小孩，穿过重重障碍成功撤退出来，满身尘与伤，唯见眼神明亮。

医疗救援接过小孩，送上救护车。他回过头，却在人群之中一眼就看见了我，笑着喊了声："小圆。"

"林遇安。"

我的身体重新回暖，凝固的血液终于开始流动。

陈涯白张开手臂。

我穿过人群，向他奔跑而去。

如果生命是个圆，我也将在名为陈涯白的道路上一直行走，最后，稳稳地被他接在怀中。

小圆同学，我喜欢你，不要不识抬举。
我亲爱的、挚爱的小圆同学，
我比你想象的要更喜欢你。
请像我喜欢你那样，
赴汤蹈火地去爱这个世界吧。

Xiao
Yuan

我跟在他的身边,如芒在背,

鼓足勇气开口:"你。"

"程迟。"

我愣了一会儿,才反应过来,

他说的是他的名字。

他垂着眼,很轻地问:"你喜欢我?"

迟暮

第二朝

香樟树上蝉鸣一片，周围人都在起哄，是看笑话的那种起哄。

旁边有人吹了声口哨，笑着说："周少最近口味有点淡啊。"

白衬衫少年没理他们，就站在我的面前，眉眼温柔，阳光穿过他的肩头，很像童话中的白马王子。周嘉树抵着我自行车的车把，俯下身看着我，温热的气息落在我的脸上。

他说："宋知微，我喜欢你。"

我从他眼底看见了自己，一个被宽大校服罩住的瘦弱少女，还有点贫血，这是十七岁的我的样子。

我还愣在原地，脸上不用看都烫红一片，指尖在颤抖，毕竟这可是我心心念念暗恋了很久的周嘉树。一句"我也喜欢你"还没来得及脱口而出，我就听见了眼前干净少年的心声："真信了？恶心。"

我怔了一瞬，抬眼看眼前的周嘉树，他笑得温柔，一点也看不出来心底的嫌恶。

他胜券在握地等着我的回答，毕竟整个南城一中都知道我是周嘉树的舔狗。我抿了抿唇，后退了一步，颤声说："抱歉，我不喜欢你。"

周嘉树的表情瞬时难看了起来，刚好有个白毛嚣张地在旁边路过，懒散挺拔，像没注意到这边的闹剧一样。

我认得他,我们学校的风云人物,也是周嘉树的死对头。

我指着他,对周嘉树说:"我喜欢那款的,你懂吧。"我拉着自行车的车把,晃了晃,"所以,周嘉树,给我让开。"

周嘉树应该蒙了,不是很懂怎么上一秒满眼都是他的女孩,下一秒就让他滚开。他僵硬地把手放在我的车把上,眉宇间有种强烈的不安感,抿着唇追问:"你怎么了?"

男生的力气天生比女生大很多,他握着,我根本拉不动自行车。汗焦急地从我的额上滑下,下一秒,却有人单手接过了我的车把,很轻松地就冲破了周嘉树的桎梏。

"听不见?她让你滚。"声音冷倦,又有点哑。

我抬起头,男孩的侧脸线条优越,一头短发在光下熠熠生辉,十分拉风。

下一秒,我听见他慌张的心声:"啊,她看我了。"

他把我从周嘉树的告白中解救出来,推着我的粉色自行车往前走。路过的小弟调侃他:"迟哥,什么时候不骑摩托了?"

身边的男孩踢了那人一脚,骂道:"滚。"

我跟在他的身边,如芒在背,鼓足勇气开口:"你……"

"程迟。"

我愣了一会儿,才反应过来,他说的是他的名字。

他垂着眼,很轻地问:"你喜欢我?"

我下意识地就想摇头,却听见他阴恻恻的心里话——"利用我当挡箭牌的,都被我浇水泥柱了",我的头立马拐了个弯,用力地点了好几下。

程迟长着一双桃花眼,现在笑得弯起来,停下脚步、腾出手摸我的脸,拇指在我眼下那颗痣上碰了下,慢悠悠地说:"以后帮我做作业,来看我打球,送我上下学,你之前怎么对周嘉树的,就怎么对我,得好十倍,听见没?"

我有点没搞懂,问:"什么意思?"

他纡尊降贵地拍了拍我的脸:"意思是,我接受你追求我了。"

程迟的脸上写着"难伺候"几个字。

我突然觉得,我还是回去和周嘉树继续纠缠比较好。

我按着记忆里的路回了家。

这块是别墅区,我到十七岁才被从乡下接回来,十七岁的时候不明白很多事情,比如为什么我妈是原配,我却有一个比我大几个月的异母姐姐——宋栀。

人人都喜欢宋栀,包括周嘉树。周嘉树和宋栀,原本就是青梅竹马。

连他一开始对我好,也是为了劝我把肾移植一只给她。如果不是因为宋栀生病了,宋家一辈子都不会想把我接回来。我对他们来说,不是人,是药。

但现在,他们的意图还没有显露,因病休养在家的宋栀还在花园里浇花,听见我进门的声音,抬起头温柔地笑:"回来得这么晚,我们早就吃完晚饭啦。"

无所谓,反正我也没上桌吃饭的权利。

"今天周嘉树和我表白了。"

她手上的喷壶突然掉在地上,水花溅在她脸上,她勉强地笑:"是吗?祝福你。"

我诧异地挑起眉,问:"我当然没答应,他怎么配得上我呢?"

一瞬间，我被无数恶毒仇恨的心声给淹没了，都是来自向来和善的宋栀的。

"一个人形肾袋，不对我们感恩戴德，怎么敢说这样的话？"

"嘉树只和我说他会接近宋知微，没说他会表白喜欢她，一定是这个贱货勾引的！"

"宋知微你也不照照镜子，又丑又扁。"

我弯唇一笑，就这样还想靠我活命，想得美。我往楼上跑去，听见背后宋栀剧烈地咳嗽了起来。上楼时，家里还比较亲近的保姆阿姨拉住我，低声道："夫人吩咐，不准给您留饭。"

我点了点头。常有的事情了。

转身时我的身形一顿，听见了保姆的心声，她说："真可怜。"

记得那时候，正是宋栀靠我的肾成功康复出院时，周嘉树许诺我说，届时就是他订婚的时候。

没想到他婚是订了，但不是和我，是和宋栀。

他忍着恶心，忍着厌恶，和我这个他看不上的乡下丫头虚与委蛇这么久，终于得偿所愿。他订婚那天，曾搂着宋栀的腰，当着众多宾客的面，和告白时一样温柔地和我说："宋知微，你要不要照照镜子？"

我低头看见干净到反光的地板上照出我因药物浮肿的身形，和纤细明亮的宋栀天差地别。也或许是一直天差地别。那一瞬间，我感觉心碎了一地。

还好一朝梦醒，我回到了周嘉树刚和我告白的时候，还点亮了一个能听心声的技能。

我打开枕头底下的手机，刚点开聊天软件就是"99+"的消息。只有一个置顶，周嘉树。十七岁的我，是真的很喜欢他。

周嘉树的消息一直在跳出来，大概是被气狠了。

周嘉树：宋知微，我再给你一次机会，告白还有效。

周嘉树：你就是存心气我是不是，你成功了。

周嘉树：离程迟远一点，他不是什么好东西。

好几个未接来电，再往上翻，都是我发的消息，通常我发了一连串的消息，对面也没有回音。偶尔周嘉树回一句，我能高兴上半天。

而现在，周嘉树还在源源不断地给我发消息。

我动作很快地一键拉黑。又慢悠悠地点进年级群里，果不其然，在讨论下午那件事。

"周嘉树和程迟为一个女生争风吃醋"，很无聊的噱头。还带上了现场照片，我点进一张照片看了眼，脸突然红了。照片里银白发色的少年几乎把女生揽进怀里，越过她握住的自行车把，抬起眼很挑衅地看着对面的周嘉树，还挑了眉。

下面还在刷屏："这女生究竟谁啊？隔壁三中当明星的校花都没拿下迟哥啊。"

"平时发点迟哥的照片他都不许，今天发了这么多，他都没管，看来是真的了。"

我退出聊天框，刚好有一个新好友通知，网名是cc，备注是：宋知微的追求对象。我心跳了一下，点击同意。

知微：我通过了你的朋友验证申请，现在我们可以开始聊天了。

对面顿了顿，发来一个语音，嗓音低哑，他说："只是朋友？"

我想暂停语音，却手忙脚乱，点成了视频通话，对面接了，一张好看的脸出现在镜头前，凑得格外近，好像睫毛都能蹭到我脸上一样，我不自觉地把手机拿远了一些。

就听见低笑声从屏幕里传来，程迟笑着说："怎么和我通话，脸这么红？"

我憋了半天没说出话，就听见屏幕那边，有人在他后边嚷嚷，就要凑上来："迟哥，我们也想看看嫂子。论坛都传遍了。"

程迟头也没回，哼笑了一声："滚。"

他伸出手，挡住了屏幕，和藏玩具的小孩一样小气。就挺幼稚的。

过了会儿，程迟移开手，唇角翘起来："分开了一会儿就忍不住打视频给我，怎么，想我了啊？"

他咬字很轻，近乎蛊惑。

我刚想解释，突然，我的肚子很响地叫了一声。我饿了。

还没等他反应过来，我就手疾眼快地按了红色挂断键，把头埋在手心里。好丢人。

已经是晚上，宋家有门禁，我出不去，家里又没给我留饭。我把整个房间翻遍，都没找到零食，只能认命地躺在床上。熬过去就好了。

窗外有一株高大的香樟树，如果不是因为这棵树长在这儿，挡住了室内的视线和阳光，这间朝南的房间也不会给我。

树叶发出"嚓嚓"声，我听见有指节轻敲玻璃的声音。

我抬眼望过去，银发的少年攀扶着香樟树的枝干，肆意妄为，一只手轻敲窗子，一只手拎了个满满当当的袋子。

我连忙起身，不可思议地打开窗户，夜风像野火一样吹进来。

穿越回来之前听说程迟毕业就去特种兵封闭训练了,这身体素质,果然一流。

程迟把袋子递给我,漂亮的手指骨节分明,勾了勾唇:"亲爱的知微小姐,迟哥牌外卖。"他低声,"考虑给个五星好评吗?"

到底谁追谁啊,程迟。

第二天,程迟就给了我答案,确实是我追他。我不仅得等他上学,还得课间给他跑腿,连他打篮球都得到场应援。

我给程迟带了两瓶运动饮料,就当谢谢他昨晚的外卖了。我慢吞吞地走到校体育馆,却发现里面的人真的是很多,尤其是女生。叫着"程迟""周嘉树"的名字,1班和3班的篮球赛,刚好这俩人分别在这两个班。

我往程迟的方向走去,一抬头面前挡了个人。周嘉树就站在我的面前,他昨天那句"恶心"还扎在我的心上呢。

他面色稍缓,伸手就要拿我手中的饮料,之前也确实是这样的,他打球我送水、他复习我做笔记,他偶尔给我一点甜头。

周嘉树说:"既然给我送了水,我就原谅你昨天——"

我避过他的手,垂下眼:"借过。"

他僵在原地。

我向他后面不远处的程迟快走几步,把手里的饮料递给他。程迟眯着眼睛,不知道为什么心情很好,懒洋洋地说:"哎呀,打不开瓶盖。"

我认命地接回饮料,把瓶盖拧开递给他。程迟仰头喝了口,喉结滚动,朝我身后的方向嗤笑了一声,我突然听见了他的心声。

程迟在想：啧，最烦自作多情的人。

我转过头，周嘉树居然还站在原地，有点狼狈，唇抿成一线，见我看过来，黑沉的眼睛别开了去。

他生气了。我开心。

程迟状态很好，在球场上所向披靡，体育馆里掀起一波波尖叫声。反观周嘉树，难得地心不在焉，还频频往我们这边观众席的方向看，基本上算是被虐杀。程迟他们班赢得没有悬念。

比赛结束的时候，程迟向我走来，眉眼间意气风发。我把水递给他，他俯下身来，勾了勾手指，我听话地靠近了一点，感觉脸和脖颈都被他炙热的气息包围。

程迟慢悠悠道："看了我的球赛，没话说？"

我眨了眨眼，边上的几个女生已经喊了半个小时的"迟哥好帅"了，我仰头看着他，迟疑地说："迟哥好帅？"

下一秒，我头上就被一个外套给盖上了，一片漆黑。是刚刚程迟上场前放在旁边的校服外套，还有一股子皂香味。

我听见有人大呼小叫："迟哥，你耳朵和脸怎么这么红，是不是1班那群人玩阴的伤着你了？"

程迟咬牙切齿："闭嘴。"

生活不围绕着周嘉树，轻松多了。

我对程迟的印象还停留在有次我从便利店出来，正好撞见程迟和隔壁学校的人打架，我吓得蹲在地上，怕他们误伤了我，等没声了才敢抬头。就剩程迟一个人站着了，他倚靠着墙，似笑非笑地看着我。我心里害怕。

程迟问："有创可贴吗？"

有是有。我犹豫了一下，还是走近他递给了他一个。他却伸出手，白皙的手背上有一点擦伤，看着要我给他贴上。程迟垂眼问："一中的？"

我点点头。

"哪个班的，叫什么？"

我怕他后续来学校找我麻烦，就含糊不清地回答："就一直很喜欢周嘉树的那个。"

这话倒也没错，在一中提宋知微或许没人知道，但疯狂喜欢周嘉树的那个人，估摸大家都有印象。

我刚撕掉创可贴的包装，程迟突然收回手，神情冷淡："没意思。"

不知道哪句话惹他生气了，走的时候背影还有点单薄跟跄。

可是我现在和程迟相处起来，却意外地觉得他乖顺，生气了也挺好哄的。

反而是周嘉树，一直阴晴不定的，对我好的时候，感觉他是真的喜欢我，对我不好的时候，也是真的恶毒。但好在我大概和他扯不上什么关系了。

结果放学后周嘉树就来了宋家。我下楼拿教辅书，正好看见宋栀高兴地从琴房小跑出来，半埋怨半撒娇："嘉树，你都好久没来看过我啦。"

周嘉树静默了一瞬，他说："恢复得怎么样？"

宋栀喋喋不休："我这身体就是连累爸妈，我还好的，你不用担心。我让阿姨给你切点你爱吃的水果，昨天——"

周嘉树打断了她的话，抿抿唇："不用了。"

抬起眼往楼上看，刚好和在楼梯上的我对视了个正着。

他看着我说："我来找宋知微。"

宋栀一下就僵住了，像是没听清似的重复一遍："嘉树哥，你找谁？"

周嘉树没再理她，慢慢道："宋知微，下来谈谈。"

我在他的视线注视之下，慢慢下了楼梯，然后当着他的面拿起了我落在楼下的《高中数学入门必看》，叹了口气说："不是我不理你啊，我在和程迟视频讲数学题呢，等久了他不高兴。"

宋栀的脸一白。

周嘉树的脸一黑。

当晚宋栀闹了一晚上，吵着要回学校上学。她最近身体状况也不错，家里也就同意了。

她的返校手续办好之后，宋栀她妈头一次纡尊降贵地和我说这么多话，半是嘱咐、半是威胁，基本上总结一句就是，让我在学校里当宋栀的伴读奴婢。

宋栀妈妈是这样说的："宋知微，你别忘了，能来这里读书，都是我给你提供的资源。"

她一直瞧不起我这个乡下丫头，也没拿我当一回事。我爸是靠宋栀妈妈这个富二代起家的，她的地位自然高些。

我柔顺地答应。

等到结束的时候，我爸才插上一句话，叫了我的名字："宋知微。"

我转过头。

他说："不要在学校里叫栀栀姐姐，不好解释。"

同一个爸，两姐妹却只相差几个月，谁能解释？

宋栀一回校就引起了风波，她因病休学了半个学期，上学期间因为会经营自己，也算是学校的风云人物。她和周嘉树一个班，最近又总是形影不离地出现，很快我和周嘉树之间的传言就不攻自破。

宋栀有她爸妈撑腰，也就对我随意地使唤，我人在屋檐下，确实不得不低头。

四十摄氏度的盛夏中午，我还给她那帮小姐妹出去跑腿买冰棍。回来已经一头汗，却见她们聚在一起嬉笑。

"那个宋知微，一看就是从乡下来的穷鬼，前脚缠着周嘉树，后脚又搭上了程迟。"

"宋知微成绩很差，各方面都比不上栀栀。周嘉树和栀栀才是青梅竹马。"

"栀栀，宋知微和你什么关系啊，没见过这么听话的狗。"

像是听见什么旷世笑话一样，她们又笑起来。

突然有人说："咦，栀栀，宋知微和你一样，都姓宋欸。"

宋栀脸上的笑意一僵，很快恢复了原样："宋知微是我家保姆的女儿，我爸托了人才把她送进我们学校。"

我打断她们对宋栀一家人"善良"的称赞，把被泡沫盒包起来的冰棍放在桌子上。宋栀伸出手拨了拨里头的东西，我有种不太好的预感。

果不其然听见一句："知微，都化了。"

"麻烦你再跑一次吧。"

我垂下眼，想了想该怎么回击。

有个清冷的声音突然响起，不像平时那样温柔，周嘉树淡淡地说："宋栀，过火了。"

周围安静一片。

宋栀有点委屈地抬起头："嘉树，你知道她是……"

那几个字被她吞进肚子里,不知道为什么看着周嘉树,她有点不敢说出声了。

我听见宋栀的心声,一半愤怒一半委屈,宋栀在想:明明我和周嘉树有一样的遭遇,为什么他的态度变了?

我不明所以地瞥了周嘉树一眼,很不能理解他现在帮我说话的原因,也许是他俩换对策了,一个唱红脸一个唱白脸。

我慢吞吞地说:"有什么过火的?这种事,你不是也做过吗?"

我刚追周嘉树的时候,他挺讨厌的,刮着狂风下着大雨让我替他去买咖啡,回来的时候,我湿透了咖啡都没洒。他只是淡淡地看了一眼,说:"宋知微,咖啡冷了。"

周嘉树显然也想起来了这件事。

周围更冷了,没人敢说话。

一片寂静之中,突然有人从后头懒散地钩住了我的脖子,把我往后头轻轻一带,我就跌进了他怀里,撞进一片夏天的清爽中。

我抬起头,正好看见程迟一双似笑非笑的桃花眼:"我说这两天见不着你呢,原来给人跑腿来了。"

程迟扫过在场的人,被他看过的人,脸上都一白。校园论坛上至今都还有程迟的讨论帖,他"威名远扬"。

"让她跑腿,"程迟咬字清晰,一字一顿,"你们配吗?"

程迟笑着让那群人下去跑步,她们居然话都没敢说,就乖乖照做了。

连宋栀都没豁免,一堆人喝下了早就化成水的冰棍,顶着烈日绕着操场跑步,引得同学们都在阳台上眺望,教导主任急匆匆地往操场跑去，秃了一半的头闪闪发光。

罪魁祸首程迟就在我边上，银发十分张扬，眯着眼睛看着下面的人，戾气未消。

"程迟。"我喊他的名字。

他转过头来，眉眼间戾气瞬间冰消雪融。

"下次别这样了，"我弱弱地说，声音很轻，"影响不好。"

倒不是可怜宋栀她们，是程迟为了我这样做不值，从我妈死后我基本上自力更生，没人对我这么好过。虽然据说程迟以前做的混账事更多，但这样明目张胆违纪，给他的影响肯定是负面的。

程迟支着下巴，凑近我，近得睫毛都历历可数，我看见他眼底倒映出我的样子。

"解气吗？"他问。

我怔了一瞬："解气。"

程迟勾了勾唇，指节在我额上一敲："那影响就挺好的。"

程迟这么一插手，宋栀也不敢再使唤我了，程迟两个字，吓得她连家里都没敢告状。

可能是我的话刺激到了周嘉树，他也再没烦过我。

偶尔在学校里见到周嘉树和宋栀走在一起，宋栀前一秒看周嘉树还是柔情婉转，下一秒看见我就都是厌恶的表情。有学川剧变脸的天赋。

但周嘉树对她，好像没我想象的那么热络。不过都和我没有关系了。我的任务只有一个——好好学习。最近可能还多了一个，帮助后进生程迟同学补习。

月考公布成绩的那一天，公告栏前的人围得满满的。我之前成绩不是很好,但是穿越回来前躺在病床上的那些日子,我都在读高中课本,还想着有一天能重新高考。所以这次,我也很期待自己的排名。

公告栏最前头围着宋栀她们。

"栀栀,你年级第二十九名啊,好厉害。"

能不厉害吗,宋家天天给她请特级家教。

"年级第一,意料之中还是周嘉树。"

她们回过头,见我在从年级倒数第一的位置开始找,难免嘲笑两声。

我听见宋栀轻言细语地说:"有些人还是有自知之明的,知道自己的位置在哪里。"

突然有人扯了扯她的袖子,声音颤抖:"栀栀,她的排名,好像在你前面。"

就在她上面的几个位置,宋栀猛然盯向公示栏,脸色苍白。有人念出了我的名次:"宋知微,第二十名。"

竟然这么高,我压着喜悦,终于找到了程迟的名字,他已经一跃到了中游,知微补习班,卓有成效。

我回过头,程迟正和一群男生从长廊尽头走来,看样子是要去打篮球。我怕他看不到我,踮了下脚,高兴地叫了一声他的名字:"程迟。"

他掀起眼皮,朝我望过来。

"第三百名,"我弯起眼睛,十分雀跃和骄傲,"你考了第三百名呢程迟!"

程迟的脚步一顿,边上的人嬉皮笑脸地起哄,顶了顶程迟的胳膊肘:"迟哥,嫂子挺可爱的啊。"

他看着我,众目睽睽之下,他的脸突然一瞬间红透。

我听见程迟的心声有点烦躁。

他心说:"完了,她怎么这么会撩人。"

喜欢程迟的人多,但大多都是暗恋,今天找上我的却是屈指可数的明恋。

隔壁三中的校花江心,演过几部小有名气的青春剧。听说程迟之前为她打过架,不知道为什么没在一起。

她一大早就在校门口堵着我了。我和程迟现在都一起上学,他去便利店给我买早饭,我在校门口等着他,没想到先等来了江心。

江心长得很漂亮,如果说宋栀是唯一纯白的茉莉花,江心就是浓烈的玫瑰。

"你就是宋知微?"

我点点头。

江心开门见山:"你赢不过我,离阿迟远一点吧。阿迟面冷心善,有时候就是同情心泛滥,难免会给人错觉。更何况昨晚论坛上都说了你的事情,我要是你就羞愧得不来上学了。阿迟对你只是三分钟热度,再坚持下去,难堪的只会是你。"

论坛?什么论坛?

她话说完了,却突然眼一亮,往我后头看去,亲昵地叫了一声:"阿迟!"

我还没反应过来,就有杯豆浆和包子塞到了我手里,叼着袋纯牛奶的银发少年低下头,把一把糖也揣进了我的兜里,还顺手把我没拉好的书包拉链给拉好了。

程迟没看江心,含糊不清地发音:"在说什么?"

我嘴一快:"她说你三分钟。"

程迟："?"

这话有歧义，我脸一红。程迟口中的牛奶袋都没咬住，杀气腾腾地转过头，看向江心。

程迟刚刚一套动作行云流水，和做了无数次一样熟练。江心盯着程迟帮我拉书包拉链的手，面色惨白："阿迟，你都不愿意别人靠你太近，怎么能替她干这些事？"

程迟掀了掀眼皮，吐出了两个字："你谁？"

能当明星的，心理素质都不错。但程迟用两个字，就让江心破防了。

我和程迟往学校里走的时候，他冷不丁开口："我不认识她。也没为她打过架，都是他们乱传的。"

我怔了一下，才意识到，程迟是在和我解释。我抬起头看程迟，浅色发色衬得他越发白皙。他懒洋洋地开口："我可不像有些人，在喜欢我之前，还喜欢过别人，好在她迷途知返了。"

这话阴阳的不知道是谁。

结尾他还轻挑了下眉："是吧，宋知微。"

早上的闹剧之后，我一直有种隐隐不安的预感。果真一进学校就感觉有点不对劲。

课间的时候尤其明显，在走廊上接受到的眼神都有点异样，我听见来自四面八方的心声。

"宋知微竟然是私生女。怪不得脚踏两条船，娘胎里带的性子。"

"我要是她，都不敢见宋栀，更别提还和宋栀一起上学了。"

"天哪，真恶心。"

我意识到什么，在厕所隔间里翻开手机，打开论坛，果然有个高热帖子在挂着——818一中私生女宋知微脚踏两条船。

发帖人是匿名，自称是看不惯宋知微的普通同学，以一个非常离谱的戏剧方式陈述了我的身世。

帖中颠倒黑白说宋栀爸妈才是恩爱的原配，我妈贪图宋家财产，心机设计宋父生下了我，这些年一直利用我要挟宋家，现在把我送进一中也是为了让我搭上富二代。帖里描述宋栀多楚楚可怜，连身体不好都是娘胎里我妈害的，我又如何不知羞耻地缠着周嘉树和程迟。

下面不用看，都是一片骂声。

我气得脑袋有点蒙，事实根本不是这样的。明明是宋栀她妈一眼看上了新婚不久的我爸，最终他们一起跑了，我爸从此也再没管过我们。我妈到死都还盼着他回心转意。

我离开厕所，在洗手池前洗了个脸，边上有人给我递了张纸。是周嘉树。

他低声说："论坛上的事情我已经派人去处理了。别担心。"

我透过镜子看他，白衬衫少年的眉眼温柔。

"你早就知道这件事了？"我指的是帖子里那个人说的内容。

周嘉树有点自厌地闭上眼睛，点了点头："这件事我会压下去的，没人会议论你的身世，你也别和我闹脾气了，等这件事过了，就当一切都没发生过吧。"

连问都没问过我，就认定了是事实。

他重新睁开眼，眼神柔和地注视着我："你看，从第一次见面开始，我就一直在帮你。回来吧，知微。"

我把脸上的水擦干净，纸巾丢进垃圾桶里。

我转过身看着周嘉树，平静地说："周嘉树，我不是私生女。"

从第一次见面开始,周嘉树就一直在帮我。

我刚来这里的时候,宋家的位置都还没找到,就先在别墅区迷了路,被不知道谁家养的大狗追得到处跑。我妈就是因为狂犬病去世的,所以我一直对狗特别害怕。

那天还下大雨,我一路跑,一路提着的那些破烂行囊掉了一地。

那狗把我扑倒在地上,我吓得眼泪都出来了,却听见一声口哨,那大狗立刻从我身上起来,越过我欢快地跑了。

我擦着眼泪身体发抖,在雨里收拢我那可怜的家当。有一把伞突然撑在我头上,握伞的手骨节分明,清冷的少年穿着白衬衫。一时间,我竟然自惭形秽。

"是你赶走狗的吗?是你救的我吗?你叫什么名字?"

他说:"我叫周嘉树。"

我在宋家寄人篱下,在学校里被忽视,只有周嘉树一直在帮我。我就一直跟在他的身边,可能我自己都分不清这种情感,到底是不是喜欢。

毕竟一开始就是,他有所图谋。

宋嘉树这人挺复杂的,有时候我以为他喜欢我,连我的课本都要写上他周嘉树的名字,可是下一秒,他就僵着脸,把课本上他刚落下的名字都划掉。

我知道他嫌弃、厌恶我身上某种东西,但一直不知道答案。现在我知道了,他一直以为我是私生女,我身上流的血都是脏的。

喜欢周嘉树,不如喜欢狗。

我一路畅通无阻地走到了1班门口,果真看见一群人围着宋栀。

她正在伤心地哭泣，边上的人都在忙着安慰她，见到我站在班门口，都怒目而视。

好在经过程迟上回的事情，倒是没人敢出口讽刺我，怕得罪校霸。

宋栀表面上一直对我挺柔和的，毕竟有求于我，可这几次不知道受到什么刺激了，先是闹着要上学，又是冰棍事件，脸基本上算撕破了。

她抬起眼，眼眶都是红的，指节攥得发白："宋知微，你能不能放过我们家？"

我又听见她的心声了："周嘉树刚刚去找她了，明明他之前和我一样，最恶心这些私生子了。怎么会变成这样？"

我靠着墙，笑了一声："当然不能。"

宋栀的表情僵住了。

我往前走，手撑在她的课桌上，居高临下地看着她："这个帖子颠倒黑白，我不是私生女，插足者的孩子，另有其人。"

宋栀一直被爸妈瞒得挺好的，不知道她爸妈那档子事，真以为她妈才是原配，所以才会闹出这样的乌龙，对我暗地里一直抱有敌意。我这样陡然一说，她立刻下意识反驳："你有什么证据？"

我摇摇头，直起身，有点轻蔑。

"不需要证据。谁污蔑谁举证。清白者不需要自证。"我说，"我会报警，正义会给我答案。"

这个造谣帖，不会真以为匿名就不用负责任吧？

她的脸色一白。

还没报警呢，正义先一步来了，不知道谁说了一句："论坛的匿名功能突然下线了。"

我边上的人用书掩着手机,也在看那个帖子,帖主的名称一目了然——1班宋栀。

大家看宋栀的眼神都异样极了,安慰了她半天,没想到是她自己发的帖。真有够表面一套,背地一套的。

宋栀到底脸皮薄,气血上脑,竟然晕了过去。

VIP 病房里,宋栀刚做完透析出来,面色苍白,护工忙前忙后,宋栀妈在喂给她切好的水果。

我在挨我爸的骂。

"宋知微,我对你真的很失望,你就是用把姐姐气到住院来报答我们的吗?"

宋栀做的事,他是绝口不提。

我厌烦地垂下眼,看着干净的地面,想到了那段我独自一人在医院的情形,刚给宋栀换完肾,一家人对我的态度就急转直下了。

我刚来这里的时候,也是想给我久未逢面的亲生父亲看看,我也是一个优秀的女儿,结果事与愿违。还好我早就已经不在意他了。

"情况我也了解了,听说你还要报警?真是胡闹。你就不要再回学校了,毕竟那些都是宋栀的同学,这样对她影响不好。我给你办个转学,"大概是意识到自己的态度有点强硬,我爸又放缓声音,"都是一家人,相互体谅一下,好不好?"

"不行。"我轻声。

我爸愣住了,这是我第一次拒绝他。

"你再说一遍?"他厉声道。

我喉咙有点干涩。

病房里的空气凝滞住了。房门被毫无征兆地拉开，几个人簇拥着一个银发少年站在门口，他摊开手："宋知微，过来。"

我往他的方向快步走过去，低声问："你怎么来啦？"

程迟把手放在我的脊背上，哼笑一声："给你撑腰。"

我爸显然认识程迟，表情里露出了一点谄媚，我毫不怀疑他下一秒就要命令我给他牵线搭桥。

我吐了口气，底气不知道为什么足了很多，终于重复一遍："我说，不行。警我是要报的，肾我是不会捐的，宋栀是死是活和我没关系，别再烦我。"

我转头看向宋栀，她正陷入恐慌之中，紧紧地抓着被子。

宋栀对我的讨厌来自异母，来自周嘉树，来自对健康的嫉妒。

我戳穿她被裹了多年的美梦："宋栀，你妈，是正儿八经的插足者。你爸，是板上钉钉的婚内出轨。宋栀，你才是你帖子里发的私生女。"

我输出了一通之后，就退出了病房，留下里面一地鸡毛。

我坐在医院的长廊上，有人突然在我面前蹲下。

程迟和他的人刚刚在病房门口还多待了会儿，不用想都知道在给我善后。如果不是他，我今天走得也没这么轻松。

我捏了捏手心，看着程迟的眼睛："谢谢你啊。"

阳光滤过他的眉眼，格外清透，我犹豫了一下，还是问道："你怎么对我这么好呀？"

程迟支着下巴笑了一下："说话就说话，撒娇干吗？"

我的脸"轰"的一下就红了。不是撒娇，不是夸你，是真的在问你原因啊程迟。

程迟攒起眉,好像真的在思考,他说:"这需要原因吗?有些人,本来就是亮闪闪的,让人见了,就想把最好的都给她。

"第一次见你,正好看见你被周家的狗追着到处跑,挺特别的,还是我吹哨子叫走的狗。本来想上前看看你,结果看见周嘉树了。见他就烦,我就走了。早知道是你,我肯定不会转身。"

早知道是宋知微,肯定不会让别人捷足先登。这一转身,宋知微的眼里就都是周嘉树了,再也看不到他。看她给周嘉树跑前跑后,看她受委屈还依旧喜欢周嘉树,看他们两情相悦,他只好黯然离场。

我的睫毛颤了一下,没想到他比周嘉树更早一步就帮过我。

我等着他的下文,他却不接着讲了,一双桃花眼看得人心里发烫。

"然后呢?"

"这么急着打探我的心意啊,宋知微。"他勾唇。

程迟站起身来,状似无意道:"周家的那条狗,向来乖巧不乱跑,很听主人话的。"

程迟带我一起去警局立了案,论坛那条帖子也一直挂着。据说宋栀一直尝试删帖,但一直删不了,就和那天论坛突然出bug,取消匿名功能一样。

下面的评论已经反水了。

程迟还和我欣赏了一下帖中的内容,对我脚踏两条船那部分十分不满,冷笑着说:"周嘉树是什么破船,还值得你踏?"

案件处理结果很快下来了,要求宋栀公开道歉,赔偿我一笔经济补偿,不多不少,正好够我脱离宋家的管控,足够学费和生活费。

宋栀承认自己都是在造谣，某种程度上也是变相承认自己才来路不明，自己才是私生女。

这件事过后，她病情越发加重。屋漏偏逢连夜雨，宋家的生意也突然走下坡路。但和我没什么关系，我收着宋家的补偿金，叼着袋酸奶在手机上打字。

知微：我就知道，正义会给我答案。

程迟：那我呢？

我想了想，闷着头敲了行字。

知微：迟哥会把我带到正义面前。

对面很久都没发消息过来，我丢下手机做作业，想起来的时候再看，一条新信息已经躺了很久了。

程迟发了一条语音。少年的嗓音低哑，从听筒里缓缓流出："宋知微，怎么办，我感觉你快要追到我了。"

香樟树下，穿着白衬衫的少年站了很久。碎光落在周嘉树的身上，很柔和。我从树下路过，却被他叫住。

我不明所以地转过身。周嘉树看我的表情有点复杂，说不上来是如释重负还是别的什么。

"抱歉。"他抿了抿唇。

我从没想过周嘉树会说这两个字，他看着不像程迟那么不好接近，但心里比谁都高傲，死都不愿意低一下头。

我耐心地问："是为你误会我是私生女那件事吗？"

周嘉树定定地看了我好几秒，才低声回答，声音有点艰涩："为之前发生的所有事情。宋栀和我说了很多年了，她有个同父异母的妹妹，我就听了她的话。"

见我没什么表情，周嘉树垂下眼，有点琉璃的易碎感："你见过我弟弟吗?"

我没穿越回来的时候见过,挺可爱的一个小胖子,喜欢追着周嘉树跑,但周嘉树对他的态度不冷不淡,甚至算得上恶劣。周嘉树沉默了一下,自揭伤疤:"他是我爸养在外面的女人的孩子。"

我后知后觉地反应过来,周嘉树对我的态度,只是把自己的痛苦主观地加在我身上而已。甚至还不惜帮着宋家人一起哄骗我,因为在他眼里,这些都是我欠他们的。

"周嘉树。"我突然叫他的名字,眉眼弯弯。

他抬起眼,屏住呼吸,他很久没见过我对他笑了。

我听见周嘉树心中酸涩——"可我真的,好喜欢宋知微啊。"

"我喜欢你,"我这句话刚说完,就看见周嘉树的眉眼都亮起来了,我嗤笑一声,"真信了,恶心。"

周嘉树必须明白,有的事情,不是道歉就能挽回的。

这句话,我送还给他。

周嘉树没站稳,他安静而痛楚地看着我,也许在这一刻,他才意识到自己失去的究竟是什么。

"宋知微。"有个懒散的声音从我后头响起来,隐隐带了不满。

我匆忙地回过头,程迟站在我们背后不远处,手里举着个草莓味的冰激淋,桃花眼睐着,我有种被正房捉奸的感觉。哪还理周嘉树,我小跑着就奔向程迟了。结果半路踩滑,一头撞进程迟的怀里。

程迟稳住我的身子,却"嗯"了一声。

我连忙道歉:"对不起对不起,你哪里疼?"

程迟带着我的手,压着他左心房的地方,我掌心下面是灸热的心脏,正在剧烈而急促地跳动,我抬起头,程迟的脸上哪里有半分痛楚，他正低垂着眼睛看着我，眉眼缱绻："这里疼。"

我被耍了。

转身就要走，却被程迟轻轻一钩就钩回来，他叹息："亲爱的知微小姐，你身边有别的男生，我能理解。但作为你的追求对象，我有点没安全感。"

"所以？"

"所以，我决定把追求对象，减掉两个字，你猜是什么？"

"追求？"

程迟的力气紧了点，咬牙："是对象。"

我听不见心声了，只能听见两颗心"怦怦"跳动的声音。谁都没有说话，阳光倾泻而下。

反正，日子还长，路也还远。

反正，这还是一个新开始。

其实，程迟，也不是很难追。

番外

传闻 VS 现实

还不认识程迟的时候,我就听过他很多传闻,什么桀骜不驯、什么冷漠张扬,外校的学生都给他面子叫他迟哥,结果我现在只有一个感受:咱们迟哥,有些太黏人了。和传闻中的他,不像是同一个人。

我和程迟不是同一个班,却总是能在学校里不同的地方有意无意地撞见,除了女厕所,他能出现在任何我在的地方。比如现在,我上个体育课,都能撞见程迟在不远处和人打篮球,跳跃时露出一截精瘦而有力量的腰身。

他回过身,并不意外地挑了挑眉,却像刚看见我的样子,叹气:"宋知微,你怎么总是故意偶遇我啊。"

自恋且欠揍。

我翻了个白眼,下课后也没等他,一个人转身就去了小卖部买了根冰棍,坐在门边的长椅上。听见有人往这边来,程迟的头发在阳光下熠熠生辉,他身边的小弟在和他说话,他时不时地"嗯"一声。

小弟说:"男人不能太主动,否则像烂白菜,知微姐现在对你的新鲜感已经过了。"

烂白菜程迟罕见地没发火,忍着脾气"嗯"了声。

小弟说:"迟哥,虽然你在我心目中形象非常高大,但这事你听我的准没错。"

烂白菜程迟:"嗯。"

小弟指挥道:"吵过架没?利于感情的。你等会儿上去就直接和知微姐闹,闹一闹才能知道你在她心中的地位。男人不闹,地位不稳。"

程迟有点犹疑,却在下一瞬就看见了安静地坐在长椅上的我。小弟闭上了嘴,很识相地走了,临走前还在用眼神疯狂示意程迟上前,按他刚刚教的来。

程迟在我身前蹲下来,下巴抵在我的腿上:"我要开始和你吵架了。你做好准备。"

他酝酿了很久,咬字清晰:"宋知微,你这只小猪。"

我认真地等待了很久,他骂完这一句,却久久没有下文,还没开始就已经结束了。

程迟用自己的方式重新定义吵架。他仰着头,眉眼收敛尽桀骜,近乎无奈,就在这一刻,我听见他烦躁的心声:"烦死了。骂她一句小猪我都心疼。"

我脸红了。连冰棍融化的液体顺着我的手腕往下流都不知道。

我低头看着他的眼睛,日光刚好照下来。

我故作镇定,凑近他:"迟哥,告诉你一个我的心声,你唇边的痣看起来很好亲。"

很浅的一粒,就在他的唇珠那块,不仔细看看不出来。

然后我就眼睁睁看着传闻中的风云人物程迟的脸"哗"一下,

全红了。

　　十分钟后,程迟眉眼都是餍足感,他舔了舔唇角,意犹未尽。

　　他想——"吵架,还真挺管用。"

毕业第十年的同学聚会，

我从垫底差生摇身一变成了青年企业家。

势必要让当初看不起我的江望星后悔莫及。

却刹那听闻：

"江望星？"

"他早死了，就在我们毕业那年深冬。"

小樱骑士

从樱同学，十八岁
生日快乐
发信人：X

从樱同学，十九岁
生日快乐

从樱同学，二十岁
生日快乐
发信人：X

从樱同学，二十一
生日快乐

从樱同学，二十二

从樱同学，二十七
生日快乐

第三朝

为了这场高中同学聚会,我不仅千里迢迢从美国飞回来,还主动提供我名下的一家私人山庄作为聚会举办地点。

一直嫌弃我到不行的班主任拍着我的肩膀笑道:"白从樱可是我们班最杰出的青年企业家。"谁都没想到我一个垫底差生倒是先一步逆袭了。

以前明里暗里排挤我的女同学也凑上来想要摸摸我的珍稀皮奢侈品包,一声声"白总"地叫我。我在一片恭维声中紧紧盯着门口。

已经来了 39 个同学,还差一个人没来。

江望星。兰城一中常年第一的学神。

曾经把我的情书贴在学校公示栏里的混蛋。

他还没有来。

我这次回国给自己定了两个主线任务,第一个,让江望星后悔曾经对我态度那么恶劣;第二个,找到当初暗地里一直帮助我的 X 同学。我都已经想好剧情了,第一章"回国",第二章"复仇",第三章"报恩"。没想到一开始复仇的主角就没出现。

旁边的女同学碰了碰我的胳膊:"白总,你盯着门看什么,我们班的人都已经到齐了。"

江望星的名字就要脱口而出,我抿了抿唇,转过了头去。

班主任艰难地把他身后的东西抱出来,是一个大大的时间胶囊，里面装的是我们高考前封好一起放进去的铁盒。被埋进土里十年，终于等到了物归原主的一天。

梳着大背头的班长还是那么谄媚，帮着班主任发铁盒，以前总是最后一个发我的作业，这次第一个就把贴着"从樱"的铁盒交给我了。

我盯着铁盒表面幼稚的贴纸，贴纸已经有了泛黄的痕迹。我屏住呼吸打开，果然里头只有一张简单的纸条："十年后的从樱，二十七岁的从樱，你一定要让江望星后悔莫及。"

字迹用力，明显可以看出对江望星的咬牙切齿。

但我环顾四周，老同学都已经在含泪看着十年前自己留给未来的东西，只有一个铁盒被孤孤单单地放在桌子上，无人认领，上面贴着名字——江望星。字迹疏懒。

他还没有来，他竟然不来。天知道我为了等有资格说"莫欺少年穷"这句话等了多久。

我吐了口气，手中的纸条被我翻过去，还写了一句话："从樱，你要找到不知名的X同学，感谢他一直默默地帮助我。"

年少时的酸涩翻涌上来，我高中过得挺惨的，为了省出教材钱，经常早上和晚上不吃饭，有个不愿透露姓名的X同学，经常会在我抽屉里放草莓牛奶和面包。我被混混流氓给盯上，也是他暗地里帮我摆平。被江望星贴在公示栏里的情书，就是我写给X同学的。

X同学帮了我很多事情，我猜想他一定是个内向温柔不显眼的人。他一直隐瞒自己的身份，到毕业前我都不知道他是谁，但他一定是我的同班同学，不然不会这么准确地每次都知道我的困境。

而现在，除了江望星，其余的同学都聚集在这里了。

我捏了捏手心，站起身来，认真地看过每一个人："高中时，有个署名 X 的同学一直默默帮助我，现在我能知道你是谁吗？"

同学们的眼神茫然地聚集在我的脸上，一副努力回想的模样，根本看不出来谁是那个他。又或许是 X 同学，早就忘记了自己的善举。X 同学不仅高中做好事不留名，到现在也没打算站出来。

我提高了声音："X 同学，你在吗？"无人应答。

不知道谁起身撞到桌子了，桌上属于江望星的铁盒突然"咣当"落地，里头的东西掉出来，我下意识地看过去，散落一地的千纸鹤、草扎的小兔子、塑料樱树枝，挺熟悉的，这些都是我给 X 同学廉价而诚挚的回礼。

我呆愣了好几秒。

江望星这人怎么这样啊，还偷拿我给 X 同学的回礼。

我慢慢地走近，半蹲在地上，把这些翻倒的东西都放回了有江望星名字的铁盒里，三年间我给 X 同学的回礼，都分毫不差，这里头还有很多眼熟的零散物件和一个老旧的按键手机。

我怒气冲冲，江望星不仅粘贴我给 X 同学的情书，还干这样的事情。我现在就准备去找江望星算账，刚好报了之前的仇，我问："江望星现在在哪儿？"

空气突然陷入了沉默，深雪落在落地玻璃上。

很久才有人回答道："江望星啊，他早死了，就在我们毕业那年的深冬。"

一场同学聚会，最后不欢而散。

山庄外面下着雪，我站在路灯下，飘飞的雪被光照亮，手机突然"叮咚"一声。

"从樱同学,二十七岁生日快乐。——X"

我才意识到,原来已经过了零点,今天是我的生日。

这么多年,我每年都会准时收到一封生日祝福邮件,署名都是 X 同学。我原本以为在二十七岁生日之前能找到 X 同学,没想到他还是不愿意露面。

我突然低下头,安静地看着怀中属于江望星的时间胶囊,一个诡异的想法突然冒上了我的心头——江望星不会就是 X 同学吧?

我打开他的铁盒,最角落躺着一个老旧的按键手机。电池早已没电,我只好去寻那种型号的充电器,费了好大功夫。

我长按开机键,手机里什么信息也没有,只有一个邮件中心。邮箱云端已经储存好了将近百封待发邮件,都是十年前上传的,早已设定好云端发送时间,时间在每年的 12 月 21 日。有些已经发送了,格式都挺统一的。

"从樱同学,十八岁生日快乐。——X"

"从樱同学,十九岁生日快乐。——X"

一直到"从樱同学,一百岁生日快乐。——X"

从樱同学,到一百岁,生日都要快乐。

其实从高中毕业之后,我的生活逐渐走上了正轨,现在别人都叫我一声白总。我的朋友们早就为我提前过了盛大的生日派对,这段时间合作伙伴问候我的信息也从没断过。

但好像都没这么简单的一句"从樱同学"来得让人想要落泪。别人都知道我叫白从樱,叫我白总、白女士,只有 X 同学在高三那年意外得知,其实我不喜欢姓白,从是我妈妈的姓,我应该叫从樱。

打脸江望星，找到 X 同学，是我回国的目的。结果这两个都没能实现。

时间胶囊里面有很多东西，折得很用心的千纸鹤、缠绕的耳机线、草扎的兔子、按键手机，还有塑料樱花枝。我拿起樱花枝，和记忆里的一样劣质，上头还贴着一个早已泛黄的心愿贴。

我仰起头，只觉得漫天的雪都落到我身上了。

大风把我的头发都吹起，我闭眼许下了二十七岁的第一个愿望。

如果生日愿望真的能够成真，那么我希望——穿越时空再见你一次，我不知名的 X 同学。

我从睁开眼到现在一直在愣神，舞台上搬道具的同学走来走去，他们穿着蓝白色的校服。

一场雪竟然把我带回了高中。旧年的记忆被唤醒出来，这是高一时的话剧表演，我们班出的节目是白雪公主，现在在排练。我抬起头，果然看见一脑袋的树枝，我扮演的是一棵做工粗糙、塑料感极强的樱花树，安安静静地蹲在最后面。

照这样说的话，如果我没记错，现在演白雪公主的就是江望星。

我有十年没见过他，江望星在我记忆里一直都是少年模样。

我抬起眼，穿过在台上走动的同学，穿过被光照亮飘浮的尘埃，直直地看见最前面的他。

他冲破时光的桎梏而来，满身的少年气。江望星正倦懒地依靠着边上的支架，校服洗得发白，侧脸在光下熠熠生辉。手里还拿着个红得发黑的苹果，应是预备用来毒死白雪公主的道具。

我站起身来，艰难地穿过人群，满头树枝乱晃，最后我在他背后停住。

江望星听到声音，转过头来，他单眼皮，眼下有颗泪痣，落了一身的金光。我原先想问他是不是 X 同学，却不知道哪根筋搭错了，大声说："江望星，你是不是暗恋我？"

他"咔嚓"一声咬了口手中的苹果，动作一下顿住，沉默了好几秒，最后面无表情地看着我，说："你哪位？"

我硬着头皮回答："白从樱。"

他直起身来，若有所思："从樱同学，数学考三十八分那个？"

我反复告诫自己死者为大，忍了又忍，才没给他一拳。

现在确定了，江望星不可能是我的 X 同学，一定是哪里搞错了。比如江望星这个懒鬼放时间胶囊的时候，不小心拿错了盒子之类的。

X 同学，内向、温柔、不起眼。

江望星，自大、欠揍、疏远。

这两人完全搭不上关系。

我和江望星，是两个极端。

我是花钱进的兰城一中，江望星也是花钱进来的，不过是学校出的钱，兰城一中用高额奖学金才能把他留下。

我这辈子只接受过我爸两次施舍，一次我爸替我交了兰城一中的赞助费，我遇见了江望星；一次我爸替我申请美国的本科大学，我再没见过江望星。

我和江望星属于是我要夹菜他转桌、我要喝水他刹车的那种关系。我高一抢他话剧角色，他高三就公然粘贴我情书。冤冤相报，到我毕业才算告一段落，要不是他死了，也许还要延续很久。

江望星是当时班里最好看的人，所以在话剧比赛中被强制安排了白雪公主的角色。我是白雪公主经过时的一棵樱花树。我当时很不满意自己的背景板角色，乐于助人的 X 同学就帮我满足了自己的主角梦。

看在他后来比我惨的分儿上，这回我就不抢江望星白雪公主的角色了。我现在就站在班级后边的心愿墙边上，穿着蓝白色的校服，满墙的心愿贴被风吹动。我看见我的心愿贴了，上面还没有标记，也没有署名。别的同学贴的都是，希望有人能解答以下这个函数。只有我的上面是光秃秃的一句话——"我要当公主"。

多么朴素的一句话。

后来 X 同学看见了这张心愿贴，就替我实现了愿望。

但我这次准备改了。我取下了心愿贴，把"公主"两个字给涂掉，写上了"骑士"两个字，重新贴到了心愿墙上。我一直紧盯着在心愿墙前逗留的人，但谁都没多看我的心愿贴一眼。

不过是出去打了个水的工夫，再回到教室，我发现心愿贴上已经有了新的字，上头是我涂改的字体——"我要当骑士"。

下面添了压根儿看不出来是谁简单落下的两笔——X。

X 同学，应允。

不论我写的是公主还是骑士，他都应允，却从不愿意让我知晓他是谁。

我茫然地回过头，教室里坐满了人，都在忙自己的事情。我的目光从班里几个怀疑对象身上移过，我最怀疑 X 同学是班上一个叫林森的人，他温柔沉默且内向，十分契合 X 同学的形象。

我上前和林森讲话，刚轻敲了一下他的桌子。

突然有大风把窗帘吹起，我顺着看去，江望星的位置在窗边,外面夏木茂盛、蝉鸣声声,风把他的额发都吹乱了。边上的同学都吵闹,只有他明亮而疏离,白皙的手指正百无聊赖地转动着笔。

江望星不经意地抬起眼,刚好对上我的视线。他轻"啧"了一声,有点烦躁地别过了头去。

莫名其妙的江望星。

心愿贴上的愿望再一次实现了,X同学应允的事情一向都会实现,这回我成了最后翻山越岭解救公主的骑士。

话剧正式会演的时候,台下坐满了全校的师生,望过去都是蓝白色青涩的校服。其实我这个角色戏份挺少的,但是看江望星被迫演的白雪公主很有趣。如果他的眼神可以杀人,那么在场的所有人都会死一遍。

我安静地看着他,看着仍然鲜活的他。

他最多烦人了点,不该死的。

终于到我上场了,我拔出塑料剑,翻山越岭地去寻找我沉睡的公主,打败拦路的强盗,最终到了他的面前。江望星就冷着脸躺倒在一堆廉价、色泽娇艳的假花中。我跪倒在地,即兴发挥:"公主,小樱骑士护驾来迟了!我来救你啦!"

我看见江望星的下颌线绷紧,眼角轻微地抽动了一下。

接下来按着文娱委员改得面目全非的创新剧本,该是骑士亲吻公主,然后公主缓缓醒来的场景了。这部分糊弄一下就行了,我只需要象征性地低下头。

江望星生得真的很好,演白雪公主一点也不违和,他的皮肤白皙,鼻梁高挺,骨节分明的手里拿着个红到黑的苹果,像是童话书被翻然打开,沉睡昏死的他跃然而出。

然后，我面前沉睡的公主丢掉苹果，把我的麦给移开，紧闭的唇张开一线："从樱同学，麻烦你自重。目光太赤裸了。"

江公主脸上明晃晃写着一句话——不要对我有非分之想。

我刚要反驳，脑袋一沉，往下一砸，直直地磕到他嘴唇上。

江望星，史上第一个被骑士砸醒的公主，我昏过去之前最后一个想法是，完了，江望星又要看我不顺眼三年了。

"啊，张大点。"我刚醒来就听见这句话，下意识地也张大了嘴。刚照做就听见了两声笑，校医点着我说："哎呀，不是让你张大嘴。"

校医正给他面前的江望星检查着嘴巴，江望星还有空转过来睨我一眼，笑意很深。

江望星倒是没什么大问题，就是嘴巴给我的头磕破了点皮，搽点药就好了。校医也查不出来我为什么突然昏倒，只有我隐隐感觉到也许是这个时空有点排斥我的缘故。

门口突然有人进来，正是林森，我的眼睛一下就亮起来，江望星轻飘飘地看了我一眼。

我问："林森同学，你是来看我的吗？"

这位内向的男同学脸一红，急忙反驳道："不是，我给同桌拿红花油。"江望星示意他走近，和他讲了两句话，林森古怪地打量了我两眼，拿着红花油头也不回地就跑了。

我和江望星都检查得差不多了，早该走了，走出校医院我就忍不住问他："你和林森说了什么？"

"我说他再不跑快点，你就要缠着他补习数学了。"他岔开话，伸手抚上自己被磕肿的唇，感叹道，"从樱同学，你的头可真硬啊。"

我的心里又自责又羞愧："我现在没有能力补偿你，等十年后我再来表达我的歉意，我那时候已经是一个杰出的青年企业家了，很有钱的。"

江望星怔了怔，难得没有嘲笑我的天马行空，他问："那你是不是已经如愿以偿了？"

我想了想，说："是。"

十年后的白从樱，压根儿不再需要 X 同学了，她的前途光明，想要的都已经拥有。

我往前走了好远，回过头才发现江望星一直停留在原地，眉眼带笑，他说："那就好。"

我的主线任务还在继续，但 X 同学藏得实在太深了，从林森同学恨不得离我八百里远的情况看，他压根儿不会是 X 同学。我干脆先执行另一个任务了，我原本立志让江望星对我后悔莫及，现在打算更改一下，我要让江望星对我感恩戴德。

江望星得活下来，亲自出现在第十年的同学聚会上。但我琢磨着以我们现在这样的关系，他很难听进我的话，于是就一门心思扑在怎么和江望星打好关系上。我缠着他给我补习数学，结果补习着补习着，关系更差了。

由于学业越发繁忙，兰城一中早上会有免费的校车接送学生。我和江望星都会坐，因为我俩都一样穷。我不气馁，坚持每天校车上都要坐在他的旁边。

江望星永远坐最后一排，身边的位置永远空着，即使边上很多学生都因为没座位站着，也不敢在他边上坐下。

我以为是学神不可高攀的缘故，后来才知道，他们疏远江望星还有一个原因。他们怕他，江望星的爸爸是刚刑满释放、兰市闻名的杀妻犯。

这一次，我坚持着占据他旁边的位置。

江望星侧脸看着窗外，疏离地戴着耳机听歌，在校车上的他显得格外陌生而漠然，看着窗外的景色兜兜转转，像是早就知道自己的结局，却不得不按着轨迹走下去。

这时候的他从来不和我讲话。我竟然也不敢打扰他。

不知道是不是我的错觉，一年时间在一眨眼间就过去了，不知不觉已经高二，像是苍白的书页被风飞速吹动，快到根本留不下痕迹。

终于有一天，我鼓起勇气问他："江望星，你听的什么歌？"

江望星安静了很久，久到我以为他不会回答了。

他才转过头来，声音很淡："高考英语听力。"

他摘下了一只耳机给我，我冷静地看着他捏着一只耳机的苍白指尖，久违的被高考英语支配的恐惧涌上心头。

我……突然不是很想接了。

江望星没等到我的回应，作势要收回手，我连忙按住，擦过他的指尖取走耳机，吐了口气戴上，却愣了一下，温柔的男声从耳机里传出，正唱道："谁能凭爱意要富士山私有？"

他骗我，哪里是什么高考英语听力，这明明是陈奕迅的《富士山下》。

我看向江望星，没想到他正在看着我，一点都不心虚，一改之前阴郁的模样，愉悦地弯起唇角，一副得逞了的模样。

自大狂。

没想到这首歌听完了，还是同样的歌，我才发现，他的MP3里没有高考听力、没有别的歌，只有这一首《富士山下》。江望星在这辆循环来往的校车上，听着单曲循环的歌，走过他生与死的循环之圆。

终于有一日，有人问他，你听的是什么歌？

我离他近了一些，肩膀相碰时可以闻见他身上好闻的皂香，我问："富士山是什么很特别的地方吗？"

江望星顿了顿，说："是樱花最漂亮的地方吧。"

校车到站了，大家都往下走，江望星也不例外，他把耳机收起，带着他那个只有一首歌的老旧MP3越过我，往车前头走去。

我坐在位置上，在他临下车前叫住他："喂，江望星。"

他回过头来，下颌线漂亮明晰，我大声说："不要去江边，离你爸远点。听我的，这次准没错。"

光影在他眉眼间变幻，他没说话。

除非有人来打破，不然多少次提防注意，他都会走入一样的结局。

江望星神情倦懒，唇角翘起，莫名答道："已经足够。"

——你坐在我身边，就已经足够。不必救我。

这句话一结束，我面前的场景已经空荡一片，校车和江望星都被风如雾般吹散，我的面前仍然是山庄的大雪。

我几乎都要以为刚刚只是一场漫长的幻梦，却在低头时看见樱树枝上贴着的心愿贴已经改变：

——"我要当骑士"。

这是我的请求。

——"X"。

这是他的应允。

下一瞬，心愿贴连带着樱树枝都碎裂开，时间胶囊中的耳机线也已经断裂，像前面的心愿贴一样很快消失不见。

我几乎站不起身，抱着怀中的铁盒差点跌入雪里。盒中剩下的东西已经不多了，如果时光胶囊真能改变过去，我至少要做好万全的准备，于不可能中救下江望星。

但我才走了一步，风雪就突然一停。

我心里有种强烈的预感，等风雪停了，盒中的东西也就没有特殊的作用了，就和无数个普通怀旧的东西一样。我摸出手机，这私人山庄偏偏是在山上，一点信号都没有。

我垂下眼，按着手中的铁盒，一身雪意。

高三毕业那阵，我爸不知为何，突然良心发现，送我去美国本硕博连读，之后又让我负责替他开拓海外市场。我的事业和人际交往都风生水起，不论是X同学还是江望星，都只存在于我晦暗、扑朔迷离的过去。

只要我不继续了解下去，我还是那个前途明亮的白总、白女士。

只要我不了解下去，我就可以当作什么都没发生过。

可是我不了解下去，就再也不知道那个会叫我从樱同学的人发生了什么。

我打开了铁盒，如同打开潘多拉之魔盒。

江望星死在我们毕业那年的深冬里。

班主任说，他在高考前手受伤了，没能参加考试，后来也没来办复读手续。那段时间，我正在忙出国的事宜。再后来，他在那年冬天的夜里，被他爸推进了兰市那条大江里，救上来的时候人已经冷了。

彼时我正在大洋彼岸艰难求学，暗暗发誓终有一日要让江望星后悔莫及。

江望星比我还惨点，他爸杀妻后锒铛入狱，到他高中时候因为表现良好出狱，还顺手拿回了他的监护权。我不止一次撞见过他爸找江望星要钱，凡是和江望星走得稍微近点的，都会被那个可怕的男人盯上，所以江望星，几乎很少和人交往。

他一直停留在我的过去，我一直在往前走，有时候几乎想不起江望星的样子。骤然回到高中，才发觉他是那样耀眼鲜活的一个人。

江望星的盒子里装得最多的就是千纸鹤，几乎要把盒子都填满。这个我也挺有印象的，高三资料费很贵，我妈去世前给我留下的钱也不太够用了，我不得不从吃上省下钱来，抽屉里却总是多出一瓶牛奶和面包，我很穷，没有什么可以回报的。我就折千纸鹤，放在抽屉里。

X同学每放下一瓶牛奶，就会拿走一只千纸鹤。

周围突然刮起大风来，盒子里的千纸鹤被刮得满天飞，我急忙伸手去接，却被冰冷的风雪逼得闭上眼睛，再睁开眼时已经坐在夕阳照射下的高三教室里了。黑板上的值日表写着周五，放学很久了。边上的同学都已经走完了，我摸进抽屉，果然摸到一瓶纯牛奶。

很朴素的包装，这个牌子的牛奶早已停产。后来的从樱同学，也再不会喝这样廉价的牛奶。

我拆开吸管，狠狠地喝了口，好不容易能再占到X同学的便宜。我慢慢地往外面走，夕阳往下落，我有点苦恼地踢着路上的石子，时间都到高三阶段了，我还没找到X同学，我都快把班上的男男女女给排除完了。

再找不到，我就要怀疑到秃头班主任头上去了。

在校门口隐约有喧哗声，我拨开看热闹的人群，从缝里艰难地往里头看。

大家即使是围观，也像怕沾染了脏东西一样，离他们远远的，交头接耳道："这就是江望星和他的杀人犯爸爸。"

江望星就这样站着，脊背瘦削。男人怒气冲冲："你的奖学金呢？那么多的钱呢？你都藏哪里去了？"

江望星好像看不见那么多人的异样目光，轻笑了下："不是早就都被你拿走了吗？"

"怎么可能？你一定还有钱，我都看见你买牛奶了。"男人猛然伸出手，把江望星的书包扯落在地，书本伴随着纷纷扬扬的千纸鹤一起掉落在地上。

江望星一动也没动，任男人撕扯、挥舞拳头，却在看见落到地上的千纸鹤的一瞬间，垂在身侧的手关节猛然发白。

我比谁都震惊，看看手上喝光的牛奶瓶，又看看地上的千纸鹤，一时间没能得出结论来，伸手就把手上喝完的牛奶瓶砸到男人身上，上前一步把江望星扯到我的身后，大喊道："学校保安不管疯子是不是？"

江望星他爸神情恼怒，却在扫过我背后的江望星时突然被吓住，不敢再接近半步。保安这才匆匆赶到，把闹事的男人扯开驱逐，遣散围观的人群。

千纸鹤滚入尘土，江望星的心事，以这样难堪的方式铺展开来。我到现在还有点没反应过来，蹲下身，把一地的千纸鹤重新装进江望星的书包里，连同他散落的课本。

我突然有点想明白了，江望星的时间胶囊不是贴错名字了，而是，那就是他的盒子。我仰起头，原先想问他是不是 X 同学，却又不知道哪根筋搭错了，再一次大声说："江望星，你是不是暗恋我？"

这话一出，我都准备好接受江望星的羞辱了。上回他羞辱我数学三十八分，这回估计该笑我脑子不清醒了。

江望星穿着蓝白色的校服，光从他的方向而来，他低下头，不再隐瞒："是。我暗恋你，从樱同学。"

我手上的书包"啪嗒"一声掉在地上，江望星蹲下身，接过他的书包，把地上已经被践踏变形的千纸鹤都装进书包里，他垂着眼说："所以，不要再接近我了。"

我干巴巴地问："为什么？"

江望星微微一笑："我不想早恋。"

自恋鬼！江望星！

江望星的睫毛很长，遮住眼底的神色，他说："从樱同学，去你应有的未来去，去当你幸福美满的青年企业家，你的前途鲜花盛开，不要再往回看了。"

十七岁的江望星，足够贫穷。

十七岁的从樱，也足够贫穷。

贫穷的江望星，却注意到从樱同学的困境，用不知从何处省下的钱，时常往她的抽屉里放牛奶。

贫穷的江望星和白从樱，本来都有很好的未来。

我看着江望星，慢慢地说："亲爱的 X 同学，我该怎么走到你的未来去呢？"

他说："从樱，不要走到我的未来。"

我没有未来。

从我知道江望星和 X 同学是一个人开始，从我亲耳听见江望星说他暗恋我开始，他就一直躲着我，不和我扯上半分关系。甚至连我抽屉里的牛奶都不再出现了。

江望星接下去会因为手伤参加不了高考，又在毕业那年冬天坠入兰江中。我觉得这两点都和他爸脱不了关系，帮江望星摆平他爸才是我目前最主要的任务。

我抬眼看日历的时候，发现已经是高三的 5 月份了，周围都是紧张的备考氛围。我没什么学习压力，因为大概不久后我爸的秘书就会联系我商讨出国事宜。但这段时间，应该是我碰上麻烦的时候了。

我妈陪我爸白手起家，他转头搞外遇气死我妈后，我就一直跟着外婆。后来外婆也走了，我就一个人住在她的老房子里。没想到后来遇到拆迁，我不肯搬，房地产商就找了堆混混守在我家边上恐吓我。因为没有实质性的伤害，警察最多也只能口头训诫。

最后是 X 同学默默帮我摆平的。

但我这回等了又等，别说被小混混骚扰了，就连小混混的影子我都没在房子边上看见过。

5 月末的夜晚下了一场滂沱的春雨，我从梦中惊醒，背后汗湿一片。我下意识地编辑了报警短信发送，匆匆推开门，湿润的雨气扑面而来，我拿起门边的伞，往夜雨之中走去。这边都是老巷子，住的人也不多了。我在拐弯处听见搏斗的声音，隔着雨匆匆看了一眼。

江望星摁着男人的头磕在墙上，周遭还有其他混混流氓，即使一对多他也没落下风。

被江望星摁在墙上揍的人，我认识，是他爸。

隔墙一直有声音，江望星他爸说："那个女生我打听过了，她爸挺有钱的，你小子有眼光。"

江望星把男人的头狠狠地往墙上一撞，压低声音："你想要什么？"

他们的动作停下来了，我听见江望星他爸说："江望星，你替我去打黑拳吧。我需要很多钱，如果你不给我，我就去找那个女孩要。"

雨落下来，江望星说："好。"

男人说："别考那什么高考了，你飞上天，我以后就管不住你了。"

江望星说："好。"

男人说："我不信你，你这两个月手先受伤一下吧，怕你偷偷去考试，一飞冲天了。"

江望星说："好。"

男人笑道："你妈当初要是和你一样听话，不就不用挨打了吗？"

我之前报的警现在还没到，但我已经火冒三丈了，恨不得杀了这群人，原来江望星是这样被逼着受的伤，这样错过的高考。我再也忍不住，左右不过被打一顿的事情，于是拿起靠在巷子里长长的晾衣竹竿，不知道是哪家阿婆放的，就划破雨帘冲了出去。

我大喊一声："都给我滚开啊！"

我用力地挥甩着竹竿，"啪啪"地打中了好几个人，吃痛怒骂声此起彼伏，人们不明白这个疯姑娘从哪里冒出来的。这些人其实身上都有刀的，但远处已经有警笛的声音响起来，他们原本预备上前的脚步一顿，落荒而逃，和地沟老鼠见光而窜没什么区别。

我随手把竹竿一丢，擦了一把脸上的雨水，才发现江望星已经摔在了地上，正勉强地借着墙想要爬起。

我跪倒在地，伸手扶他："公主，小樱骑士护驾来迟了！我来救你啦！"

江公主眉眼冷淡,春雨顺着他的下颌往下落,他牵着我的手,指尖带到他脸上被打出的伤痕上,已经肿起好长一条。我怒不可遏:"是谁打得这么狠?气死我了。"

江望星的眼神落在我刚刚丢掉的竹竿上:"是你。"

他说:"我怀疑你在蓄意报复。"

小樱骑士没带剑,她的竹竿是无差别攻击武器。

我摸了摸他的右手腕,骨节明显,冰凉一片,还好,没被他们害出什么毛病。江望星的手可值钱了,这是状元预备役的手啊。

江望星却把手从我的手里抽离,轻声道:"我不是告诉过你,不要来管我的吗?"

我认真地看着他:"江望星,我这次来,只有一个目的。"

不是为了打脸江望星,不是为了找到 X 同学:"我只是来,把你牵引到你该走的道路上。"

深冬的兰江水太冷了,不要再被推下去了,江望星。

我已经跑赢时间,跑到你的过去了,也拜托你,给我一个走到你未来的机会。

成年人对未成年人的把控是降维打击,一般的问题还可以寻求老师帮助,像江望星爸这种不稳定的恐怖分子,身上背过命案的,就可能不是那么好解决了,谁知道他疯起来会做出什么事情。

江望星他爸对他有着极大的掌控欲,不仅是我,任何靠近他的人都会被江望星爸盯上。

当我爸的秘书找上门来的时候,我提出了见我多年未见的父亲一面。他答应了。

我爸看我,觉得我很陌生,其实我看他还挺熟悉的。我被他安排去美国本硕博连读之后,一直替他开拓海外市场,和他的联系实在算不上少,但我一直都只叫他白总。

我开门见山,十分直接,尽量让自己的姿态显得平稳:"白总,我不打算出国了。我妈妈生前给我留下来,一直被瞒着、由您托管的股份,我也不打算要了,以后我一点都不会麻烦您。我想和您,用我所有的这些为筹码,做一个交易。"

白总有点意外,我说:"我用所有的东西,来换江望星平安。让他的疯子爹,离他远一点,消失在他身边。"

我不要私人山庄、不要稀有皮的奢侈品包,不要别人尊敬地叫我杰出青年企业家了。

白总笑了两下,说:"你知道为什么我突然送你出国吗?"

我诚恳地摇摇头:"良心发现?"

"半个月前,有个叫江望星的人来找我,他说他的杀人犯爹,盯上我的女儿了,为免横生事端,让我赶紧把你送出国。我想了想,这些年也算是我对你不住。这江望星挺有意思的,连给你申请的大学、未来的职业路线都规划了百十来页纸。我问他要是我不答应怎么办,他笑了笑,说,反正他命贱,大不了和他爹同归于尽。"

十七岁的人,怎么能说出这么决绝的话?

最终,也真一语成谶了。

我从来不知道,他自己深陷泥潭之中,却把我托向天空,送我走向明亮广阔的未来。

我的脑子嗡嗡响,却在下意识重复,我说:"白总,这交易您还做吗?"

他说:"成交。"

白总说完这句话的瞬间,我感觉身上的枷锁一轻,像是有什么新生的可能延展开来。

白总说:"他一直从樱同学从樱同学地称呼你,我问江望星为什么不带白姓,他说你不喜欢,从是你妈的姓。白从樱,虽然这些年我忽视了你,但你要记住,你始终姓白。"

我却突然浑身一颤,问道:"他叫我什么?"

"从樱同学。"

但我记得不是这样的,不论是 X 同学,还是江望星,从高一开始就一直喊我白从樱,直到快毕业那段时间,我才和 X 同学透露,我不喜欢白这个姓,以后他发生日祝福,千万不要再加上白姓了,喊我从樱就好啦,从樱同学。

可这次,我借助时间胶囊的东西回到这个时空,从第一次见面开始,江望星喊我的就是从樱同学。

不带任何亲昵,这对他来说只是一个简单的名字。

我往外奔跑,被困在时间里的人经历着不断循环的过去,一次次重复着生与死的交替。不同的景色从我身旁掠过,无数的记忆向我涌过来。

这是一个封闭的时空,时间只在江望星高一到高三之间流动。从遇见从樱同学开始,到江望星坠入江中结束。如此往复,江望星一直都有记忆,他曾挣扎过,不管过程如何变化,他都会在那个深冬坠入冰冷黑暗的江水。

江望星说他没有未来,是真的没有未来。

他听说从樱同学的未来一片灿烂,也是真的开心。

只有他被困在原地,从未前行。即使循环无数次,江望星也从未放弃一件事——做她不知名的 X 同学,送她前往似锦未来。

我不知道跑了多久,穿过城市车水马龙的街道,才在学校公示栏后的长廊停下。

公示栏里已经贴了什么东西，像是我毕业前鼓起勇气写给X同学的情书。江望星单肩背着书包从远处走来，错过公示栏的瞬间，突然停住，他的指尖摁在情书上——那是一个要揭下来的动作。

原来，情书从始至终都不是他贴的。只是这一幕刚好被我撞见，让我气恼了很多年。

江望星收回手，指尖撑在下巴上抵着笑意，聚精会神地看着面前公示栏里贴着的情书。阳光细碎地落在他的眉眼上。

所以，真不能怪我误会他。任何一个人看见了，都会觉得是这个混蛋得意地粘贴的吧。

我向公告栏前正又一次准备揭下情书的江望星快步走去，但是才跑了两步就突然停住。

我看见有个扎着马尾的女生出现了，扯住江望星的左手，大喊道："江望星，你把我的情书贴在公告栏！你个混蛋！我要让你后悔莫及。"

那是真正十七岁的白从樱同学，眉宇之间都是青涩。我猛然后退，低头看自己，只能看见一片虚无。

江望星把情书给揭下来，浅浅微笑："如果你能去美国留学，立刻就能气死我。"

从樱同学跳脚，说："我才不会让你得逞，我才不出国，要一直跟着你，一直让你给我买牛奶，烦死你。让你一辈子都后悔莫及。"

江望星用左手从口袋里掏出一支笔来，在情书下方空白的地方，随意地勾上几笔，才转过来，看向十七岁的从樱同学，又像是越过她和我对视。

"从樱同学。"

"我喜欢你。"

晨光从无尽的过往之中折出新的平行时空,驱逐着不属于它的外来之客。

我从未如此庆幸,又从未如此羡慕和嫉妒。

我的江公主,小樱骑士救驾成功。

我跌落在雪地之中,手机从口袋中砸出来,微弱的光亮起来,2022年12月21日0点10分。

原来才过了十分钟,可我分明已经重新走过了三年。我指尖一直捏着的纸张被风吹得翻飞,我低下头,看见我手中捏着一封情书,信纸开头的话:"亲爱的X同学,我喜欢你,希望你能告诉我你是谁。"

下面空白处已经不知被谁勾下了印记,这回留下的印记并非只是简单的两笔,而是一个散漫张扬的签名。

"江望星"。江望星同学收到。

笨蛋从樱同学,我是江望星。还没猜到我是谁吗?

时光胶囊上贴着江望星名字的纸条被风吹动,露出了它反面的两个名字——X和从樱。

这是属于X和从樱的时光胶囊。可里面已然空空荡荡,心愿贴、千纸鹤、耳机线都已经随风消逝,唯有这曾经被撕成碎片又被黏合起来的情书还证明着,刚刚都不是我的梦境。

那句歌词从年少相连缠绕的耳机线里被翻出来——"曾沿着雪路浪游,为何为好事泪流。"

我已经救下了另一个时空里的江望星,打破循环的平衡,在高一话剧表演时做江望星的骑士,和高二坐在校车上的江望星一起听歌,在高三时替江望星收拢一地被踩踏的千纸鹤,在滂沱春雨里救下被围殴的他，最后保护他和他的女孩不受伤害。

我为我的 X 同学、亲爱的江公主，创造出了一个温暖的平行时空。这已经是童话中最完美的结局，

我想站起身来，却又一次摔倒在雪里。

可是我这辈子，已经错过江望星了啊。

他是我记忆中烦人的同学，所有的温柔都藏在那个 X 同学的马甲之下。他把我从一棵背景樱花树推成主角公主，在校车上坐在我身边一个人听了三年的《富士山下》，他的千纸鹤曾被毫无尊严地践踏，他在滂沱春雨里束手就擒。

他去找我凉薄的父亲，为我谋求一个光明的未来。

他因为受伤，没能参加高考，最终在深冬的夜里和他憎恨一生的父亲一起葬身江河。我什么都没失去，我还是那个白总、白女士，同学聚会上被吹捧的青年企业家白从樱，但我从没这么羡慕过另一个时空的从樱同学。贫穷的她，有贫穷的江望星陪着她。

我站起身来，这一次终于站稳了身体，情书被我安静地放进铁盒之中，表面贴着的字迹疏懒——"江望星"。

字条翻过来，字迹明显温柔了很多——"X 和从樱"，从樱同学是江望星藏着的秘密。

我二十七岁生日前夕，参加了一个高中同学聚会，最讨厌和最感谢的人都缺席了。

他永远缺席。

他是江望星。

是 X 同学。

是我亲爱的落难公主，没等到他的小樱骑士。

我被困于深宫十六载，
是个不为人知的哑巴公主。
他如满月圆满，常伴我身侧，护我万分周全，
即使因此每每受痛，也从不言说。
他曾在草野之下呕血，为我擦去眼角的泪，
轻声一句：『唯愿公主平安。』
但其实月亮并不永远圆满，有盈自然有缺。
我和令九，便是如此。

长伴公主
如满月

第四朝

我喜欢上了一个暗卫。但我是个哑巴，说不出"喜欢"这两个字。

他冷漠淡薄，那双眼睛我见过，其实很亮，却像是光的影子，永远匿藏于暗处。我回头从来看不见他，但是我知道，他一定在的。

他是父皇送给我的，我生母位份卑贱，这也不是要紧的，只是我自幼便不会说话，不被父皇记挂也没有什么靠山，在这宫中免不了吃一些苦头。宫人们扯着我的头发把我压在那条鹅卵石路径上摁打欺辱时，我就在想，听闻我生母不过是最下等的洗脚婢，却因为在这条铺满落花的路上被父皇一眼瞧见，才生下我来，大抵这条路有什么奇特的地方。我被一个宫女揪住一块肉拧的时候，恰逢我父皇路过，这还是我十五年来第一次这样近距离地看他。这是何等奇妙的体验，而后我做了我这辈子最聪明的举动。

我被打得生疼，却抬起眼朝我父皇弯起唇含泪笑了，这一眼大概叫父皇想起了那个当年在这条落花小径上浅笑倩兮的女子来。他略松开眉恍然大悟，喊我："小十七？"

没人给我取名，现下我终于有了自己的名字——十七。父皇把他的贴身暗卫送了我一个，暗卫动起来像是风那么快，又像影子般隐秘，他把骑在我身上的宫人掀开，又悄无声息地跪伏在我身边。我把蓬乱的头发捋到一边，悄悄地打量他一眼，我见不着他的脸，但是他的一双眼，我记住了，亮得像是燎原之火。

父皇不见我应话，我伸出手比画，他皱起眉，才想起来，小十七原本是不会讲话的女儿，他扫兴地收回眼，不再对我过多关问。但就这么一点垂怜，让我有了间小小的宫殿，又有了温顺的宫婢。

我还有了个暗卫——令九。

我很小的时候就变成了哑巴，说不了话，可他和我差不了多少，除却他答应父皇来我身边好好照料我时那一句"遵命"，就再没听他发出过什么声响。

深宫寂寞，我因年少受辱太过，夜里总是闭不上眼睛好好睡觉，怕有老鼠爬过我的脸，怕有人乘夜掐上我的脖子。如今有了一处清静的地方，却还是提着一颗心辗转难眠，一滴雨砸在窗棂、门被风吱呀吹响的声音，都会令我顷刻间惊醒。

我睡不着觉，睁大了眼睛让自己蜷缩成一团。

月光清浅，我却见到牖窗上那一层薄纸聚起一只兔子的影像，轻轻地跃动着，再一动变成了一个挺着大肚子的夫人，又咕噜化作一个圆滚的娃娃，那方牖窗上小小的影子就这样变幻着。

春夜宁静，我想问，令九，是你吗？我张了张嘴，却什么声音都发不出来。

我多年后再想起，不知他看着那时睡觉都不敢闭上眼睛的我，究竟是用什么样的耐心来做这些事情。他其实不过是要我知晓，安心睡，有暗卫做我的眼睛，不必怕。

我后来便慢慢容易睡着了，令九会的好像很多，他有时会掐一片竹叶来吹笛，笛声一直飘荡到我的梦里。我有时对他格外好奇，便偷偷下了床，慢慢走到床边，手搭在那窗棂上，稍稍一动就可以开窗，再看一看那双黑沉的眼睛，然而却生了怯，默默地收回手。

我怕他不高兴，这漫漫长夜里，就再没有人能陪我了。

下一瞬，那牖窗却从外面被打开了，外头挂着好大一轮明月，令九就站在窗外，一身的夜露，我头一次看见他不戴面具的模样。他生得很好，寡言而冷漠，通身如同一柄出鞘的刀刃，却因为这柔和的夜色沉静了下来。

他伸出手递了支笛子给我，骨节分明，却不说话。

我怔怔地接过，见我不动，他眉间压下点不耐烦，抬起我的手，把笛子递到我的唇边，单字下得很利落，他说："吹。"

我下意识照做，笛子发出的声音随风飘远，我睁大了眼，我不能说话，心中却十分喜悦，这尚且能算作我第一次发声。令九立着，我不会道谢，伸手拂去他身上沾的露水。

他却退后一步，躲开我的手，我有些尴尬地收回手。

其实一开始便如此泾渭分明，我说不了谢谢，他看不懂我的手势，他是暂时依托于我的暗卫，我却永远做不了他的主人。

然而，然而，谢谢。

令九只在夜里出现过，白日里轻易见不到他人，我便越发期待起晚上来，可能这深宫里我一个人实在太寂寞太害怕。

九公主来我宫殿里时排场很大，我不知道我这样低微得名字都只是数字的公主，怎么会惹到她这位正宫所出的尊贵的嫡公主。

但是她就是来了，她恶狠狠地掐上我的脸，蔻丹红得像血，把我摔在地上，骂道："谁许你这样的哑巴出现在裴大人前头的？"

九公主妒气重，又爱慕裴大人很久。我虽然是哑巴，却天生一副好面容。可我连裴大人是谁都不知道。

若是九公主只打骂我一顿也就罢了，我忍忍便过去了，可她还带了几个侍卫，我眼睁睁看着我温顺的侍女听话地走到门外，眼睁睁瞧着那几个侍卫解腰带。九公主看我，不像看姐妹，像是看落在地上的残花。

我跌倒在地上，往后挪退，我这样仰头看着，那几个侍卫越发显得如黑云蔽日，可外头分明是那样好的一个艳阳天。我是哑巴，连哭都发不出声音来的，我哭着摇头，往后边退。

然而下一瞬，我面前挡了一个影，他半侧过脸来，骨相极佳，日光影影绰绰地落到他略苍白的脸上，是令九啊。他的功夫很好，方才还宽衣解带的几个侍卫，已经痛苦地蜷缩在地上。九公主尖叫起来，按理来说他该止步了，可我看得分明，他伤了九公主。

他那样挺拔，挡去我的灾厄。原来，他也是会在白日出现的。只是每每他于白日出现，都是我不好的时候。

令九还是没说话，却回过头看我一眼，像是炙热的阳光，倏忽而过，他又委身于阴暗。

九公主走了，令九也被叫走了，晚上我的窗前再没有影子，我再听不见那竹叶吹成的音，我睡不着觉了，就蜷缩起来，一点一点等天亮。父皇问我情况时，我是哑巴，说不出自己受过的苦，只能一遍遍流着泪磕头。

我想说，我要令九回来。我磕头，我哭。

我是个没用的公主啊，保护我是要受苦的。

我等啊等，令九总归是回来了，但是一身的伤，在夜晚用指节轻轻地敲窗，我开了窗，见他一脸苍白，却从袖中为我翻出一只雀儿来。

他垂下眼，长风吹拂过，令九喊我："公主，给你。"

我伸手，却突然按上自己的眼睛，快要落泪了。我顿了顿，才伸出手，把那只受伤的丑雀儿接过。令九吐了口气，眉眼舒缓了下来，就要转身离去。

我僭越地伸出手，握住令九的手臂，已经竭力避开洇出血的地方，还是不免碰到，可他连眉头都没有皱半分。

我比画了两下，我想说我替你包扎处理下。

令九沉默地看着我，那股压着的锐气被月色冲淡，但是像看不懂我要表达什么，我泄气地放下手。他却露出一个浅淡的笑，他本来就是这样冷的人，一笑起来却很惊艳。

他说："不用。公主千金之躯。"

他看懂了。

我"啊"一声，却有点难过，我做不了太多事，只是想小小回馈一点而已。令九看着我的眼睛，他重复说了一遍不必。

他又像一阵风一样，回归到他的暗处去，夜晚的竹林飒飒作响，月光如水般流淌，令九给我的那只雀儿脚好像伤到了，此时乖乖地趴着，已经被人细心地包扎过了。我戳了戳它的肚子。

我在深宫之中的第十五年，挨了一顿打，换来了一个令九。

我看着天上的明月，托腮想，世界上大概没有比这个更幸福的事情了。

许是因祸得福，因着九公主这档子事，我父皇又重新记挂起了我，大概是他年岁已老，宫中的皇子皇女大多娶妻出嫁了，早已离开了皇宫，他身边剩下的女儿只剩下我和九公主、十公主这些人，他老来难得起了一点慈父的心，就给我迁了个更大更奢华的宫殿，远离了那个靠着竹林的地方。

我虽然不会说话，但从小没有娇养，脾气比起其他几位公主格外温顺，恰好讨了我父皇的欢心。

他为我找了教习嬷嬷，来练我的姿态，我便事事尽心，摔得膝盖青肿也要做得最好。九公主笑我渴望父爱过了头，这么想博得一些父皇欢心。其实她说得也没错，我是想要父皇待我再上心一些，我想，若我地位再高一些，也能护得住令九些。

父皇闲时教我写字，我写得吃力生疏，他便轻轻一皱眉，我以为他要怪我，他却轻轻叹了口气，摸上我柔顺的发，他说："小十七，你受苦了。"

他这一皱眉，从前欺辱我的那些宫人都被处罚了，连九公主也没能躲过去，阖宫上下才知道，这位出身卑贱被忽视了多年的十七公主，是得了圣心了。

父皇摸我头发时，我感觉心间有股酸涩涌上来，像是从前忽视的被压着的情绪有了落脚的地方。

新宫殿里陈列了许多珍宝，父皇像是觉得有些亏欠，想一次性把十几年缺漏的东西都补上，宫里来来往往多了许多宫人，连侍卫都不曾落下。云一样的绸缎、水一样透亮的玉石源源不断地送到我的手上。

阖宫上下见了我，再不能欺辱我半分，都要低下头，唤我一声"十七公主"。九公主棠仪见了我，只能嘴上逞一分能，再不能对我做什么了，我像是刚得了糖的小孩，这些福分吃下去都是甜蜜，然而回味过来，又免不了生腻。我半夜从梦中惊醒时，才怔怔地发现，我窗外再没有竹林飒飒的声音，月光不再透过窗纱进来。

窗外也再没令九的身影。

我好久没见过令九了。

我刚惊醒，守夜的丫头就急慌慌地来问我："公主，怎么了？"

我摇了摇头。

可是，怎么会没有事呢。我边上有了大堆的丫鬟婆子，外头绕了一圈圈的侍卫，我不必再担心有老鼠爬过我的脸，也能安心入睡，但是，令九不能再在深夜给我吹笛了。

那只雀儿，我把它照料得很好，金丝笼子装着它，但它总是怏怏的。

我想，我想令九了。

我写字总是很吃力，也写得难看，父皇打量了一下我的字，给我点了个新师傅。

我这才亲眼看见裴大人。

青莲作骨，两袖如云。父皇唤他一声裴卿，道："小十七的字实在难看，裴卿写得向来好，好好教教她。"

我少见生男，难为情地低下头，看着自己鞋履上那一朵莲花。

裴大人站在我的面前，含笑唤我一声："十七公主。"

我抬起头，他伸出手，白皙的指节弯动，像是蝴蝶翩飞一样轻盈，我略略睁大眼，他没有同我说话，他用的是手语，静静地和我道，十七公主，你好。

我心头不知道漫上什么样的感觉，像是那些甜蜜都退去了腻。我弯起一个笑，真心实意地和父皇道谢。

我时常觉得这天降的好运像是一场燃烧的美梦，是虚假的，可裴大人的到来，让这场梦境逐渐真实起来。深宫里少见温情真意，我却从裴大人身上感受到了那么一分。

他会用手语说话，我们的交流是宁静而丰富的。

他教我写字，笔在他指下洇出疏狂的字来。九公主知道了气得要发疯，险些推翻了我写字的案桌，可裴大人一出现，她又委屈地红了眼眶，扯着他的袖子问要不要吃她宫里新做的糕点。

原来九公主也有这样柔软的时候，可裴大人只是不动声色地扯出他的袖子，眼见九公主的脸色一点点变白。她是哭着离去的，裴大人无可奈何地叹了一口气，那双眼又柔和地看向我。

我摆了摆手，意思是没关系。

裴大人才转身离去，急匆匆地去安抚那尊贵的九公主。

我在藏书阁的案桌上看书，不小心睡着了，却被烟呛醒，不远处燎起了大火。我用大袖捂住口鼻，然而火苗四起，我往高处跑，卷集被火舔舐，一瞬间就没了踪影。我不免吸入尘烟，想大声呼喊，然而我是个哑巴，我连求救的资格都没有。我咳嗽得满脸都是泪。

我最终跌落在角落中，神思昏昏沉沉，眼睛被熏得睁不开，我抱紧自己，几乎昏过去，真是烫啊。然而在这炙热中，我却被拥入一个清凉的怀抱之中。我下意识凑近他的颈间，他略略顿住。

避过火焰，穿过坍倒的梁柱，我想再一次睁开眼，却是不能。我眼睛太痛了。

直到闯到外头，我再一次有意识是被这干净平常的空气唤醒的，后头是烧成一片的阁楼。我竭力睁开眼，却顿住，抓着我的人，原来是裴大人。

我不知道自己在期盼什么，但是心里难免失望。

裴大人抚着我的背，轻声和我说："公主，没事了。"清淡的声音里却带了让人十分安心的感觉，我放松了下来。

我又昏了过去，再醒来已是在我寝宫的床上，父皇就坐在我的床边，他苍老肥胖的脸上露出了疲态，像是守了很久的模样。我睁开眼，父皇替我掖了掖被角。

"十七，还疼不疼？"

我的眼泪一下就漫了出来，十七，你疼不疼。

我从未说过疼，我是哑巴，说不出来。

我从未说过疼，没人问我一句疼不疼。

这场在我眼里虚幻的梦，一点一点真实了起来，我颤着唇，轻轻唤一声父皇，只是没有声音，这样无声地做着。

我摇摇头。父皇伸过手来顺了顺我的长发，脸上露出一点凌厉来，他说："这样的事，朕保证，不会再发生了。"

我想起令九来，于是拉过他的手，在他的手心一笔一画写下了九字，我想见令九，父皇疑惑了一会儿，这才想起来，淡淡道："护主不利，去领罚了。"

我摇摇头，不是的，令九很好的。

我还要说话，父皇却揉了揉眉心，摆了摆手，他守得倦了，也是时候离开了。

我被记名在了皇后的名下，那是个端庄总是含笑的女人，我不知道我的生母长得什么样，我自小被丢在冷宫里像野草一样生长，九公主拥有的东西很多，我羡慕她的恣意自由，也羡慕她有那么一个母亲。

九公主上次险些掀我桌子的事情，被皇后娘娘知道了，她被罚禁足一个月，还要抄许多卷书。

这禁足的一个月里，皇后时常把我带在身边，连接见朝廷命妇时也把我带在左右，人人都不许再提我一句不好，甚至许多人为了巴结我，还都去学了手语。

人人都说，十七公主除却不会说话之外，真是这宫里最好的姑娘了。

裴大人遇见旁的人用手语和我沟通，拧着眉苦恼地说："十七公主太受欢迎，我都不是唯一能和你这样说话的人了。"

我睁大眼睛。

他才弯眼笑了："不过这样不是很好吗？十七公主，本就该生活在阳光之下。"

我真心实意地露出一个笑来。

我贴身的婢女都知道，十七公主近来有个癖好，夜里喜欢吹笛子，曲不成调的。父皇说，令九不日就能回来，我求了情，父皇说罚得并不重，只是犯了错不小惩一番，只怕规矩立不下。

不日是几日？没人能告诉我。但是我想，只要令九回来了，听见我的笛声，肯定会来看我。

天上的月亮渐渐变圆了，我倚坐在窗上，手里的笛子有一搭没一搭地吹着。白日里精力耗费太多，我有些昏昏欲睡，打了个瞌睡就要往前面栽下的时候，一双手却接住了我。

是我熟悉的清竹味，我一瞬间就清醒了过来，十分高兴地环住了他的脖子，如果我能够说话，一定快乐地喊一声"令九"。

令九顿住，我手下的身躯在一瞬间好像有些僵硬住了，连揽在我腰间的手都有些无措，他怔了一瞬，才微微侧过脸去。

天上的月亮圆圆的，我看见我和令九的影子被小小地投在地上，我的脸蹭着他温热的脖子，回过神儿来，不好意思地放开环住他的手。

令九重新把我放在窗台上，我才看见他的模样，他戴了半张面具，露出弧线优美的下颔，那出鞘剑般的冷厉，此刻不知何故，竟然流转着柔和之意。

他生得高，我坐在窗上，将将和他持平，看见他像夜色一样宁静的眼睛,我的手微微蜷起,不知道这样简单的注视为什么这么紧张,可是我又是那么欢喜。

虫鸣声声,我伸出手摸上他那半张银色面具,令九按住我的手腕,声音微哑:"公主,不要碰。"

我顿住,手收回来,手腕上还残留着他的温度。我兴致勃勃地把窗边挂着的鸟笼拎出来给他看,雀儿还没睡,已经恢复得好很多了,我把这只丑雀儿捧出来,胖嘟嘟的一只。它也不飞,就这样乖乖地在我的手心。

我把它给令九看,我把它照顾得很好。令九伸出一只手指来,轻轻戳了戳它的肚子,它猛然一抖,倒是把令九看得一怔,我笑起来。

我把它往天上一送,这只小雀儿也就扑棱着翅膀飞走了,只留下一个光秃秃的笼子。

令九掀起眼看我,有些不解,他像是要说,那只雀儿本就是捡来陪我的。

我扯住他一点袖口,笑弯了眼,可是不用呀,我有令九陪,就够了。

他看着我落在他衣袖上的手,很快地侧过脸去,耳后攀上一点红痕,他取过我放到一旁的笛子,轻轻地吹着。我的脚轻轻晃动着,倚着窗看天上的月亮。

月亮啊月亮,你知道我此刻的快乐吗?

令九啊,令九。

九。

令九回来了,贴身服侍我的春桃大着胆子和我说,公主近日瞧起来开怀不少。

我弯着眼点点头。

已经是五月里了，春末入夏的时候，我向来只穿素淡的衣服，今日挑拣衣服时却顿了顿，选了件鹅黄色的衣裳。

春桃年纪不大，入宫也不久，和我道："鹅黄色显得公主十分轻灵呢。"

我不知道为什么觉得耳根发烫，是因为我觉得令九也看得见吗？

我按例去皇后宫里，因为有些误了时辰，路上不小心绊了一跤。皇后娘娘待我很亲近，把我招呼过去，亲自帮我解了发髻重新梳头。我的头发生得很好，乌黑顺亮，娘娘一边感叹自己年岁易逝，一边和我道："说起来也是本宫这些年疏忽了你，日日里吃斋念佛，忘了顾全你了。"

我连忙摇摇头。

她被我慌张的样子逗笑起来，红色的蔻丹捂着嘴："宫里很少见你这么纯善的孩子。棠仪要是有你这么乖巧便好了。"

皇后娘娘为我簪好头，从铜镜里打量我："我们小十七，真是个漂亮的姑娘。"

她话还没说完，从身后就传来九公主棠仪的声音："母后！你怎么给她梳头？她这般低贱！"

皇后娘娘少见地沉下脸："十七已经记名在本宫名下，便是棠仪你嫡亲的妹妹，你这般说话，是还要再禁足一个月吗？平日里教你的礼仪都学到哪里去了？"

棠仪向来明艳，那眉眼里却暗淡下去，简直要掉下眼泪来，话是对我说的："裴大人你要抢，父皇的宠爱你要抢，现在连母后你都要来同我争一争，宫里宫外你的风光都比过我了。"

她恨恨道："我真是后悔。"

我感到好笑，后悔什么呢？后悔曾让侍卫欺侮我，却让父皇想起了我吗？

我起身告退，皇后娘娘摸摸我的额发，安抚了我几句，冷下脸让九公主留下训诫。

我又被传召到父皇身边，父皇年老，头总是疼，我和太医院的医女学了许久，按穴的手法很是熟稔，行过礼之后便走到小憩的父皇身后，为他揉起太阳穴来。

父皇闭着眼睛："棠仪太过骄纵，你别往心里去。"

我点了点头。

父皇把边上的碟子往我面前一推："闽南新送的荔枝，棠仪很爱吃，想来你也是，朕已经派人送了一些到你宫里。"

我想用手势作谢，然而想起父皇是闭着眼看不见的，又讪讪地收回手。

我离开殿门时遇见了裴大人，他一笑如浮云沧浪，手指如同苍白的蝴蝶翩飞。

"公主穿鹅黄很美。"

好听的话谁听了都免不了高兴。

我夜里睡前吃了几颗荔枝，果肉雪白，却梦里朦朦胧胧地发热起来。从前在冷巷为了活下去，我是什么都能吃的，到头来，吃这么娇贵的东西却不能适应了。

梦里我又成为那个什么都没有的十七，没有父皇、没有春桃、没有裴大人，还有个很重要的人，我记不得了，我什么都抓不住，我痛苦地大哭，老鼠在腥臭里钻来窜去。

我在叫九。什么九，我忘了，我只记得一个九。

我感觉自己漂泊在池塘底，又有倾盆大雨击打着水面，然而泪眼蒙眬之中，有人攥住我的手，是温热而干燥的，像是阳光漏进缝隙。

他在我耳边唤我,平稳而安静,他叫我:"公主,我在。"

我在,令九在这里。

我不哭了。真好,你在,我就不害怕了。

我的烧第二日便退了,我的枕边多了一朵颤巍巍带着晨露的花,是轻盈的鹅黄色。

皇后尚佛,宫中常有高僧来访。我陪着皇后礼佛,拜倒在佛像前,皇后祈佑国泰民安,九公主祈佑早日讨得裴大人欢心。

我闭眼,许愿,我想同令九长长久久。神佛,你听见我的声音了吗?

我想要令九不做光的影子,他是我的光,却不得不委身阴暗。

我随皇后出佛堂时,却被高僧从后面唤住,我停住脚步,往回走,手里捏着那枚刚刚求得的平安符,高僧把我刚刚抽中的签子看完后递给我,低语道:"公主恐怕有大凶。"

我睁大了眼。

万事总有转机,谁能在谁的大凶里面扭转乾坤?

那支签被我推回去,我摇摇头,内心却出奇地平静,我想,有什么可怕的呢。

这天晚上,我没能等到令九,我捏在手心那枚平安符,为令九求得的平安符,没能送出去。世上有相逢,也有分离。

神佛没听见我的声音。

九公主把令九要走了,我才想起来,令九是父皇的暗卫,他要收回去就收回去。

父皇说,已经给我新添了暗卫。他停下笔,淡淡道:"不过是一个暗卫而已,小九想要,就给了。"

朱笔悬停，在纸上洇下一块红来，父皇喜怒莫测，抬眼道："你对那暗卫太过上心。你是朕的十七公主，会嫁给最显赫的儿郎。"

我心里一惊，却含笑点头。我不能再靠近令九，这次他只是调离，我若是再固执下去，不知道下次他是不是有性命之忧了。

我往外面看，好晴朗的天，突然想到，原来我这样的人，生在这宫里，连靠近谁都是错。

阖宫上下待我如同嫡公主一样尊敬，我不能再奢求更多了。我好像什么都有了，却什么都没得到。

我去找了九公主棠仪。

她也就笑："哑巴，你来找你那该死的暗卫吗？"

周遭没有旁人，我不知道哪里生出来的一股狠劲儿，一把把她推倒在廊柱上，扼着她的脖子，这一瞬间，我想杀了她。她明明什么都有，却还要把令九给求走。我想说，你若是欺辱令九，我一定，一定会杀了你。

九公主涨红了脸，可是她这样身娇肉贵的公主，力气是比不过我这样野蛮生长的女子的。

九公主却突然不挣扎了，她盯着我笑了一声，喊道："令九。"

我怔住。

下一瞬，我的手被剥离开，我跌倒在地上，眼前站着那道我念了许久的影子。我仰着头看他，我很少哭的，可是这次忍不住，眼泪往下掉。令九护在九公主身前，九公主笑道："做得不错。"

我慢慢从袖中取出那枚平安符，刚刚跌倒时手擦过石头，难免生痛，我把平安符递出去，高高地举起来。

我曾有一愿，愿令九平安。

他在九公主身边，想来是过得不错的，面色也很好。我该放下心了，却有大滴大滴的眼泪掉了下来。

你骗人，你明明该保护我的。

令九没有别过头，只是垂眼看着我，眼神和看草木、看顽石一般，没什么区别。

他没伸手，我没放下手。

你挡在谁的身前？还有，这枚小小的符，你要是不要啊，令九？

九公主啧道："真是可怜。令九，退下吧。"

令九退下了，那枚平安符，掉在了土里。

令九不再是我的暗卫。其实神佛，不肯听见我的心愿。

我感觉自己站不起来了，却被人从后面扶起，他把我脸上的泪擦干净，裴大人站在我身侧，冷着一张脸："九公主这次未免太过分。"

九公主瞧着裴大人扶住我的那只手，开口说话："明明是她来找我的麻烦，你怎么平白怪起我来？"

裴大人不说话，神情微冷地看着她，九公主带上一点泪光。他开口："棠仪，我当你是妹妹。你何必呢？"

方才被我卡着脖子还不肯示一分弱的九公主突然弯下腰来，扶着廊柱笑："那又怎么样，你总归是要娶我的。"

裴大人抬起我的下颔，他低下头，指尖微凉，他问："公主，你记得上次念的诗吗？我没能教完，'关关雎鸠，在河之洲'的下一句，是'窈窕淑女，君子好逑'。"

九公主如有预料地叫出来，惊慌无比地想要打断他："裴瑜！你不许！裴瑜！"

裴大人原来是叫裴瑜啊。

他充耳不闻,继续道:"我带你离开这里,你要不要嫁给我,十七公主?"

我抬头看天,宫墙之内埋的都是无名艳骨,嫁给裴瑜、离开这里,真是不能再好的选择,九公主求都求不得的福分。

我耳边响起那片竹林的飒飒声,有人为我捡来伤雀,为我漏下清凉的月光。到头来,其实谁都救不了谁,是不是?

我安静地看着他,比画着手指,无声地问道:"裴大人,'西北望,射天狼'是什么意思?"这句词一直在他的案上放置着。

他怔住。

裴大人有经世之才,可是本朝娶了公主是不能再入朝为官的,我总不能这样自私地就阻断他的满腔抱负吧。总不能因为他的一点怜悯,就这样赖上他吧。

所以,就算了吧。

我开始有些后悔放掉了那只小雀儿,没什么能陪我了,我只有那只笛子,可我不像九公主那样精通音律,怎么吹都不能像令九吹得那样好听。

没令九在身边,我时常期盼那窗纱上能再出现可喜的影子,可是没有。

父皇很操心我的嗓子,我的嗓子是幼时高烧烧坏的,如今请了不少名医,黑漆漆的药汁一碗碗送过来,我便一碗碗地喝下去。

春桃道:"公主服药都不用蜜饯的,奴婢这边备下了这么多都没能用上呢。"

我笑着摇摇头,其实苦吗,不太苦吧。

但是这一碗碗的药没能见半分起效,父皇每每看着我不能言语的模样,就轻轻叹一声气。

其实这药应该是有用的,从令九走了后我就睡得浅了,可是喝了这些不知道是些什么的药,再没有半夜惊醒过。

五年一期的草原围猎又提上了日程,这是近来和西北各部落联系感情的事宜。西北各部被强大的月氏统一后越发张狂,每逢冬日便往中原来掳掠,父皇老了,不愿意再生更多事端。

父皇这回把我带上了,原本是不打算带九公主的,只是她看裴大人也去,便哭着闹着也要一同。我从未离过宫,这回去的是那么远的地方,春桃新奇得不得了,我却一阵一阵地胸闷。

旁人都以为我是坐马车坐得晕,只有我默默想起来,高僧那日一句大凶来。

我的车帘被掀起,裴瑜骑着马贴近我,一双眼没有往日的温柔,他沉沉地看着我:"公主不该来的。"

我叹了一口气,像是想哭,却又弯起一个笑来,我比画着,无声地说道:"可是裴大人,怎样我都得来的,不是吗?"

他盯着我的手,蓦地侧过脸去,像是憎恶自己的无能,屈辱地咬牙,眼里有泪,又转过来:"'西北望,射天狼',公主一直知道什么意思对吗?我的十七公主。"

我放下了帘子。

令九,你在哪儿呀,我害怕。

父皇让人送了今夏的酸梅过来,我吃了颗,酸得牙根软了一片,眼泪都快出来了。春桃"咯咯"笑,说十七公主受得了药那样的苦,却受不了这夹杂着甜意的酸。

草原上的夜很凉,天色往西边沉下去的时候夜宴就开始了。九公主已经换上胡服快活地骑了几遭马回来了,风里吹来的都是自由的气息。

春桃却很害怕，她凑近我："月氏那些蛮族，真的是茹毛饮血的族类，打回来的猎物在火上过一下就送进口了，奴婢觉得牙缝里都沾着血气呢。"

我远远地抬眼瞧过去，正巧见到那边月氏的贵族一刀砍下马首，血溅了一脸，轻狂地大笑着。

我急急地偏过头。我心里像是悬了一根线，看见夜幕下吹拂的草野，稍微安定了一些。

夜宴上歌舞不停，我被父皇带在身边，连九公主的坐席都在我下边，不免引起月氏注目，他们不多时就打听清楚了，当今陛下右侧坐着的这位公主同样是出自皇后名下的十七公主，在宫中的地位也并不比九公主差，虽然不会说话，但盛宠优渥，可以说是皇上最宠爱的公主了。

月氏那位大皇子频频打探过来的目光太过张扬，我手上的酒杯捏得不能再紧。这样露骨的眼光，九公主都看见了，她的眼睛往月氏大皇子那儿一瞪，轻蔑地看回去："看什么看？"

我诧异地抬起眼，九公主却把头一抬："我可不是帮你。"

酒过三巡，宾客尽欢，父皇不知是高兴还是倦了，眼睛耷拉成一条缝，那位月氏大皇子却往父皇面前一拜，行的是他们的礼。我有些走神，没能太听清，陡然听见父皇直起身来，叫了我一声："小十七。"

我一下就清醒了，周遭细碎的声音灌进耳朵里，我抬起眼，大皇子的眼神落在我身上，像是茹毛饮血的野兽看着猎物的眼神。

我听见细碎的字眼"和亲""最宠爱的公主""月氏不再进犯"。

蒙着的那层纱被揭开，露出其下丑陋的内里。

皇后把我记在她名下，父皇突如其来前所未有的关心，这场美梦一点一点变色，织成浊黑的网把我包裹住。

陛下老了，不愿再多动干戈，但月氏的气焰却一日比一日嚣张，没有什么比和亲再简便的方法了。可是九公主自幼在他膝下长大，从娃娃抱起到如今亭亭玉立，他到底是舍不得。他这才想起来，还有个年岁相近的十七公主，只是出身太卑贱，那便记到皇后名下，免得人家说轻贱了戎族。

父皇有时对我太好，好到他都忘记了，十七本不过是用来牺牲的女儿。又或许，这样好一些，能补上他本就不多的慈父之心和一点愧疚。

阖宫上下都为我作了一场秀。我身处其中，半梦半醒，柔顺地接受。

我到这一刻，才发现我并不如想象中难过。可能是我更早地意识到，这些流露出的真情都建立在虚伪上，譬如皇后为我梳头时连护甲都不会取下，勾疼了我许多次；譬如这样的盛宠之下，却没人发现十七公主没有名字，只有一个数字十七；譬如那场差点烧死我的火，阖宫心知肚明是九公主纵的火，却没人敢提出来。

原来从始至终，我就这样清楚我的命运。

递给我下下签的高僧，原来这就是你说的大凶吗？这是一开始就看见的结局。我觉得我是令九给我的那枝鹅黄色的春花，那样渴望一点阳光，然而被攀折，被凋零，没有人能够救我。

我想扯出一个笑，周围的空气从凝滞开始正常流转，那位大皇子却又说话了："臣愿为月氏求娶陛下的九公主和十七公主。"

这话一出，四座都乱起来，九公主气得把杯子摔在地上，老臣颤巍巍地站起来，乱作一团。我弯起一个笑，抬起眼看父皇，手指弯折，很慢地做出几个手势。

父皇皱着眉看我手上的动作，却是不解的模样。

我问，十七的名字是什么呢？

他看不懂，也不会回答。

但父皇无暇再顾及我了，宴会因为大皇子这番得寸进尺、十分放肆的话乱成一团，到最后竟然是一个不欢而散的结局。

入了夜，我的帐外侍从到底是多了起来，他们像是在怕些什么。春桃经了今晚的事怕得不行，正四处求告想要换到别的主子那里去当值。

我很理解她。

我把自己埋在被褥里，露出小小的一部分脑袋。我听见外头风吹过旷野的声音，我感受到自己咬着牙发颤的声音。然而我连同被子都被拥进一个怀抱里，我闻见干净的清竹味，我冷得不行，温暖却一点点地传过来。

令九拥住我，抱得很用力，像是夏夜里的一场梦，他说："公主，不要怕。我带你走。"

我侧头发狠地咬上他的手臂。

"到一个公主不会害怕、不会伤心、能睡好觉的地方去。"

你骗人，根本没有这样的地方。

令九说："有，我给你吹笛。"他重复一遍，"会有，我陪你，公主。"

我回过身钩住他的脖子，埋在他的颈窝里，贪婪地嗅着他身上的气息。他僵硬了一瞬，手穿过我披散的长发，安抚似的梳了两下。

他说闭上眼，再睁眼时一切就好了。他话向来少，可每一句都言出必行。我就闭上眼，他抱着我往外走，侍奉的宫人早已晕了，避开一圈圈巡逻的侍卫，再牵上马，唯有往外走时出了些差错，我听见兵戈相碰的声音，但只是一会儿。一把火烧了十七公主的营帐，世上再无十七公主。

不知过了多久，也许是一会儿，我已经被抱在马上了，我听见令九在我耳畔说："睁眼。"

我睁开眼，马在无边际的原野上跑，草在风里弯折了波痕，我看见深紫色的夜幕低垂，无数的星星倒挂下来。令九把我护在怀里，我摊开手想要抓住风，却在下一瞬萤火点点飞起。

我侧过头，令九空出一只手来，沉默地替我擦去腮上的一滴泪，我也讶异这一滴泪。

这样的宁静不知晓过了多久，天际已经翻了鱼肚白，一直到原野的另一头，在群山的脚下，令九才停了下来，夜里寒露很重，我已经冷得唇色发白了。他生起火来，火光照亮他冷淡的眉眼，令九的半枚银质面具在月下泛着光。

我披着他的外衣，静静地看着他，伸出手来。

令九看着我的那只手，不明所以地伸出自己的手，我错开，他顿住。我的手向他脸上的面具伸去，他握住我的手腕，眼中有情绪翻涌。

我看着他，不说一个字，却没收回自己的手，令九这样和我僵持了一会儿，像是妥协一般地放下了手。我一点一点揭开他的那枚面具。

我听闻本朝有位安乐公主，在上元节灯火琉璃之下揭开她意中儿郎的面具，面具下所见青年清俊无双，比灯火还要夺目些，安乐见之落泪，就此传成一代佳话。

我揭开令九的面具，面具之下都是火燎出的伤疤，狰狞不平、烂肉生疮，他没说过在大火中救我，也没和我吐露过这些痛楚。我替他疼，眼泪往下流。

你怎么不怕我以为是裴大人救了我，你怎么不怕我心一松嫁给裴大人呢，令九。

令九平静地说："别哭。"

令九不会手语，可是他就是知道我每每在想些什么。

我擦了擦眼泪，他别过眼去，看眼前的火堆，很生硬地说："你哭了，我才疼。"

我把头轻轻靠在他的肩上，抱着膝缩成小小的一团，他随手折了草叶吹，风声都弱了下来。我看见原野尽处，慢慢出现了橘色，我们于混沌中找寻到了方向。

令九说，公主畏寒，往南边去，江南有流水小桥，还可以采菱。

我弯着眼笑。

但路上其实并不顺利，令九的武功是一流不错，可他还带了一个我，不多时则有一批暗卫追上来。令九把我安置在草堆里，把农人闲置的草帽盖在我头上，歪歪斜斜的，这样生死攸关的时候，他却不合时宜地笑了起来。

原来是看着我这样滑稽的模样，弯起了眼睛。他很少笑的，这一笑却如同浮云被风吹开，露出悬日的光亮。

他把脖子上挂着的那枚平安符取下来，连同一枚温润的玉佩。我怔住，这枚平安符我认识的，是我曾经求得又掉在土里的，上面我绣了一个九，如今递还给我，旁边却是再多了一个十七的字样。那枚玉佩也被挂在了我脖颈上。

"我自幼便是暗卫，不知父母何处，唯有这枚玉佩，是我母亲留下的。"

他俯下身,看着我的眼睛,轻声道:"我唯有一愿。

"唯愿长久,唯愿公主平安喜乐。"

平安是很平常的字眼,平安是很重很重的祝愿。

他不在意地擦去嘴角的血,把我遮掩得更好一些,转身提起剑往外走去。

我时常想,若我不是公主就好了,可是我若不是公主,怎么能遇到令九呢。我想,倘若天公能有知一回,我和令九生在江南,他不再是暗卫,我也不是这个什么都不是的公主,或许有一日我采菱归来,能遇见一个像冷剑一样的少年撑伞从桥上走过。

若生不成人也没有关系,我想做他窗前的明光,做他门边的野花,无须他操劳,只要时刻陪他便好了。我只是想同令九长长久久,仅此而已。

可是怎么办呢,世上本就没有如果这回事。

我只能在这堆乱草里,徒然地看他往外走去,迎接属于他的战场。

我这样垂下眼,不知道过了多久,令九还没回来。我头顶的草被揭开,我下意识地抬起头,却看见裴大人站在我面前,他带的侍从并不多,他第一句话是:"公主,你得回去。"

第二句是:"我不会让你替小九去和亲。"

我比画着问:"皇上是怎样控制他的暗卫的?"

裴瑜看着我,许久才慢慢道:"毒。早晚服用解药一次,一日不用如同百蚁食心,痛苦与日俱增,到受不住,就该死了。"

我捂住眼睛,原来令九这两日,是这样的痛啊。我才见到令九今日咳下的血,但他从没表现出来过。

他不说,我又哑。算不算另一种意义上的般配。

裴瑜摸着我的头发,像是摸着一个小小的姑娘:"十七公主,我可能不曾告诉过你,我初次见你是在永巷那条路,你看着青石板上生出的一朵黄花,眼神是宫里宫外都见不到的纯真,我当时就想,什么时候能把你这样的小姑娘偷出来。可是我有点慢,让你先见了别人,也让小九对你生了恨。其实,我和宫里那些人一样坏。

"可是,我们的公主不能嫁去那里。"

我没多想,比画着说:"我要令九平安。不要伤害他,给他求得解药,放他走。"

裴瑜看着我的手,点了点头。

裴大人牵着我的手,拉着我往外走,他送我上马车时,我却听见了异样的动静,夕阳正好落下去,是苍凉的一片红,令九的剑还在滴着血,他的鬓发散下来一些,瘦削的脸颊边上还溅了血,看起来伤得不轻。剑被他插入土里,他站着看着我。

他要上来,却有无数泛着寒光的剑拦住他,他伤得很重,半步都靠近不得,一双眼却看着我,无声无息地从眼角滑下一滴泪来。

他在哭。我好痛啊。

我茫然地想,原来自始至终,我和令九,都到不了江南啊。

要和亲的十七公主跑了,对外只说十七公主因为失火伤了身子,月氏很生气,根本不信此缘由,然而强闯营帐之后,床榻之上正是养病的十七。

月氏如此冲撞,却并不为冲撞了我朝尊贵的公主而生歉意,同时求娶九公主和十七公主的口气并无改变。

再迂腐的老臣都不愿意再和月氏以礼相待下去,可是父皇老了,仍然犹豫不决。

裴瑜没能保下令九，父皇的怨气无处发泄，看我不顺眼，看这个差点带跑我的暗卫更是不顺眼。令九被捉拿回来，父皇下令"凌迟"二字。皇权之下，谁能与之抗争。

令九被往外拖，我哭着往前爬，抱住我父皇的脚，却被一脚踢开。我拔出旁边侍卫的剑，太过突然，都没人能够阻拦我，我把刀架在脖子上。我颤抖地开口，尖叫出来："九。"

"令九！"

令九不能死。场面似乎都静了下来，哑巴能开口说话吗？但为君故，妾寸心如狂。

我声音还哑涩，却一字一顿地开口："令九，平安。"我手上的刀锋更进一寸，血沿着刀往下滑。父皇看着我，浑浊的眼里不知想到了什么，竟也有了些动容。

他点点头，我的刀被夺走，我跌倒在地，数不清的宫人拥上来，为我封住不停地出血的脖子，我艰难地回过头，正好见到令九背着光回望我的眼神。只有短暂的一瞬目光交接，他被带离，我被宫人挡住。

我想起那个窗外有小小竹林的宫殿，九公主派了侍卫来欺辱我，他站在我面前为我挡下一切时，也是背着这么好的一片光。

眼泪把我的视线封住，我疼得呼吸不过来。

我想起来，我没和他说过喜欢。

令九啊令九，你知不知道，本公主倾心你很久啦？

不知道也没关系，我唯有一愿。

愿与君长久。

不长久也行，那就唯愿令九平安。

"哑巴真的能开口说话吗？"抓着一截莲藕啃的小孩看着

我，眼睛很圆。

远处荷叶层叠，被风吹出一道浪来，我笑着说："对呀。"

她继续问："那后来呢？公主和她的暗卫怎么样了？暗卫知道公主的喜欢了吗？"

我的笑淡了点，说："没有之后了。"

小孩恨恨地咬了蒸熟的莲藕一口："就知道你是骗人的，哪有十七公主啊，我只听过九公主，不和你玩了。"小孩很不高兴地抓着她的莲藕跑了。

我托着腮看荷花在风里拂动，绿水脉脉地流过一横桥。

后来我没有去和亲。因为当晚醉酒狂妄的大皇子闯进了九公主的营帐，九公主曾经想让侍卫在我身上做的事，到头来却应验在了她身上，她性子向来烈，拔剑自刎了。父皇这下流出了真挚的眼泪，与月氏之间的矛盾都借此爆发了出来。

九公主死的那晚，是裴大人为她敛的尸。也是他领了父皇的旨意，亲自将月氏大皇子斩于刀刃之下。他案桌上一直用来明志的"西北望，射天狼"，终于得到机会一展抱负。

那阵子大家都在为月氏、为九公主的事情奔走，我被关押着，除了送饭食的婢女之外，谁都看不见。直到某一日，裴大人来了。

他问我想不想离宫。

我怔住，唯见裴大人眉眼温柔，很轻很慢地和我说："十七公主，其实我早该主动认识你，可是没有。因为我从始至终都不会娶你，中间几度动摇，尚主是不能为官的。我遗憾你从未喜欢过我。我庆幸的同样也是，你从未喜欢过我。"

七尺之躯，早已许国。裴大人有他的志向，要平蛮夷、开丝路。

平生除却你，我再不会另娶。

多遗憾，多幸运。

他送我离了宫，世间再无十七公主，那一时的风光除却当局者再无人记得。

我临走前，裴大人摸着我的头，他说："小十七，这下该在阳光之下了。"

我在江南定居下来。我从前有个暗卫，但现在暗卫没有了。

江南的雨来得让人不知所措，绵绵的雨丝落着，被风吹得斜斜的，落在身上微凉，有人撑一把伞在我头顶，伸出的一只手瘦削而有力，浑身的气质像冷剑一般，却莫名地柔和下来。

裴大人没有食言，解了令九的毒，又送他与我一同到江南。裴大人同样没有愧对他的志向，月氏被打得服服帖帖，边关的贸易往来这两年风生水起，只是朝中权臣裴大人，一直未娶妻。世人都说，他曾经中意的妻子九公主，早已香消玉殒。缅怀佳人之故，便再不娶妻。其中真的缘由，也许只有裴大人自己知道。

令九低下头，牵住我的手，他说："公主，我们回家。"

我弯起眼，仰头道："令九，我刚刚想到，若是我们生了女儿，要不要叫二十六。"

他耳后攀上一点红痕，然而牵着我的手却更紧了一些，他补充道："儿子也可以叫。"

十七和九，二十六。

我从没说过喜欢。可是我的十七公主喜欢，喜欢，是不需要说的东西，不论你是哑是聋，喜欢是藏不住的。

唯愿与子携手，长久长久，与共白头。

我和太子青梅竹马十六载,

他却遇见了天降的好姻缘。

他的心上人落水失了孩子,

太子掐住我的脖子,

咬着下颌、一字一顿地问:

「是不是你害的?」

我想起他也曾柔情地唤我一声卿卿,

迎着他狭长含怒的眼睛,

我笑了一声,说:「是。是我。」

我见卿卿
多妩媚

第五朝

太子登基时，立了太子侧妃为后。

大家都在可怜太子妃，太子妃是多好的一个人哪，琴棋书画样样都通，时常布道施粥，与太子举案齐眉，比那喜欢舞刀弄枪、不知礼数的侧妃好多啦，只可惜没能和侧妃一样有一个好爹。

很不巧的是，我就是那个太子侧妃。

如果这场闹剧是一出话本子，那么我就应该是一个抢夺主角东西的恶毒女配角，是他人路上的绊脚石。齐华公主是太子的胞妹，和太子妃向来交好，听闻我要封后的消息，曾怒冲冲地闯进我这里，指着我的鼻子骂我是个不知羞耻的女人，把我房里堆着准备大典时穿的礼服踢倒在地。

我忍了又忍，最后没能忍住，拿起墙上挂着的刀，却因为手腕使不上力，那把绑着红缨的刀"咣当"一声落地。

我已经不能再拿刀了，我曾为太子赵珩挡过刺客，一剑穿过左手腕骨，从此我这只手再用不了力，连拿筷子这样的事都做得艰难。

我从小便是左撇子，娘亲教了我好多年都没能改过来，这下不得不改用右手。

太子赵珩曾对我说："卿卿，我会为你做你左手能做的所有事。我会娶你。"我自幼少流泪，却被这话中一分真心所动容，为他隐忍的眉眼而泪垂。

那时他未娶，我未嫁。他是大宣最出色的储君，即使国君宠爱幼弟，也不能改变他的地位。

我与赵珩青梅竹马十六年，从襁褓之中就结下口头婚约，从小扮家家酒的时候，我就是要嫁给赵珩的。大家都笑风度无双的赵珩要娶李将军家的悍女，我解下腰间的鞭子就要揍人，他压住我的手，眉眼却蕴着笑，我便也红了脸。

人人知晓李将军家的独女李卿卿起了个柔婉的名字，脾气却不大好，但在太子赵珩面前，却软得像一只小狐狸。

但他没能娶我，我十六岁随父亲离京去西北那年，应如是随父亲进京述职，在码头下船时白色面纱被风吹动，一同吹动少年郎的心。太子赵珩，对她一见钟情。

他和应如是，太子与太子妃，人人道是天作之合，没人再记得一个青梅竹马的李卿卿。

但陛下不放心我父亲的兵权，把我赐给了赵珩做侧妃。我年幼时想做他的妻子，却没想到是这样极尽羞辱的方式。

应如是对我其实不差的，我想要什么、想做什么荒唐的事情她都应允，可是我总是不得意。后来我偶听奴仆杂言，夸赞太子妃大方，才知道我这不如意是怎样一回事，那是正房对妾室的包容忍让。我到底是骄傲惯了，在这太子府的每一刻，都是羞辱啊。

太子登基之路，出了好大的波折，我父亲在其中出了好大的力，他不要封赏，只要立我为后。瞧，我父亲都知道，这是我何等的痛，这是对李家何等的屈辱。

旁人骂李卿卿不知满足，骂我夺走了太子妃的后位，坏了旁人莫羡的好姻缘，以至于像齐华公主这样的人都忍不住上门辱骂我一番。外头骂声一片，府里风气也都倒向太子妃，对我诸多为难。

赵珩登基前一夜，曾来找过我，他说："万事还有转机，太子妃是正妻，陡然遭此变故，恐怕受不住。卿卿你什么都有，这次让她一下。"

太子妃确实受不住，已经生了一场病，府里的太医来来往往，药味都熏到我这边来了。先帝刚驾崩，赵珩有很多事要处理，每日回了府，就衣不解带地去照顾应如是去了。伉俪情深，莫不如是。

我沉默地听了一会儿，以为自己不会难过了，但还是带着哭腔道："那我呢？"

他看着我，太子常服衬得他越发尊贵，姿容无双。

我用袖子擦掉眼泪，可是怎么也擦不干净："我什么都有，你就什么都不给我了吗？"

赵珩低下头，擦去我眼角的泪，语气很温柔，可是话很残酷："卿卿，你要的，孤给不起。更何况，太子妃对你一直很包容和善。"

我仰起头看着他，道："太子妃是江南来的才女，这是天降的好姻缘。她与你情投意合、心意相通，那我算什么呢？我到现在都用不了力的左手算什么呢？我这十六年，究竟是什么，你能告诉我吗，赵珩？"

赵珩向来面上都带笑，人人都说储君喜怒不形于色，现在他却冷冷地看我，带着毫不掩饰的厌恶，像是在看一个胡闹撒泼的泼妇。

我回身从里面拎出那筐青梅，装了一箩筐干瘪的绿果子，赵珩攒起眉看我。我捡了一个给他，他咬了一口，青色的皮下面是不可入口的酸涩。他好看的眉头皱起来。

"这是太子妃给我的贺礼。我从前没见过青梅，吃了一个，又苦又辣，酸涩不堪，眼泪都吃下来了。我才明白，青梅竹马这样好的字眼里，青梅原是这样不可入口的存在。太子妃和你真像，连骂人都要辗转一番。我李卿卿就是这果子。"我把这筐青梅摔在地上，青梅滚得到处都是。

赵珩看着一颗滚到他足边的青梅，眼底晦暗一片，不知道在想什么。

他挺直脊背，说："是。"

我抬起了头，赵珩就这样看着我，不避不让，言语清淡，继续道："青梅酸涩苦辣，难以入口，譬如卿卿。如是说得不错。"

原来如此，这么多年，我在他眼里，这样不堪，这样狼狈。我略睁大了眼，听他亲口这样坦然地承认，我竟然比想象中要平静许多。

他把那颗果子捡起来放在我的手心里："孤从前觉得对你有一分亏欠，你当了皇后，那么孤可以问心无愧了。只是到底委屈了如是。"

我慢慢收紧手中的青梅，跌坐在石阶上，茫然地看着他往外走的背影。赵珩人称过目不忘，那么不知他是否记得，年少时我翻墙找他，先帝对他很严苛，他便抿着嘴跪坐在位子上一遍遍地重复抄写策论，小小的背挺得很直，我陪他陪累了，打瞌睡醒来却难得见他分了心，在白纸上画了我的模样，题字"郎骑竹马来，绕床弄青梅"。

我问他，太子哥哥，青梅好吃吗？

他却不知怎么红了脸，捂住那纸画，说是甜的、甜津津的。

他骗了我，好难吃啊青梅。

赵珩登基了，从太子成了帝王。他自幼被予以众望，是难得一见的帝王之才。

只是这样的帝王之才竟然连之后该是册封皇后的典礼都忘记了,满朝文武也没一个提起这事的,唯有一个刚从岭南回来的小异姓王在朝堂上提了封后大典,年轻的陛下淡淡道:"先皇新丧不宜铺张。"人人都说这位异姓王的脑子恐怕是被岭南的瘴气熏坏了,连新帝这样明显的意思都看不出来。最后到我手里的也只有一封单薄的圣旨。

因为先帝的妃嫔都还没有安顿好,所以我和应如是仍然住在太子府里。

来宣旨的人其实我也认识,正是那被骂脑子被瘴气熏坏的南安王顾景策。

他很随意地念完圣旨上一大堆乱七八糟的话,语调散漫,不等我接,就把那圣旨丢到了我怀里。

我把圣旨摊开,从左看到右,文绉绉的我也看不大懂,只是上面的字压根儿不像是赵珩写的。他连自己动手写都懒得,可见是多不情愿。

我拍了拍膝盖上的灰,起身看顾景策。真是与从前不一样了许多,他幼时不如我高,如今我却只能到他的肩膀。生得真是好,如果说赵珩是苍山浮雪,那么顾景策便是黑夜里骤亮的长星,飒沓如流云。唯有一双眼睛仍然那样亮,才叫我认出来这就是小时候那个讨人厌的小孩。

他略低下了头喊我:"喂,李家的卿卿,你是不是太委屈了一点?"

我许久没听过这样的称呼,除却赵珩有时见我喊一句卿卿,大家都称我侧妃。顾景策叫我素来与旁人不同,唯有他一直叫"李家的卿卿"叫个不停。他十三岁被遣去岭南,便再没人这样叫过我。

也没人说过我委屈。从上至下，从太子府到整个上京，没有人不同情太子妃应如是，也没有人不骂我夺人之位的。但原来是有人记得，我该有一分委屈的。

我看着透过树梢落在他脸上的阳光，平静地说："我才不委屈。"

他顿了顿，手从玄色的袖口里伸出，隔着衣袖动作很快地扣住我的左手，目光沉沉："你的手伤到了。"

不是疑问，是很肯定的语气。我微微愣住。我向来自傲，除却贴身婢女，谁也不知道太子侧妃一直是左手用不了力的姑娘。人人都知道太子妃应如是有一双纤纤玉手，弹琴时美得不可方物，其实我也有这样一双手，拿着绑了红缨的刀时也好看。

他放开我的手淡淡道："你从前一直用的左手，可是从刚刚接圣旨到现在，用的都是右手。"

不能握刀的手一直是我的痛点，我别过头，冷笑道："与你何干。来看我笑话的吗？"

顾景策闭了闭眼，转过头，我看见他的下颌因用力而越发明晰，他再转过来的时候已经平静许多，他道："赵珩这些年究竟是怎么对你的，我好好一个姑娘交给他，又是侧妃又是坏了手。"

他居高临下地看着我，高束的头发被风吹乱几缕，长眉下的眼睛狭长，薄唇勾起一点："李家卿卿，你听好。我不是来看你笑话的，我是来救你的。"

我微仰起一点头，正好看见他看着我，眼底是难得的认真。

我轻声说："顾景策，你是不是觉得我很蠢，跳进了太子府这个火坑里，现在很快又要进宫里。其实从先帝下旨把我指给赵珩当侧妃开始就错了，也许更早一点。我不该喜欢赵珩的，不该喜欢他那么多年的。"

从我幼时睁眼第一个看见的人就是太子赵珩开始,从我扮家家酒一定要做赵珩的妻开始,从我日日不辍地从城西李家跑到城东太子府开始,从我情窦初开时赵珩白衣坐在紫罗花下冲我抬起眼微笑开始,就错了。

我做错了一件事,我喜欢上了一个人,许多年。

"知错就改,不失为好事。"顾景策轻笑一声,眉眼之间浮现出少年的自傲,微抬下颔道,"别说是火坑,哪怕是火海、是十万里的深渊,只要我在,怎么着也能捞你上来。"

其实从前我和顾景策关系并不好,简直是死对头一样。他是大宣唯一异姓王的独子,幼年走失,七八岁才被找回来,像只小野狗一样,见谁咬谁,世子小姐们看不上他,但不得不绕着道走。唯有我那时是天不怕地不怕的将门女,初次见面就和他打了一架,他扯我头发,我咬他下巴,还是赵珩扯开我俩的。后来他温顺了不少,越发像银鞍白马的纨绔子弟,只是爱招惹我,赵珩还替我找过不少场子,从他十三岁离京被远派岭南,再少相见。

我当他这话不过是随口一说,却见他眉宇之间所带的认真,不由失神。

其实我不信承诺,但到底有了些慰藉。

顾景策走之后,我还没来得及把那道圣旨安置好,太子妃那里就传来消息,应如是怀孕了。

之前因着这皇后之位生出的病扰乱了脉象,现在大病已退却,太医寻脉查出了个喜脉。

我的婢女小桃告诉我的时候,我正在给窗前的那朵芍药浇水,不小心手一抖倒多了,花瓣倾倒。

小桃怕我难过,十分担忧地望着我。

"赵珩呢？"

她小心翼翼地说："陛下已从朝廷赶回来，正守着太子妃。"应如是的册封迟迟未定，府上仍然尊称一句太子妃。

我下意识地按上心口，竟然不觉得难过。

我看着那朵芍药的时间太长，小桃忍不住说："您别难过，总归这皇后还是您。"

我摇摇头，说："应如是的眼睛生得很好，若骨相再生得和赵珩一样，那肯定是个很可爱漂亮的孩子。"

妻贤子孝，多少人求不得的事情，他呀，都该有了。

赵珩的生母，从前的皇后，如今的太后，把我和应如是叫进了宫里。太后从前就不大喜欢我，因我是个不大规矩的姑娘，我不会读许多书，只因为我对赵珩尚且可以算是一片真心，她倒也忍耐住了。如今有了一个应如是，不仅赵珩喜欢，连太后都中意得不得了。

太后拉着应如是的手亲热地叫个不停，直到尾声才想起来有一个我，转过头对我道："侧妃，你往后也该注意些，如是的孩子若因你出了事情，莫说哀家，恐怕珩儿也饶不了你。"

我扯了扯嘴角低下头说是。

我和应如是一同出宫，我脚程快，不知不觉就把应如是落在了后边，她喊我一声："卿卿。"

我下意识回头，因为刚生了病，她面色还有些苍白。应如是并非国色天香的明艳美人，但眉目流转间却自有一番风情，在这水上廊桥朝我走过来的时候，我突然有些理解赵珩的一见钟情。

应如是眉间点了一颗花钿，十分清丽，一手轻轻地搭在自己的肚子上。实在太过明显，我目光不由得在她那只手上逗留了一下。廊桥两边的水面上吹来的风让她更有脱俗之感。

她轻轻笑了笑:"我也是初初怀孕,难免小心了一些。夫君说,不拘是男是女,若是生了女儿,像我就好了,他时常遗憾,没能在幼时就认识我,说想来是个很漂亮伶俐的模样。"

我静静地看着她,她没得到我的回应,换作旁人脸上的笑容早该僵掉了,可她没有,还是一脸的和煦:"我也遗憾没能早些认识他,不然也不至于嫌时间太少了,好在还剩下六十载。听闻你曾缠着夫君多年,不知道能不能给我讲讲从前的他?"

我似笑非笑地看着她:"好啊。从前的赵珩,会替我梳繁复的发,总是在桌角备下我爱吃的零嘴,他初次历练被派去治水三个月,却还是赶着回来给我送及笄礼。我的架子上的每一件珍宝都是他从各地搜罗来的。我自幼体寒,我现在吃的方子还是他斟酌着拟的。你与赵珩如此亲密,便该好好看一看他身上、好好瞧一瞧他身边,哪一桩哪一件没有我李卿卿的影子?"

应如是不笑了,脸上一贯挂着的笑也沉了下来,唇色略略发白,一双杏眼隐含恨意地看着我。

我说:"这些拈酸吃醋的事,我也不屑和你争执。往后,我们还是和从前一样,井水不犯河水,赵珩爱谁,也早就和我没有关系。"

应如是突然笑了一声:"可惜,夫君说他早已厌烦你,说你与齐华公主一样,他多年来,只把你当妹妹,仅此而已。"

我吸了口气,仰头看了下天,乌云沉得像是要掉下来,很不好的感受。我不想再理她了,转过身就往前走,我听见她说:"只是到底你夺了我的后位,李卿卿,我也没有办法。"

我已经转过身走了两步,心里有种很不好的预感,突然背后一道"扑通"落水的声音,我猛然转过身,鬓边的银钗乱响。刚刚还捂着肚子十分小心的应如是,已经坠入了水里,在水里挣扎着沉了下去。我听见周围有太监宫女尖叫着"太子妃落水了"，我被闻讯赶来的太后命侍卫拿下。

被压着跪在地上的那一刻，我真的想流泪了。

赵珩，原来你这样欢喜的姑娘，不是很好的人。

太子妃小产了，太后原是那样端庄的女人，却忍不住怒火当众掌掴了我。

我说，我没推她。

太后反手又给了我一个巴掌，长长的护甲在我脸上刮出血来，一张柔善的面孔变得可憎起来："你没推如是，难不成是如是自己跳下去的？"

闻讯被传召进宫的我娘却扯住我的袖子，好好的一个诰命夫人，却跪在太后的脚下求情，一张脸徒生急老："太后娘娘息怒，卿卿只是一时气上了头，才做出这样荒唐的举动。"

我突然僵住，转头看向我娘，很慢地重复道："娘，卿卿真的没有推她。"

娘亲叹了口气，眼底难免有些失望，还生出了些疲惫和自责："怪我和你爹，自幼太惯着你了。我知道你与陛下多年情谊，只是这次，到底是过分了。"

我露出一个比哭还难看的笑，环视了下周围，刚刚如此屈辱地挨巴掌时我没哭，现在眼泪却大滴大滴地掉下来。你怎么能不信我，你可是我娘啊。

泪渍流入我脸上的伤口里，痛得叫人十分清醒。倘若我是旁人，也该觉得是我推了应如是。瞧我究竟是做了些什么事情啊，怎么就成了如今这个连自己都厌恶的模样。

我听见边上有宫婢在窃窃私语："听说侧妃缠了新登基的陛

下多年，可是陛下却和太子妃一见钟情。"

"太子妃病好才多久啊，若非张太医医术高超，再经这一小产，恐怕人都该去了。侧妃心肠真是歹毒。"

太监一声"皇上到"，紧接着就是赵珩黑底云纹的鞋迈了进来，冕服威仪，他走到我面前，蹲下来，掐住我的下颔。

我从未见过赵珩这样落魄的模样，鬓发都散下来些许，眼眶都微红，下颔线咬得很紧。

赵珩一字一顿地问："李卿卿，是不是你？"

我仰着头，他的力气很大，掐得我很痛，像是压着无尽的恨意，我笑了一声，说："是。是我推的。"

他闭了闭眼，手往下移，像是压不住火，落在了我纤细的脖颈上，有一瞬间我以为他要杀了我。我看着他向来好看的唇抿起来，想起那年上元节灯火琉璃，他取下一盏漂亮的兔儿灯，也是这样抿着唇红着耳尖递给我，他说，卿卿，给你。

收拢的那一瞬间，我却微笑起来，我想也好，这样也好。

赵珩怔住，即将收拢的手放开，我被他甩到了一边。母亲大概是被吓到了，现在才反应过来，跪伏在赵珩脚边："卿卿只是糊涂，陛下暂且息怒。"

赵珩侧着头，不知道在想什么，许久才道："德行有失，不配为后，李卿卿，夺其名位。"

我剧烈地咳嗽起来，却大笑了起来，周围的嘈杂都被我这不合时宜的大笑给压了下去，连赵珩的怒气都被我这像是疯癫的行为给怔住。

我声音还有些哑，我说："你娶亲的时候，我曾回来看过，从西北偷溜回来，差点死在路上。你骑着高头大马穿着喜服迎亲，很好看，周遭百姓都在替你高兴，其实，如果你早一些告诉我，你不会娶我，我也会替你高兴的，我也不想当这样难堪的坏人。可你没有。

"我年少时渴慕嫁第一等好儿郎，却没想到结局是为人妾室，新婚夜的盖头都没人掀，其实我也想问问你，记不记得那个会跳胡旋舞的卿卿，跟了你很多年的卿卿，会翻墙来看你的卿卿，陪你背书却总是睡着的卿卿。可是我想，答案其实很明显了，我何必自取其辱呢？你只记得应如是。我什么都不是。"

边上的人乱成一堆，我却感觉自己像个局外人，这些荣辱都与我没有关系了。

我静静地看着他，突然问他："赵珩，你知道我现在什么感受吗？"

他垂下眼看我，眼尾还有盛怒之下的戾红。

我微笑着说："我觉得恶心。你听清了吗？你怎么能配得上这么多年我这样诚挚的欢喜。可是刚刚那一瞬间，也许从更早开始，我对你的所作所为已生不出太多感受了，不觉得欢喜，也不觉得难过。我甚至想，你和应如是生下的孩子大概长得很可爱。我其实有些遗憾，我遗憾不该遇见你的。

"刚刚你的旨意中可以再加上一句，就加你我永世不得相见好了，与君长诀。赵珩，我真后悔遇见你。"

我说完这句话，倒有了释怀一样的轻松，却见赵珩的脸色一寸一寸变白，像是压抑不住痛苦一般转头咳嗽了起来，连呼吸也十分急促。

他伸出手来，像是想触碰我的脸，手指却颤得厉害。

我说："你别碰我，我嫌脏，太子哥哥。"

我歪着头道，像从前和他说话时那样自然，我时常高兴地跟在他身后喊太子哥哥太子哥哥，谁能想到最后一句竟然是这样的话。

赵珩，我嫌你脏。

他苍白的指尖顿住，很用力地蜷缩进袖子里。他眼睛看着我，却不知何故往后跟跄了一步，太监急忙扶住他，他摆摆手，却很慌张地侧过脸。也许是我看错了，他的眼里竟然有泪。

赵珩自年少起就格外约束自己，却不想有这样失尽自矜的时候。

他再转过头来，神色已经平静许多，赵珩说："我日夜所期盼，不过是你后悔与我相见，了却前缘，日后无论朕如何，你我再不生瓜葛。"

我也松了一口气，说："看来你我都能得偿所愿，也算是皆大欢喜的结局。"

我突然开口问："赵珩，你记得我十五岁及笄时和你说的话吗？"

他垂眼，顿了顿，袖中露出的手蜷起来又松开，赵珩说："忘了。"

我意料之中地点点头。

我与赵珩青梅竹马十六载，年少时恨不得生同衾，死同穴，最终换得皆大欢喜的结局是他心爱的女人失了孩子，我被贬入冷宫，两人相见几近憎恶，许愿余生不可见。

说是冷宫，其实不过是空荡的太子府，先帝的妃嫔都已安置妥当，太子府的人也迁至宫中去了，徒留下一个我来。

父亲年事已高，因应如是落水一事，索性交了兵符和我母亲告老还乡去了。这上京城里被一场雨打过，却再没有我能惦记的人。

父亲临走前,赵珩特许他来见我一面,父亲把袖中的假死药颤巍巍地递给我,老眼难免含泪,毕竟他只有我一个女儿,父亲道:"当初想着陛下与你青梅竹马,情谊深厚,我的女儿该是快乐的,可是后来他突然娶了正妃,父亲又何尝想把你嫁过去呢?可是先帝到底不放心我手上的兵权,心意决绝,才委屈了你。"他叹了口气,"若有机会,便用了这药吧。有人会接应你的。"

我说:"蜀地路遥,您多保重。"

应如是到底是没能当上皇后,连位份也没有。有人检举她父亲贪污受贿,赵珩把她父亲下了大狱,应如是想要求情,赵珩却连面都没见。

外头风雨变转,我在太子府却是很平静。

我幼时和赵珩一起在这院里种下一棵桃树,如今枝叶亭亭如盖,还结了头茬果子,可惜当初说要一起吃的人早就不在了。我在树下站着,外边的围墙上却冒出了个小而圆的脑袋。

一双乌黑的眼睛看了我立马高兴地睁大来,清脆地叫了我一声:"卿姐姐!"

我也讶异地睁大眼睛。这是赵珩的幼弟、先帝极其宠爱的十五皇子赵婴,如今不过十岁,圆滚的身子吃力地在围墙上坐着,背上还背了一个包袱,十分理所当然地张开手:"姐姐接我一下。"

我刚走近两步,围墙上却扣住两只骨节分明的大手,借力时关节微微发白,再看已有一个束着高尾的少年郎跃起蹲在围墙上了,正挨着小胖墩,话是说给他的,却是笑看着我说的,很霸道:"不行,姐姐不接,哥哥接你。"

我抬眼看他,顾景策微眯着眼睛看我,一双桃花眼柔和,迎着阳光朝我笑:"李家的卿卿,想我没?"

我别过头不理他,他也不在意,落了地之后,回身把小胖子也给带了下来。

赵婴挪着小小的身子到我面前,把背上的包袱给解了下来,摊开来都是零嘴:"卿姐姐我想死你了,瞧,这都是我平日里从牙缝里省下的零嘴,我都给你!"

赵婴是个话痨,一说起话来喋喋不休:"皇兄日日督促我读书,什么书都读,还是父皇对我好,那时我什么也不用学。我不学完皇兄还要打我手心,你看我的小手,现在还肿着。我讨厌他的妃嫔,就那个什么如是的,还让我叫她姐姐,我吐了她一脸口水,我才不叫呢,我说我只有一个卿姐姐。"

他说着说着慢下来了,看着我的眼角,那里有浅浅的痂,是被太后的护甲刮到的,赵婴问:"姐姐,你疼不疼?"

有微凉的触感碰上我的眼角,我仰起头,顾景策的指尖就落在我的眼角,一双眼黑沉,难得地阴郁下来。

我摇摇头。

顾景策收回指尖,轻笑道:"李家卿卿,你记不记得我曾说过一句话?"

"哪句?"

他俯下身凑近一点,眼底越发黑:"除了我,谁也不能欺负你。"他微侧过一点头,眉眼在光下越发明晰。

他唇边沾了一点漫不经心:"你别不相信啊,我发现我从前做错了一个选择,我原以为你该过得很好的,没想到这样委屈,所以我翻山越岭地回来了,感动吗李卿卿?"

我突然想到应如是她爹突然被曝出来贪污受贿的事情,下意识地问:"应尚书那事,你做的?"

他不置可否地"嗯"一声,扯了我一把,从桃树的阴影下把我扯出来，一头栽进阳光下，他说："别操心了，太脏的事情你都不要听。你只要记住一句，我说过了，我是来带你见太阳的。"

我从南到北，就是来救你的。

我怔住。顾景策却轻轻眨了下眼，不再多说什么，他越过去蹲下看我刚刚摘下来的那筐红桃子，朝赵婴招了招手："来，小胖子，吃个桃。"

我这才想起来问："你们怎么翻墙来太子府了？"

顾景策十分理所当然地答道："因为正门有侍卫守着啊。"又瞧我一眼，"其实是小胖子想你了，我回京本是奔先帝的丧，如今闲来无事，索性去教这小鬼骑术射箭，他非说想你了，上课也不专心，求我带他来见一见你。"

赵婴十分疑惑地抬头，大声说道："明明是你想见卿姐姐！"

顾景策很快地把他手里的桃子往赵婴嘴里一塞，耳尖明明泛红，却十分镇定地和我说："童言无忌。"

赵婴哭着说："桃没洗过。"又哑巴几下，"但还挺甜。"

顾景策弹了弹他的小脑门。

我忍不住笑起来，心情难得地柔和。

这样一片欢声笑语中，却看见赵婴惊愕地睁大一双圆眼，慌张得像个被抓个现行的逃学小孩。顾景策嘴角那分笑也慢慢垂了下去，往我身后的方向看去。

我听见淡淡一句："过来。"

我回过头去，赵珩正立在不远处，面色平静，阳光到我和顾景策这里就停住，反而显得他站的阴凉处太过寂寞。

他说着"过来"二字，黑沉的眼睛却落在我身上，明明是夏天，却像是身上落了层薄雪。我差点以为这句"过来"是对我说的。

赵珩顿了顿，越过去看赵婴，这孩子脸上还沾了桃汁，却是一副惶惶不安的模样,他再一次道:"赵婴,过来。"

赵婴眼泪都快要掉出来了,挪着脚往前走,却被顾景策扯住,他漫不经心地叫了声"陛下",本朝异姓王本就不用行礼。顾景策嘴角噙了几分笑,他道:"孩子贪玩,要论罪应该先从臣身上论起。"

赵珩看他,却是先垂眼看了看那地上的筐子,再转到顾景策刚擦干净准备递给我的一枚桃子上,表情冷淡得像覆上一层雪,也不知道在想什么,静了静才笑了一声,他说:"老王爷给你留下的免死金牌还剩几枚?"

顾景策皱起眉想了想,眉眼里带了一分恣意,大言不惭道:"还够臣再放肆一回。"

赵珩了然地点点头。

顾景策顺势把手里的桃子咬了口。

赵珩冷不丁地问:"甜吗?"

顾景策扬眉笑道:"甜啊,怎么不甜。李卿卿刚摘的。"

赵珩再不言语,垂眼笑了一下,只是笑意越发冷淡。

这回赵婴倒乖了,把手上的东西都递给我,叮嘱我道:"卿姐姐,你好好的,我下次得了空,再来找你。"

我摸了摸头,他往赵珩那儿走,还十分不舍地频频回头看我。赵珩还不动,站着看我。

顾景策也站起身往外走,捡了几个桃子在怀里,路过我时长叹口气:"太子府太小了,天都是四四方方的,李家卿卿。"

瞧他们都往外走了,我转过身仰起头,昔年我与赵珩手植时不过低矮树苗,如今已是桃叶蓁蓁,明明不大照料,生的果子却多。

我想,用来酿酒或许不错。

我在这太子府还没过几天，就听闻新帝要在承天门的城楼上放天灯的事，放天灯是大宣历来习俗，寓意祈求上天风调雨顺，以示皇帝仁慈。上京的百姓都要去看的，若我还是赵珩的妻妾，自然是要一同登上承天门的。只是我如今不过是废妃，安安分分在这荒芜的东宫里待着就好了。

然而，有人偏偏不想让我好好在东宫里发呆。应如是特地嘱咐了守着东宫的侍卫，千万要带我去观礼，与这上京的数万人一样，好好瞻仰这承天门上的风姿。

我原本还不明白她的意思，直到我隐在人群里，和周围人一同跪下山呼万岁，抬眼却见承天门上她与赵珩双双出现，无边的仪驾之下微笑的模样，我心里才明白，她是要我再看清楚一些，要我知道她与赵珩之间再插不进去第三个人，与赵珩一同接受万民跪拜的人始终是她。

可惜我早已生不出太多的感觉。

我目力很好，幼时父亲曾为我重金请了射箭师傅，第一课就是要我看清百米外柳叶的动向。我随着众人直起身来，仰起头看在高高的城墙上的赵珩。

白珠十二旒，十足的帝王威仪，我真庆幸，他长成了我幼时所憧憬的他该有的模样。其实我也想通了，应如是说的也不无道理，这么多年，赵珩只是把我当妹妹而已。

我长长叹了口气，捂住了眼睛，好在，我只用了两年去试错，我如今不过十九岁，还有重来的机会。

那些场面话都被我囫囵听了个大概，内监把一盏明黄的天灯递与赵珩，我略怔了怔，若是旁人可能看不清，我却看见天灯外除却写了祈佑上苍的颂词外，另一面还画着图案。

我再要细看，那面已经被转向赵珩掌心了。

我安静地想，回去该吃下父亲给我的那包假死药了，桃子我已经吃过，赵珩当皇帝的模样我已经看过，我再生不出怨恨，也许这就是上苍给我的最好的时机。

那盏天灯将被捧到天上去，慢慢地升起来，然而还没有飞出去多远外衣就燃烧起来，天灯往下坠的时候，四周突然喧哗起来，有不知多少的黑衣人蹿出，百姓四散，另有大批黑衣人直直往承天门上袭去。

我下意识地抬眼去看赵珩，内监大臣喊着护驾，他却半分不见慌张，十分有序地吩咐下去。然而不知道应如是贴近他说了些什么，他顿住，却陡然回过头，猛然扑到城墙上往下看，隔着夜色都看得见的惊惶。

我想我是听错了，不然这样嘈杂的环境里，我怎么能听见他一声嘶哑的"卿卿"呢。

我没有心思再关心他，护送我的侍卫不知被人挤到哪去了，得亏我是将门虎女，不然还真不晓得怎么在这帮见人就砍的逆贼手下活下去，我用右手拔出靴子里藏的刀，却摸了个空。

我这才想起来，赵珩早就不让我带兵器在身上，说是这样不合身份。我吐了口气，一边往外疾走，一边捡起地上谁人混乱掉落的长剑。

眼见着面前有寒光刺过，那剑上还沾了不知谁的血，我拿起剑挡住，然而这剑不是我用惯的弯刀，这手也不是我用惯的左手，仓皇之下竟然挡不住，我只能徒然见剑锋就要刺进我的胸前。

若我真以这样的方式死在这儿，恐怕我那已经在蜀地养老的父亲也能气晕过去。而那剑锋却被一枚暗器打歪，再是高束着马尾的少年郎挡在我的身前，手中的剑从黑衣人的胸口拔出，收势时做了个很漂亮的剑花。

顾景策侧身回头,漂亮的下颌在夜色里难得地紧绷,见到我全须全尾好好的模样,才舒缓开一点眉头,伸手把我一把扯到怀里,搂得很紧。

他长吐了一口气,把头压在我肩上缓了缓,才开口道:"总算是赶上了。承天门下,这样多的人,我一路过来见了不少伤亡,担心找不到你,我心里真是……"

他突然顿住,微侧过脸去,轻微地颤抖着,轻声道:"真是害怕。"南安王曾在岭南深山瘴气中被困三十日,也曾被周边蛮族围至性命攸关,如今却连一句害怕都说得轻声。

周边太过嘈杂,我却听见他近乎炙热的心跳声,连同我的心跳都不由得加快了起来。

他一手执剑,一手向我伸过来:"此地不宜久留,我先带你出去。"

我把手放在他手上,穿过指尖,十指扣住,掌心有练武留下的茧,却是燥热的。他带着我从慌乱逃窜的人群里穿过,见着黑衣人倒是不留情地刺上一剑,眉宇之间沾上一点杀伐果断的戾气。

他大概觉得这样到底有些不方便,索性钩住了我的腰,大掌就贴在我的腰侧,透过轻薄的衣料传过热来。我被扯栽进他怀里,抬头却见他反倒自己红了一点耳根,他身上的味道很好闻,不像是上京有的香料。

我听见刀戈相碰的声音,有兵器从血肉里拔出来的声音,百姓四散惊慌,我不由得攥紧顾景策的衣襟,我诚然很感谢他,否则这地上无名的尸体,恐怕又要多出一具我来。

不知过了多久,边上的声音都停却了,我和顾景策已经到了锵——

怦怦……

顾景策，你好像很容易耳红。

一处小楼里，他为我端来一盆清水洁面，我见他脸上溅了点血，生出了一点妖异的风流感。

我指给他看，他凑过来借着水面照脸上的血污，却不小心和我的头撞到了一起，修长的手指捂着脑门，"嗞"了口气："李家卿卿，生得这样好看一张脸，没想到头却这么硬，和小时候一样。"

我涨红了一张脸，谁能想到他还记得我幼时和他打架，但到底有些落于下风，索性硬着头撞他。赵珩把我和他拉开的时候，几近无奈地揉着我的脑袋，问我疼不疼，我骄傲地说不疼，我的头可硬了。

其实到最后，我还是在赵珩这堵墙上撞了一个头破血流。

顾景策在我面前半蹲下来，把我有些脏的手放进清水里洗，他长睫低垂，高束的马尾垂了些下来，这样肆意的人也有这样安静柔和的时候。他的手沾了水却还是热，碰上我左手手腕，按上其中一个穴位，可我已经感受不到太多知觉了。

我很平静地说："你走后的第三年，太子遇刺，我用那把弯刀替他挡剑，却被刺中了左手手腕，一直到现在都用不了力，拿刀射箭的事情，我都干不了了。"

顾景策低垂的睫毛颤了两下，为我擦去手上的水，抬起眼看我："岭南有个脾气很古怪的神医，可以生死人肉白骨，我年少被委派岭南，受了不少苦，最惨的一次差点站不起来，这样他都能治好，你也可以。我这些年收了许多漂亮的刀，想来你也会喜欢。"

他十分认真地看着我，抬起手把我鬓边的乱发理好："手能治好，卿卿，你也会好起来的。"

楼其实不是很高，只是不知道何处涌来一股热浪，街上有人在吵，太子府走水了，我站起来凭栏远眺，远远见着那一处东宫被火势吞尽，连同我和赵珩的十六年。

顾景策在我身旁站定，长身玉立："今夜的上京，不平静。"

他身上那股子香又顺着风传了过来，我凑过去闻："你身上很好闻，方才我就想问了，是什么香？"

顾景策垂下眼来看我，喉结滚了滚："是迷迭，岭南奇花异草有很多。"

因为距离有些近，他说话的热气洒在我的脸上，我看着他耳后攀上的一抹红痕，忍不住笑道："顾景策，你好像很容易耳红。"

他侧过脸去，却发现这样更让我看清他的耳朵，才转回来，恼羞成怒地把我的头往他脖颈里一按，咬牙切齿地喊我的名字，难得的全名："李卿卿，不许看。"

停顿了半晌，又低哑地补充上："不是容易害羞。只是对你……而已。"

顾景策不知从哪儿寻来一具女尸，身形极像我，脸已经看不明晰了，索性给她换上我的衣服，我脱下我腕上遮挡疤痕的琉璃手钏顺手给她套上，顾景策再把她往死人堆里一扔，权当是李卿卿已经死在这场小乱里。

这场动乱其实平息得挺快，顾景策说，赵珩未必不知道那日会有行刺，只是提前做好部署引蛇出洞，把那帮子乱臣贼子趁机都一网打尽罢了。我叹道，果然是帝王啊。

因而这几日城中搜查都格外严密一些，本不是什么特别大的动乱，赵珩却下令封锁城门水路，说是寻查逃犯。

想来我那日也在承天门下的事情他已经知晓，心里暗暗想恐怕他也期盼我死在那儿。

我难得怅然一会儿,却被顾景策弹了脑门,我瞪了他一眼,他却笑着把手藏在背后。

顾景策说:"你猜我带了什么?"

我歪着头要去看,却被他的大手挡住额头,他才拿出来,原来是一枚狐狸面具,朱红霞粉的颜色,他眉挑起来一点,问道:"像不像你?"

他低笑道:"一只小狐狸。"

我瞪起眼睛说哪里像。

顾景策俯下身,把那只面具往我脸上比画了下,眼睛却是看着我的:"还差眼尾一粒小痣,就像了。"

我和他对视着,不知怎么烫得移过头去,我说:"这面具用来做什么?"

"明晚就是花灯节了,城里再封不住,等到夜半时,就可以离开上京了。"

因着抓捕逃犯,城内外禁止出入已经数日,花灯节是大宣夏末的大节日,出行男女都要戴上半枚面具的,上京城的风波都会被这场盛大的节日给安抚,连同有些散乱的民心。

我抓住他袖口问:"顾景策,岭南有什么?"

他说:"有鲜嫩的荔枝,有最好的稻米,山水也好,只是蚊虫多些,不过你放心,只要你和我在一起,我保证,连虫子也不敢咬你。"他毕竟少年风流,这样讲着眉眼里难免浮现一点恣意。

我想起老王爷死后,他被远派岭南,其实谁都以为年仅十三岁的他会死在那块地方的。谁能晓得再见他还是这般肆意。

我轻声问:"你刚去的时候,那边也这样好吗?"

他这才收拢了一点眉头,垂下眼来看我,笑意一点也不明晰,他说:"不是。"

"岭南毕竟人少，官贼勾结，便不把我这样一个十三岁的孩子放在眼里，毒虫毒蛇、瘴气、明枪暗箭，其实我都躲过，有时侥幸才能保全一条性命，但总免不了鲜血淋漓。只是年岁增长，他们再压不住我，如今那边已经是十分好的地方，也不枉百姓称我一声南安王。"他轻描淡写的几句话，却把自己沉重的过往掀开来一角。

他突然伸出手擦上我的眼角，那里有一颗浅浅的痣，顾景策说："李家卿卿，这样看着我，不会是心疼我了吧？"

我睁大眼，笑眯眯地说："是呀，南安王。"

这下反倒是噙着笑的他哽了一下，很快地别过眼去，像是那张狐狸面具眼角的粉色晕了一点在他瘦削的脸颊上。

"李家卿卿，你这样说，我可是会当真的。"

我拉长了声音，婉转道："其实呢——也未尝不可。"

等到花灯节这日，真是满城的灯火悬挂，晚一点的时候应该还有烟火盛会。顾景策要安排一会儿的事，但我坐不住，他只好先放我在街上自己走动着玩。

夜市很热闹，我戴着那个狐狸面具，很高兴地在街上乱窜，毕竟东宫的规矩森严，很久没能这么自由自在地出来玩。

我在一个小摊停住，摊主是个六十多的老头，看我盯着那盏挂在边角的灯，开口道："姑娘，你喜欢这盏兔儿灯啊，可惜刚刚被人预订了。可惜啦。"

我刚想说不必了，那盏灯却被一只瘦削的手拿下，有人在我身侧落定。

摊主乐呵呵道："喏，预订的主儿来了，姑娘若是真喜欢，可以同他商量商量。"

我稍微仰起头,看到来人一身白衣,面上也戴了个面具,露出线条优美的下颌来,一双眼正落在我身上,他身后悬着许多灯。我怎么会不认得呢,是赵珩。我倒是真不知道,原来这样日理万机的新帝,还会在花灯节灯下相会。

他悬起手中的灯:"这盏兔儿灯,姑娘要不要带走?"

这一幕像是和很多年前的上元节重合起来,我被人潮冲得和家仆失散了,却被太子赵珩找到,我因受惊哭得不能自已,他便取下一盏兔儿灯来哄我开心,原来,他也曾红了耳尖唤我一声卿卿。

如今惜取往日一些情分,但是也只能装作陌路人,疏离地叫我一声姑娘。我已经不再去想他究竟是何缘故,他与应如是又究竟是否伉俪情深,只是他曾经低娶的侧妃李卿卿已经死在一场动乱里。

我垂眼看向那盏灯,说:"不必了,这灯幼时觉得有趣,如今看来不过如此。譬如枝上青梅,看着美好,吃下去却是酸涩无比。譬如儿时所骑竹马,如今再不会去碰。"我抬眼看向他,微笑道,"其实你说得对。好在,我早就不难过了。"

因此处灯光粼粼,细碎地落在他眼底,像是盛满了泪,他说:"你恨我。"

我摇头道:"我不恨你。见你,我不觉像从前欢喜,可是也没有憎恶,我早前便知道了,比起恨来,遗忘才是最大的释怀。只是你我之间,就像你之前所承诺那般,永世不得相见吧。我就当从没遇见过你,没认识过你。"

那盏兔儿灯不知何故掉落在地上,被风吹得远去了,他踉跄一步,像是站不稳了。

面具之下的下颌被用力咬着而颤抖,眼角露出一点红,他重新抬起眼看我，把我好好打量一遍，每一处都细细看过。他咳了两下，薄唇微笑道："我向来都应允你，这次也允了。"

我手边却多了个小孩，他扯着我的手，大声和我道："姐姐，你的夫君找你很久了，你快和我来，他可急了呢。"

我被拽得转过身去，十分礼貌地和赵珩点了头，被急急地往前扯去。

我被带到花灯繁盛处，连河上都漂着十里花灯，小鬼头把我拽到这里就不见了踪影，旁边有个说书摊，说书人正讲一出狗血话本，末了才评道："青梅竹马本不长久，天降姻缘才是王道。"却不合时宜地传来一声嗤笑。

说书人不悦地皱起眉，往那嗤笑声传来的地方看去，来人玄衣墨发，马尾高束，斜斜靠着栏杆，他戴着银质面具，露出的部分却都好看，惹得过路的姑娘频频驻足偷看。

他随手丢了一枚银锭在案桌上，微抬了一点下颌说道："怎么青梅竹马不长久，来，给爷改一改，'就改成，竹马远去他乡，多年后回来与青梅白头偕老'好了。"

说书人忙不迭道谢，顾景策却连看都不再看他，隔着重重花灯瞧着我，随口应了声："爷下回来听。"

他往我这里走来。明明是夏末，可是有些人，你一眼瞧过去就像是肆意的热夏。

顾景策把他手里的糖人塞给我，看着我微怔的模样，垂眼道："李家卿卿，你是不是忘了，我们也是青梅竹马的，我七岁被寻回来就见了你，被你打了一顿，我在上京里，也只记得你。我曾听过一个词，情根深种，原来这种子早就这样种下来了。"

他笑："毕竟，我再找不到第二个像你一样头硬的姑娘了。"

我因他眼底的情绪而怔住，他却只手歪过我的头，轻声道：

"别说话，外头要放烟火了。"

我似乎看见白衣玉骨的赵珩在远处怔怔地看我们，再看却已经不见了。像是一场旧梦破碎开来。

下一瞬间，烟花炸开的声音响起来，我被顾景策环在怀中，仰头看漫天的烟花绚烂地开在夜空里，真是漂亮。我侧过头看顾景策，谁知道他却一直看着我。

我脸一红，轻声问："顾景策，你吃过青梅吗？"

周边嘈杂，他俯下身，热气吐在我的耳边："当然吃过，我的府里还埋着两坛青梅酒，辛辣回甘，我平常舍不得喝，到时候挖出来给你尝尝。"

你看，其实是不一样的，有人说青梅酸涩难堪，有人却笑一声，说最爱青梅酒。

我抬起手来，捏上那枚银质面具，轻轻揭开一个角，露出他好看的眉眼来，花灯节有约定，若你见着哪家郎君可喜，其实是可以揭下他的面具的。

我仰起头，唇擦过他一点嘴角，他伸出手掐住我的下颌，俯首吻下来，适逢烟花于天际炸开。

唇齿相依之间，他哑声唤我一声："卿卿。"

我与顾景策去了岭南，神医不愧是神医，到第二年初夏的时候，我左手手腕已经恢复如初，那种感觉，不亚于久瘫之人可以行走的兴奋，我当即用了顾景策的箭猎了好几只兔子回来。

岭南民风淳朴，我沾了一脚的泥拎着几只毛兔子往回走，却被道了一路的喜，连卖鱼的大娘都塞了几条鱼给我，贺喜道："王妃大喜啊。"

我往日里并无明确身份，曾有人问起南安王身边的女子是谁,我随口说道,他远房表妹,却被顾景策似笑非笑地看了一眼。当晚就被他压着咬住耳垂,哑声道:"谁家表妹深夜在兄长房中?"

我不明所以地回到南安王府,连门口沉闷的石狮子都挂上了红绸,来往筹备的人络绎不绝,我走到最里边,顾景策正坐在石桌上,高束的发垂落下来,十分用心地煮他的青梅酒。

见着我,他抬手招呼:"今天刚挖出来一坛,快来喝一口。"

我说:"我如何成了王妃了?"

他舔了舔牙尖,眼睛像是黑夜里的长星那样亮,顾景策说:"我哪敢让你当妾啊,怎么着也得是个夫人。"他叹了口气,"可怜我一个南安王,宅院皆空,那些老大人就差把自己的闺女塞进王府了,我能怎么办?"

我有意逗他:"什么怎么办?"

他叹一句,眼神却缱绻:"谁叫我满心都是一颗小青梅呢。

"李卿卿,我要拿你怎么办?"

怎么是好?我喝了他的青梅喜酒,便也只好嫁给他啦。

顾景策倒是大方,婚还没成,赏银就已经满城地发了,我说他败家,他却十分矜傲地说:"本王有钱,结婚本儿可是从我第一次见你就开始攒了,本来还想用不出去了,伤心得不行,这下也算物尽其用。"

岭南的百姓都知道,素来惹姑娘喜欢的南安王终于要娶妻了,惹得深闺里眼泪无数。

上京的事情我许久不曾想起来,直到有一日路上一乞婆拦住我的车辇。

婢女替我掀开重紫色的车帘,乞婆把掩面的乱发掀开,从眉眼里我才依稀看出是谁,谁能晓得从前那样风光的太子妃如今竟然是这个下场。

听闻应尚书又犯了事，重罪并罚下连应如是也没放过，朝廷上下没有不称赞赵珩英明的。

应如是仰头看着我，眼睛在我鬓角那枚宝石上逗留许久，像是怀念，又看向我，眼里不免憎恨："李卿卿啊，你竟然还没死，真是可惜。"

边上的侍卫给了她一巴掌："大胆，竟敢这样对王妃无礼。"

她擦去嘴角蜿蜒下的血迹，惨笑一声，再抬起头，却是问我："'我见卿卿多妩媚，料卿卿见我应如是'，你猜，是什么意思？"

这句话我是知道的，当初赵珩对应如是一见钟情，曾出口此句，含了她的名字，一时间竟然传为佳话。

"人人都说我与赵珩情投意合。他真不愧是太子，城府深厚，演的戏那样出色，骗过了所有人，骗过了你，却独独剩我一个人清醒。我从嫁入太子府那日开始，就知道那句诗原来不是对我说的，原来还有一个李卿卿。你猜他书卷里都是什么，是李卿卿，是梦里卿卿，是竹马青梅，独独不是我。

"我给你送完青梅之后，他重取了一筐青梅扔在我面前，逼我一个个吃完。可笑吗，他这样欢喜你，可是半分都不能让你发觉。他从未碰过我，明知我假孕，却只能纵容我，还要陪着我演戏，何其可笑。承天门那次，恐怕你不知道，他翻遍脏污，找到那具有你琉璃手钏的女尸时，呕出了一口血，好在那人不是你，我都替他松了口气。慧极必伤，他活不了多久，却还想拉着我陪葬，好封住我的嘴，好让这些事情都不叫你知道，余生再没有半分牵挂他。李卿卿，我有个遗憾，我不曾再狠心一点，杀了你。"

我静静地看着她，不觉欢喜，也不觉难过："你告诉我这些，要做什么呢？"

应如是睁大眼睛，看着我平静的模样，怔了半晌，突然大笑起来，笑得眼泪都出来了："赵珩，原来，原来这就是你想要的。"

疯疯癫癫的乞婆被侍卫一脚踹开，长街尽头有人策马而来，衣袂在风里翩飞，比太阳都要明艳一些，他在我身侧策马停下，笑问一句："王妃，要坐本王的马吗？"

不等我点头，他已经揽住我的腰身。再反应过来时，我已经侧坐在了他的前头。因为要扯着马缰，我被顾景策揽在怀中，他轻声道："陛下驾崩了。"

我抬眼看天，真是极其明媚的太阳，我想起我及笄那年随父亲远赴西北，赵珩送我离别，我说太子哥哥，你等等我。他没等我，年少时说要一起白头，如今早已物是人非、事事皆休。

这一年，我二十，他二十三。很久以后，我九十九岁，他仍然二十三。

顾景策垂眼看着我，我侧过头说："陛下大丧，天下不许婚事，你的银子白花啦。"

我小声说："不过我把我赔给你，你不许嫌弃。"

顾景策眉头飞扬，十分慎重地在我眼睛上落下温热的一吻，他说："我哪敢啊，李家卿卿。"

他轻笑一声，有发丝落在他两鬓："剩下的八十年，我都归你了，望夫人垂怜。家里的青梅酒温好了，我们一同回去喝吧。"

我转过头笑，钩上他的手指，无声应允。

往后八十年，小南安王，多多指教啦。

番外

此生若不能白头

大宣从未有过赵珩这样出色的皇子，传闻皇后怀他的时候梦见紫气东来，他自生下来便被封为太子。太子端方，从幼时便显现出他不可多得的才智，八岁便可在朝堂之上辩倒大儒，这样好的一个儿郎，却对李将军老来才得的女儿十分喜爱。

太子赵珩年少老成，模样尚稚却已和大人一般，平生做过最荒唐的事情就是把宫里的糖酥藏进袖子里，预备带出去给他小小的姑娘吃，只是不巧遇上皇后娘娘，袖中的糕点不小心撒了一地，如此少年气的举动倒是让皇后宽慰不少。

他看着他的小姑娘从那么白生生的一点长到了亭亭玉立的模样，只是看着她的人越发多，譬如南安王府刚捡回来像狼崽子一样的少年，看卿卿的眼神让他尤为不高兴。

赵珩其实很寂寞，可他却有一个李卿卿。她会大笑着骑马，用刀的手法格外漂亮，她身上的铃铛一步一响。她还会翻墙来陪他念书，在案桌旁托着腮甜甜地叫一声太子哥哥。她每叫一声太子哥哥，他的心就轻轻颤一下，像是深潭里起了一点涟漪，他宽慰自己，再等一等，等到他的小小姑娘长到可以做他的太子妃的时候。太子赵珩善于隐忍，只是头一次觉得，等待这样难熬。

他第一次觉得痛是卿卿的左手伤时，她却仰起苍白的脸说，太子哥哥，没事的。

卿卿去西北那年，是他预备娶她的第十五年，可惜徒然被刺杀毒入肺腑，太医说，殿下最多不过五年时间。他从前觉得天道对他仁厚，出身尊贵，上天又给了他一个不可多得的李卿卿，他看着东宫里头还没结果的那棵桃树，竟然哽咽，平生第一次流泪。

赵珩其实并不怕死，可是怎么办呢，他的卿卿怎么办。

后来她问他，记不记得十五岁及笄时她说的话。赵珩其实记得的，她说，霸王死、虞姬不活，卿卿与您，生死不离，百年相随。他知道她所说皆为实话。只是当时感情甚笃，未曾想到命运的刀刃落下来得这样快。

他第二次痛是娶妻时在人群中看见卿卿，他几乎用尽所有气力才能不坠下马去。

他曾与旁人情投意合，念一句"我见卿卿多妩媚"，曾在灯下看着他的姑娘抬眼都是厌恶。

他说青梅酸涩苦辣，却在辗转不眠时一个一个地往下啃咽，唯有这样，才可解一分痛意。

看着他长大的嬷嬷懂他，只能叹一句殿下何苦。赵珩摇头不语。

承天门的天灯上一面写着山河社稷，另一面却是卿卿喜乐平安，他平生所愿唯此而已，可是天灯没飞起来。

太子赵珩曾见昔年所植桃树结果，卿卿与旁人共食。花灯节路过破损的兔儿灯，见她与旁人相拥赏灯火。

他所求不过是他的姑娘与他成陌路，到最后也算得偿所愿。

他愿她从不知晓这些，只当是年少时所爱非人，从此喜乐无疆。

卿卿到岭南的第二年，密探最后一次回来时，他已经病得形容枯槁。密探说，她要嫁人了，他挥挥手让密探退下，却呕出一口血，怎么会不高兴呢，她的余下八十年，有人替他守住了。

可是怎么会不痛呢，那是他如珍似宝捧在心头二十年的姑娘。

他病得起不来，却再没有担忧，在一个宁静的夜里，闭上了眼睛，梦里有一个小姑娘问："太子哥哥，青梅好吃吗？"

他捂住不知不觉偷画的小姑娘睡颜，难得地红着脸回道："好吃。"

我从前等过一个意气风发的小将军,
别人都说他死在了战场,
我固执地不肯退婚。
那日大雪纷飞,我终于等回了他。
他当着满堂贵人笑说,
他为一女所救,心从此有了归属。
我眼泪都不敢掉,还要撑着一身华服,
脸面却落在地上被踩了个干净。
后来我看他孤守谢府死守山河,
倒希望他是真的心有所属。

春日宴

第六朝

我及笄那天，雪下得很大，他说要退婚。

我等了他很久。人人都说谢小将军死在了战场上，这婚事由我们姜家退了，也不算是薄情寡义。我向来是姜家最好的姑娘，偏偏在这事上犯了倔，我温柔地说，谢小将军没有死。我说我不信。

我分明记得呢，意气风发的谢宴戈临出征前，坐在他的黑马上衣袂翩飞，日头融化在他的眼里。他说，姜家的小姑娘，你且等等我，我会在你及笄前凯旋，给你带来这世上最珍贵的及笄礼。

彼时我矜于礼节，隔着层面纱脸羞得通红，到底是半晌都没有出声。及笄呀，姑娘及笄之后便是待字闺中了。我现在是多么多么后悔，为什么那个时候没有勇敢地应他一声？怎么连一句"好"都没有呢。

我及笄这天，下了大雪。捧雪替我描眉时，轻声哄我："小姐，瑞雪兆丰年呢。"

我抬头往牖窗外看，飞雪堆下，白茫茫一片。来年大抵也确实是个好年。

捧雪从小服侍我，自然话也比旁人亲近些，她劝我过了今日便成人了，小姐也不必被一个回不来的人绊住手脚，自然也该往前看。

长眉连娟，我瞧着铜镜里头的自己，晃了晃神，我化着繁美的妆容一言不发，不说好也不说不好。捧雪见了也知晓我的意思，只能暗暗地叹了好大一口气。

我和谢宴戈的亲事还在，外头隐隐约约传是姜太傅家情厚，即使谢宴戈埋骨沙场，也不忍人走茶凉立刻解了婚约，唯有亲近的人家才知道，这是姜家嫡长女姜琇难得的固执，气得一直以好脾气著称的姜太傅摔坏了好几套茶具。我眉眼低柔地说，他说会在及笄前回来，我等他到那个时候，他会回来的。这才算是达成了妥协。

一遍遍的礼唱过了，我微笑着听着祝辞"眉寿万年，永受胡福"，着了最繁重的大袖礼服与最繁复的钗冠已行了两拜，来观礼的京中贵人都不禁点头称赞，说姜家的姑娘仪态端庄、容颜姣姣，生养得极好，不愧是这一届贵女中的佼佼者。

只是隐约里听他们说，可惜可惜。可惜什么呢？可怜我未婚的夫婿死在战场，到头来尸骨都寻不到吗？

我的谢宴戈，我的及笄礼快要成了，你怎么不回来？怎么办啊。我从日头刚出一直等到日落，风雪越发大了，我无意识地抠着衣袖上的金线，从未觉得如此茫然。我的世界被风雪沉封了。

我端庄地跪坐着，镇西王府的玉夫人为我去除头上的发钗，旁边侍女手捧的案板上放置着精美的钗冠，再梳这一次头，我便不是未成年的女孩了。再戴上这钗冠，我便已经及笄礼成了。

玉夫人是我的姑母，她为我梳发的时候，也轻轻地和我讲话。

"阿琇，世上的好男儿这样多，谢家的儿郎固然好，可你这样年轻美丽呢，今日过后这门婚事便算作罢了吧。"

我沉默地听她说。这世上的好男儿这样多，可偏偏谢宴戈只有一个。我被锁在闺阁十多年,父母亲格外重才行,我的仪态举止、琴棋书画、德言容功,标准得像教习书一般,我从不知晓什么是恣意,是谢宴戈带我知晓的。这十几年来,我做得最出格的事情,就是因为这退婚的事情和父亲僵持不下。人人都说他死了啊,可明明尸骨都没有找到,你们凭什么说我的人死了。

谢宴戈,你说谎,你骗我,你没有来。

赞者开始唱礼,玉夫人伸手要去拿那案上的钗子。四座的贵客因为即将见证礼成而蔓延着喜悦的气氛,上首的父母也渐露微笑。

行礼的正堂大门"砰"的一声被打开,远归的青年披霜带雪,四座皆惊。我猛然转过头去,连指尖都在颤抖。

谢宴戈的残破铠甲上雪和血混在一起,隐约里有风沙磋磨的疲惫。他背后是漫天的风雪,大风吹着雪在他的足边旋转。一双眼淋了风雪有如寒星,现下浅露了一点水光。他长身玉立,唇边沾了星往日漫不经心的笑,放肆得像风。

"听说姜家小姐今日及笄,特来送礼。"

他朝我走过来,每一步好像都踩在我的心尖上。边上好像嘈杂起来,他们这才从谢小将军从战场上活着回来的消息里反应过来。他这么一来可算是喧宾夺主了。

谢宴戈在我面前停下来,我的眼睛发涩。

真好,你还在。他不在的时候我有许多许多话想说,写成了信又不知道往哪儿寄,如今人在面前了才发现无话可说,只静静地说了句:"啊,你回来啦。"

谢宴戈冲玉夫人行了礼,很自然地接过她手中的发钗,轻轻地"嗯"了一声,极温柔地帮我簪上,一寸寸推入发髻,及此,礼成。

他又蹲下来，从靠近胸口的地方拿出了一个小囊，他身上脏破不堪，唯有这个鲛丝织就的小囊还干净如新，我握在手里，是温热的。

"姜琇，及笄长乐，岁岁长乐。"

我望进他极黑的眼底，我感觉我要落泪了。

上首，父亲早已从惊中恍悟，从座中禁不住起身，也管不得他替我簪笄不合礼数的事了。

谢宴戈笑着冲他作揖："太傅，谢恰侥幸从沙场逃生，千里回京仪容不堪，劳您见谅。稍后还需进宫面圣，便不在此多留了。"

父亲到底也是为官多年的。

"回来便好，便好。你且去面圣要紧。"

谢宴戈话头一转："还有一事要告知，谢在沙场险些丧命，幸得一女相救。救命之恩无以为报，只有相娶为好。与令爱之婚约，到底是某高攀，这门亲事，便就此作罢。"

这门亲事，便就此作罢。

他一揖到底。

我猛地抬头。

什么都听不清。旁边的人议论纷纷，从"谢小将军从沙场回来"到"姜琇被退婚"前后不过一炷香的工夫。我看不见父亲雷霆大怒，听不见周围吵闹，只觉得灵台混沌，我一直知道谢宴戈不喜欢我，我从小按着贵女标准长大，是他那样放肆的人最讨厌的规矩模样。但我一直心存侥幸。

我没想到会是这样的发展。

他淡淡地对父亲的怒气道歉，但是看得出他心意已决。他与他人情投意合，在那些我为他性命辗转难眠的夜里和他人花前月下，在我为自己的固执同整个家族违抗的时候为别人遮风挡雨。

我感觉我的血液一寸寸地冻结，穿着华服繁钗的身躯仿佛盖上了风雪。我想要扯住嘴角弯上一个最好的笑，却动不了。玉夫人把我护在怀里，不忍心让我再看再听。好孩子，别看。

我知道他说退亲后没再瞧我一眼。我冷得发抖，是不是门开得大了，雪已经吹到我的裙摆了。

他和父亲告辞，父亲砸了杯子让他滚。他路过我身边，黑色的披风和我八幅的湖色裙摆短暂相碰，白色的雪轻滚。他没停，一瞬也没有。

他路过了我，重新回归到他的风雪里。

我及笄那天，雪下得很大，我等了很久，终于等到了他。然后他在全上京的贵人们面前，退了我的婚。

谢家的赔礼一抬抬地送到了府里，诚意很足，里头的东西珍贵程度与平常王孙的聘礼也不遑多让。但我一眼都没有去瞧过。

庶妹姜珍在与我闲聊时无意中多说，彼时我正作画，长绢铺展开，墨色渲染出一副春日模样。

"里头的珠子最不济也有龙眼那么大，那缎子就像是天边的云彩一样耀眼。"她忍不住啧啧称赞，"不知道是多少年存下的宝贝。不知晓的人还以为是送了极珍贵的聘礼来。"

我手上无端一颤，大滴的墨滴落下来，晕染出一块狼藉。好好的一幅画，竟这样毁了。

姜珍年纪小，却也自知失言，知道是勾起了我的伤心事，很是懊恼。

我闷咳两声，淡淡地说了句"无妨"。

牖窗外的雪霁了，只有零星的一点在飘。

半年前那场大战，谢小将军身先士卒，单带精锐率先深入敌方腹地，燃军草点营地，甚至单枪匹马地取敌将首级，里应外合地赢了这一场大战。当传他死讯的时候，诸人还可惜一代名将初露锋芒便陨落，现在他平安归来，荣耀只会高不会低。

我听说啦。他如今盛宠优渥，年纪轻轻已经是职位不低，出身于世袭的武昌侯府，真的是封无可封。圣上便着眼于谢宴戈带回来的那个孤女身上，御笔一点，她已经是个有封地的县主了。日后成婚，也勉勉强强算是门当户对。

我收拢了画卷，从喉咙里又溢出了些咳嗽声。

姜珍眉露关心："长姐咳得这样厉害，吃药了吗？怎么还费心画画？"

我摆摆手示意无事，药吃了，但药不医心。我把废了的画卷起来，这画我断断续续画了有几个月，从入了秋就开始画，是谢宴戈很久前问我要的，现在毁了也好，本就是再也送不出去的东西。

废了也好，我伸手丢进废纸篓里。

马车前进的时候遇到了些阻碍，捧雪出去询问，回来说是前面路上闹了点事。

我又忍不住咳了一下，捧雪忍不住埋怨我："小姐要澄心堂的纸，差了小厮跑腿便好了，何苦亲自走一趟？"

我笑着摇摇头。

捧雪又喋喋地说："前面是个姑娘沾上李家的那几个公子哥儿呢。李大少爷硬说那姑娘偷了他块玉佩，借机上去揩油，刚碰到脸呢，就被那姑娘一口唾沫喷在脸上。这下子小厮都用上压那姑娘了。"

我知道李家那几个公子哥儿，家里一代比一代破落，偏偏觉得自己沾了点皇家的血，功名才气没有，吃喝嫖赌却样样都会。寻常姑娘遇到他们等同拿了民女被恶霸欺凌的话本，没什么好结局。

我拿了姜府的牌子递给捧雪。

捧雪会意。

她下了马车，声音不大，音色倒是清亮，一下子就吸引了大家的注意力。

"我家马车路过，不料遇上此事。我家小姐问，不知发生了什么值得闹腾的事，可有叫官府来查看的必要？"

这话不偏不倚，只把事往大了闹，却是没理的最不敢的。

捧雪自幼在姜府长大，说话也气派。我也就放了心，安坐在马车里抚平裙摆上的一丝褶子，略略有些心不在焉。

隐约听见外头声音停却，想必是看见了马车上悬着的姜府牌子，避让了一二。我才放下心，却听见李家那位浪荡子的声音穿过重青色的车帘。

他语气里难掩轻佻："不过是一些误会，现下已经解除了。因为这档子事阻挡了姜小姐的车辇，李某真是愧疚。不如您出来，我亲自给小姐道个歉。"

声音越发近，听起来像是往这边走。尾音落下的时候，那个放肆的李家公子大抵已经跨上了马车，令人生呕的声音只与我隔了一道车帘。捧雪吓得一声急呼，可恨我出门紧急未带侍卫，不然一个破落户的纨绔子弟何能近我身？

我眉梢带怒，却免不了生出一丝惊慌，下意识地往后仰，环佩相撞，我又生出些悲哀，徒然地见李兴那只脏手将要拨开我重青色的车帘。

然而下一瞬，却听见他一声痛呼，紧接着便是身躯滚落地上的声音。

我听见来人气极怒骂:"狗东西,你好大的胆子,谁都敢碰?"

我掀开车帘,正看见李兴的手被一枚玉簪死死地钉在地上,心口因挨了一脚呕血不止。我再看向来人,他眉眼间仍有未散去的戾气。

我对上那人的眼睛。眼眸狭长,此刻因为怒气眼角有些戾红,几缕发丝从鬓角垂下。是谢宴戈。

谢宴戈静静地看着我,眼底藏有慌乱与关心。

我的手紧紧地攥着车帘。我怯懦,又怀有隐约的欢喜。谢宴戈啊谢宴戈,你的这滔天怒火、慌乱和关心,是否因我?

我以为再见他总归是有怨有恨的,谁知道我竟满心都是卑微的苦涩。

我朝他笑,他却避开了我的眼睛。

一个姑娘扑了上来,是那个被李兴与他的一并小厮纠缠的姑娘。模样实在狼狈,说不上多秀致,但是多了分娇蛮,发间戴着铃铛,一动叮叮当当的。她穿着窄袖的衣服,有些类似胡服,但现在裂了好几处,玉白的手腕上累了好几个宝石镯子,整个人有种说不出的生动灵巧。

真要说特别的话,就是和上京,包括我在内的所有姑娘都是不同的。

她贴着谢宴戈说话,语气骄横,但到底是受了惊,一双眼又蛮又娇:"谢宴戈!你怎么才来?"

谢宴戈解下身上的大氅,给她披上,又仔细地系了带子。一向为非作歹、肆意妄为的谢家小霸王也任她埋怨,轻轻地"嗯"了一句。

"我的错。"

我这才恍然大悟,这位骄蛮的姑娘原来就是谢宴戈带回来的青铃姑娘。

原来是她。

我这才明白呀,他的怒气、慌乱,他的所有情绪,都和我没有关系。

我抬手捂住嘴轻咳几声,我真怕咳嗽的时候咳出了泪,那可真是把颜面都丢尽了。

谢宴戈立时看过来,眸中情绪转换了几遭,到底还是什么都没说。

捧雪已经上了车,一边替我抚着背,一边气闷,看起来大约是在生自己的气,怪自己多嘴让小姐起了善心,谁知又沾上这两个瘟神。

谢宴戈示意青铃向我道谢。

我摇了摇头说:"我并没有帮上什么忙。"

早知她是青铃,我便不会出手了。谢宴戈一向把他的人护得很好,到头来倒是我一个局外人徒增笑料了。

我提出了告辞。捧雪为我解下了车帘,我端坐在马车里,裙摆一丝不乱,我看见帘外珠联璧合,好一双璧人。

车帘落下那一刻,我微笑着说:"祝君安好。"

我想起母亲梳着我的长发说:"世上的好儿郎这么多,我们阿琇配不上谁呢?"

马车前行,捧雪握着我的手说:"小姐,您哭一次吧,哭出来便好了。"到头来我周围的人都因为我落泪,我却一滴泪都没掉。

我咬着牙,咯吱作响,明明要开春了,怎么冷得这样厉害?

我尽量挺着腰脊，却最终难受地弯下去，猛烈地咳嗽起来，悬着的泪大滴大滴地掉了下来。

式微，式微，胡不归？

微君之故，胡为乎中露？

捧雪哭着说："小姐您何苦呢，您什么都没有做错！"

我想起十七岁的谢宴戈鲜衣怒马，斜着一双眼恣意地问我："姜家的大小姐，时时守着规矩，步子都精确得像量过一样，你何苦呢？"

我何苦呢？我用大袖遮住满脸的泪。姜琇，你自讨苦吃。

我生了一场大病。

病前还见得着雪色，病好了之后柳枝已经抽条了，却是春色满上京的时候了。

那些事情，像是漫天的雪落下来，却又重归不见了去。

等我痊愈出现在众人面前时，除却脸色还显得苍白，其他与从前再无二致。

孙宰辅的嫡孙女幼宜送来了个宴帖，上面写着"春日宴"三字。每逢春日，京中总有大大小小的宴会来消遣作乐。

我看了"春日宴"三个字，写得娴雅、大气，而且我和幼宜素日往来也不错，倒也应了下来。

春日宴设在城外鄞水旁，我到的时候已经偏晚，人已经差不多到齐。宴主孙幼宜上来拉我的手，笑着说："怎么瘦了这么多，身体好些了没有？"

我笑着说好多了。

幼宜话头一转，低声和我说："你可算来了，你不在，陆双欢可是出尽了风头。你病的这段时间，她一会儿咏雪吹自己有咏絮之才,一会儿故意跑谢宴戈前头采什么雪水煮茶用,可怜谢宴戈带回来的那孤女一脚踩她裙摆上,雪没采成倒是摔了一跤。"

陆双欢是陆侍郎家的姑娘,一直铆足了劲儿和我争上京第一才女的名头。况且,贵女圈里谁不知道,她喜欢谢宴戈呢。

我和孙幼宜这边说着话,却听到里头传来了喧哗,怕是出了什么乱子了。

孙幼宜扯着我往前探看。

只见一个姑娘呆呆地坐着,桌上墨砚被打翻,墨水糟蹋了满桌的东西,又沾了她一身。湖碧色的衣裙本来好看得紧,现在打翻了墨染上一片狼藉。她的脸上也被划了几道黑痕,怕是没想到会是这样的发展,眼里的泪与惊愕混在一起,反倒呆住了,滑稽得像戏台上唱戏的戏子。

这姑娘我认得。青铃姑娘。

陆双欢同她玩得好的姑娘本坐在旁边,好像遇见了什么洪水猛兽似的,远远地躲开。你一句我一句地帮腔。

"好好地作一幅画,青铃县主啊,你怎么就和岭南的蛮人一般粗鲁。"

"哎呀,可惜了这好笔,管夫人制的笔,真是糟蹋了呀。"

"到底是出身低贱,和她一个宴会我都觉得低了身份。"

陆双欢欣赏够了青铃的模样,从容地开口:"青铃县主,既然是县主,总要和这身份相匹配,连作个画这样对贵女实在平常的事情,怎么就闹出这样的笑话?"

陆双欢是笃定了无人会撑她,这个青铃本来就出身低下,攀上了个谢家混到了县主又如何?这是最讲血脉与家世的圈子。

若是别人也就罢了,我说不准会给她出头,但这是青铃。最多就是孙幼宜这个倒霉宴主出来和稀泥。

我瞧着青铃一个人孤零零、狼狈地坐着，满身的狼藉，又被这种话给讽刺，一双眼蓄满了泪。倒是可怜。

可是上京的规矩便是这样，诸多规矩学不了便是要落得这样难堪的下场。我纵然可以帮她一次，可往后还有千千万万次这种场景。我想，灵动的青铃学了诸多规矩后，是不是也变得和我一样无趣？我真是魔怔了，这样想想，居然觉得畅快。

谁知道青铃见了我，还认识我，一句"姜姐姐"带了哭腔。周围的人惊讶地看着我，不知晓的还以为我姜家又多了个女儿。

我笑不出来，谢宴戈将她保护得这样天真烂漫，心里到底还是酸涩。

孙幼宜看了我一眼，我摇了摇头，意思是不必顾忌我。

她出面替我解了围，撑了陆双欢她们几句，又安抚了青铃，叫了侍女带她下去换衣裳。

孙幼宜坐定后挨着我画画，轻声和我说，谢宴戈极看重她，前段时间李兴调戏了她，李家现在已经被查下了牢狱，李兴本人更惨些，被人蒙着打了一顿，几乎送了半条命，被废了一只手。

我淡笑着"嗯"了一句，他向来是极其护短的人。至于专门废了李兴一只手，大约是那只手碰了青铃，总不至于是因为那只手差点掀起我的车帘。

宴会临湖，湖上渺渺地有人声传过来，我抬眼望去，看见里头泛了几只舟。

孙幼宜捂着嘴笑："里面都是上京有名的公子呢，他们今日在这块儿玩。说好了的，咱们的画作画了送过去，他们择了喜欢的可以摘了兰草，行洗沐礼。"

每个春天都会举行洗沐礼，其实也就是拿了兰草沾水在女孩子额前点两下，意为驱散晦气、祈福之类的。算是一个名正言顺地和公子相见的机会。难怪今日贵女们穿得五颜六色的，也难怪陆双欢她们要毁了青铃的画。

我无意送画，但还是画了。画题与我丢的那幅相似：春日宴。

我寥寥勾了几笔，游湖、行舟与姑娘。

舟里头坐着鲜衣少年郎，岸这边站了个姑娘，水吹着舟往前走呀，前面一片春色，岸边结了霜雪。

少年郎，把姑娘丢在了冬日里。

我题字：

"春日宴，绿酒一杯歌一遍。再拜陈三愿：一愿郎君千岁，二愿妾身常健，三愿……"

我顿了顿，这词是冯延巳的，接下去该是"三愿如同梁上燕，岁岁常相见"。

我继续写：

"三愿岁岁年年不相见。"

不要相见了。

姑娘们送去船上的画很快有了回音，难为青铃，硬是把那幅染了墨看不出来是画的东西递了出去，却也是她的消息回得最快，小厮讪笑着说谢家的郎君对这画中意得很。

陆双欢的脸色难看得紧，枉费她一腔才华，竟然比不过一张黑纸。

幼宜直接笑出了声。青铃这才找回了主心骨，对陆双欢不屑地翻了个白眼。

我倒早就料到了，他的偏爱如此明显。

谁知道小厮又作了揖，转向我："二皇子问，怎么不见姑娘的画卷？"

我有些诧异，我确实没有画作外传的习惯，不过这些画卷都是不署名的，从中发现无我的画作也是要费工夫的。但眼下我也并未多想，只当是顺口提及，便也不放心上，回说等会儿送去。

小厮得到了满意的消息，转头又赴命了。

我来时见宴边有几株桃花，现下喝了几杯绿酒到底有些闷，就出来走了走。孙府的侍卫已经将这块儿的危险清除了，像我这样闲逛的也并不少。

桃之夭夭，灼灼其华。确然是燃烧在枝头的春。我想着回去好同姜珍酿几坛桃花酒，或许入秋了可以尝。等我转过去的时候，却发现有人站在不远处不晓得了多久。

那人站在一簇桃枝旁，其色不逊桃花，青莲为姿。金冠白衣，好像是久住桃林的桃花仙，静静地看着误闯的我。

一片桃花旋转落下，正巧落在他肩头，却少不得让人艳羡那桃花。

二皇子周衍。

我本该行礼，却难得地怔神。

周衍笑，漫天的桃花落在他眼底。

"姜琇，好久不见。"

确实呢，是好久不见了。

周衍从前是我父亲的学生，天资聪颖，父亲向来严苛，对他却忍不住赞叹连连。他母妃又是当朝圣上最宠爱的妃子，故而他也极受圣上的宠爱，势头比皇后出的太子还要盛，但那是他十五岁的时候的事了。在周衍十五岁的时候，燕云十六州终于全部被北齐占去，朝里急急求和，圣上御笔一点，诸多城池和数不尽的金银财宝，还有一个周衍作为圣上最疼爱的儿子，被一起送给了北齐。

这次谢宴戈参与的大战就是和北齐打的。当时我父亲还私下里叹了口气,说两国交战,这在北齐当质子的二皇子可怎么办?但他却平安地回来了,只是九死一生,听说颇惨,浑身是血地在雪中爬到卢奇将军马边,差点被当作奸细当场刺死。谁晓得这北齐一层层的城关、暗流涌动的黑水河、漫天的风雪和纠缠不休的追兵,他是怎么过来的,大约只有他浑身的伤痕知晓了。

眼下看着他仪容堂堂、温润如玉的模样,倒也悄悄地替他放了心。

我微笑着回他:"好久不见。"

他喊的是姜琇,我自然待他如从前朋友一般。从前他常在我府前庭读书,落花就那么散落,我捧着琴从廊前走过,他也喊我姜琇。以至于他后来去了北齐,我每次路过前庭,看着满地的落花,都会想这里缺了个读书的白衣公子。

周衍清澈的眼神静静地看了我一会儿,桃花映着竟泛起水痕,极轻地瞥开眼去,许是我看岔了,我竟然疑心他要落泪。

我忽觉他大约有许多话想要说。但他最后出口,含了浅浅的笑意:"三月洗沐过了吗?"

我一愣,轻轻地摇了摇头。

春溪浮柳,日光昭昭。

周衍折了枝柳,绿芽细细地啄了一枝,几片柳叶细长。他沾了溪里的水,轻轻地在我额前点了三下。

溪水点额有些凉,我闻到他身上的味道,是冷淡的梅香,却意外地好闻。

洗沐礼意在驱散去年晦气,赐予一年的好福气。

他伸手轻轻地揉了我的头发,我下意识地抬头,看见他极好看的唇弯起。周衍才反应过来似的,轻笑道:"呀,忘了我们阿琇已是及笄的姑娘了。"

我正想说什么，余光里看见个什么人。

我转头望去。

黑马停在垂柳旁，谢宴戈懒懒地靠着他的马，手里拿着截新柳，晃得和鞭子似的。他垂着眼，面上没什么表情，冷得好像还没走的冬天全把雪堆上去了一样。

周衍轻笑，笑得莫名，也笑得有些冷。

谢宴戈抬眼，遥遥望了过来。周衍把快落到我眉骨的水滴拭去，慢慢地和谢宴戈对视。

良久，周衍开口："谢小将军。"

谢宴戈随意地拨手中的新柳，也笑。

"我以为二皇子现下应该在陪伴官中容妃娘娘与幼弟呢。"

我因见了谢宴戈不痛快，竟然不能言语，只低了头去，正好瞧见周衍云缎做的袖子露出一截玉一般的手，好看极了。却见到那手突然攥紧，筋络发白，但不过一瞬，已恢复原本模样。

容妃娘娘是周衍生母，多年来恩宠不断，在周衍质在北齐的时候，容妃娘娘又生下一子，风光更是无限。

我下意识地抬头看周衍，见到他唇畔仍然衔了丝笑，好像听到的无关紧要。

周衍不答反问："谢小将军是在等青铃县主行洗沐礼吗？"

谢宴戈脸色不大好看了，下意识地看我。我心里难受，却见周衍不着痕迹地往我前头移了一步，恰好挡住他看我的视线。

两三言寥寥。

谢宴戈嗤笑一声，翻身纵马，马蹄碾断地上的新柳枝，踏着春堤像风一样去了。我看过无数次这样的背影了，难免失神。

周衍转过来，在我头上轻敲了一下："姜琇呀姜琇。"他苦恼地皱眉，"你就这么伤心？"

我轻轻摇了摇头,说:"才没有。"

周衍俯身直直地看着我的眼,他的眼睛像雪水洗过那么透亮,轻声说:"撒谎。"

后来我在府里又常见了周衍。周衍向来是我父亲最喜欢的学生。

他从北齐回来之后,又很快地重新回到原来的位子上。圣上喜欢他喜欢得不得了,又因他在今春治水患的问题上强压了太子一头,这风头,唯有从战场回来的谢宴戈可以和他相比。

我抱着琴从廊下路过的时候,又一次瞧见了他坐在庭中。正是梨花开的时候,白色的花瓣落了几片在衣襟上,父亲不在,就他一个人坐着。他不笑的时候我才发现,原来他瞧着也是距离感很远的一个人。像是高山上的雪,漂亮又孤独。

梨花吹了几片在长廊,我小心地不踩这些花瓣。本来要去母亲那儿练琴,我却鬼使神差地向周衍走过去。

我在他对面落座。

"怎么总是来这儿?"

他回来也不算许多时间,这段时间应该在宫里与他的母妃、父皇相处。毕竟多年未见。

周衍抬眼看我,眼里才有了点神采,听了我的话,笑得像二月风。

"父皇有他诸多子嗣、妃嫔,母妃有幼弟相伴,我乐得清闲,借你家庭院躲个闲。"

我一面把琴放好,一面回他:"撒谎。不想笑就别笑。"

他这才沉默了,一点笑意浅淡下去。

"听琴吗?我前些日子恰好谱了个曲。"

周衍不说话，我便随意勾弹了。

梨花簌簌地落，他不声不响地听。

等琴声停了好久，梨花在我膝上落了好几片，周衍才开口："我已经很久没有见过梨花了，北齐地寒连花卉也不见得几株。我有时会梦到上京。"周衍神思恍惚，"我刚到北齐王城的那个冬天过得不大好。漫天的雪落下来，我发着烧竟以为是梨花瓣落进了我破了的牖窗。

"北齐有一高楼名摘星楼，我有一回登上去看过。楼很高，但是被一重重的青山隔着，连北齐和大周朝相邻波涛汹涌的黑水河都看不见，又遑论看得见上京城呢？又遑论上京城里的……"他看着我，突然顿住。

我实在难言。

他从北齐一遭回来，一点锐气终于被磨得像玉一样周润，越发看不出心思。偶闻父亲与叔父密聊时说这经历未尝不是福气呢，太子庸碌，二皇子满而不溢，恐怕有大造化。可是这些与我又有什么干系呢，我只盼他浅笑，高兴地再喊我一声姜琇。

于是我说："周衍，还有人一直等你的。"

容妃娘娘多年来盛宠不断，除却她天生美貌外，更有圣上愧疚于送周衍去当质子的缘故。京中贵女圈里谁不知晓容妃娘娘一直思念儿子，以至于圣上下令移除宫中周衍物品，以避免容妃娘娘睹物思人、常日落泪。

周衍看着琴上落着的残花，听着话抬眼看我，弯起唇到底笑了："是。"

我心稍稍落定，捧起了琴。

"我去练琴了，母亲该等急了。"

他起身，替我拈去发间的落花，轻轻"嗯"了声。

周衍身上的香比梨花的好闻，我有些不自在。

等我踏过长廊走到尽头时，鬼使神差地回头望，白衣金冠的青年站在梨花树下目送我，我竟无端地心悸了一下，很快地转回头去。

我抱了琴到母亲院子里的时候，才知道母亲醉翁之意不在酒。

母亲和玉夫人都在。桌上有些画卷还未收起，竟然是清一色的公子画像。我急急地撇开眼去，羞得满脸通红。是了，若是和谢宴戈的婚事没断，我现下应该专心缝制嫁衣待嫁了。

母亲和玉夫人把我唤到跟前，玉夫人半开玩笑地问我："阿琇，幼宜办的春日宴上可有遇见什么好看的郎君？"

我半是羞恼，却记起周衍在桃枝下微笑的模样，到底还是摇了摇头。

"不曾。"

玉夫人有些失望地收回目光。

母亲指了指搁置在桌上的一拢画卷，因屏退了左右，故说得直白："这些都是我与你姑母一同挑选的好儿郎，你且看看有无中意的。"

说完母亲到底不平，冷笑道："若不是谢家那个混账东西，我们姜家的姑娘又怎么会平白污了名声？他倒好，春风得意马蹄疾。"

我垂下眼，翻那些画卷。

第一幅翻开，正是国公家的次子，样貌尚可，品行尚可，却是既不占长亦不占嫡，无法承爵。

第二幅翻开，书香世家柳家的长子，生得倒好，可惜画下头的小字写了，房中居然已有两房姬室。

我一目目地看过去，却都是这种以前万万够不到和姜家议亲门槛的公子。我不再看，一转头发现母亲已经红了眼眶。

我在母亲跟前跪下，难受地说道："是阿琇给姜家蒙羞了。"

玉夫人叹息着摇头。

母亲摸着我的头说："你心里何尝不难受呢？可怜我姜家的女儿出落得如此动人，平白叫人泼上一层墨。"

其实在我十四岁议亲的时候也曾有那般大好光景。

那时玉夫人和母亲翻阅着如山卷宗，有意结亲的人家甚至亲自送来画卷。母亲和玉夫人探寻了半日，母亲说："城西王家嫡长子模样清俊、家中太平、为人周正，可为良婿。"

玉夫人说："郡主娘娘的次子慕琇已久，又下场考取了功名，譬如庭前芝兰，前途不可限量。"

我却难得说话："谢家门风清秀，有子淇奥。"

但现下我只是浅浅地把头磕在地上。

"亲事但由母亲做主。"

我走出门的时候，梨花铺卷了满地的白，像是冬日里落的雪，我低头拈起一片梨花，其实本该是这样的，听从父母的命令，从一个门踏进另一个门，再过着大抵一样的日子。谢宴戈不招惹我，我却也轻松了许多。

理当如此。

变故来得快，皇后召贵女入宫陪赏花，却独独握着我的手夸赞个不停。

我的心头一沉，面上却还要笑得不出错。

皇后是圣上的结发妻子，如今已经四十有余，不知什么缘故，竟是老得如同五十岁一般。太子已经二十四五，府上已有正妃，侧妃虚待。我心头冷笑，皇后急着给太子找侧妃的传言竟然是真的。

皇后笑得眼角叠纹，我却觉得她握着我的手越发黏腻。

她说要赐一对儿玉如意给我。我连忙扯起裙摆跪在地上，自称无德无功，愧不敢受。

皇后眯起眼，十指蔻丹长得出奇，笑里藏了分凉，却是带着久居上位者命令意味的语气。

"本宫赐的，姜小姐受也就受了。"

一对儿皇后赐的玉如意，放哪一家姑娘出嫁都是可以放在嫁妆第一抬撑脸面的东西。可谁不知我现下议亲，谁又不知太子侧妃位空悬，这玉如意一送到姜府，皇后的意思再明显不过，这下怕是再歪瓜裂枣的公子也不愿娶我了。

我恨得要死，指甲在掌心抠了两下，正准备谢恩。却听见有声音从殿门口传来。

"你原来在这里，叫我好找。"

我转头望去，金冠云袖的青年从殿口光亮处走来，朗朗如日月入怀。周衍含笑向皇后行礼，又旁若无人地顺手把我牵了起来。

他又转过身一作揖，面上含了分歉意。

"母妃寻了阿琇已久，衍儿要从您这儿借一会儿人了。"

皇后的蔻丹敲在案几上露了声响，笑得却还是祥和。

"既然你母妃急着要见，本宫也不卡着人了。"

我见到容妃的时候，才知晓她多年宠爱不衰却是有道理的，与我站一块儿还似姐妹一般。

容妃的容貌绮丽，难怪周衍的模样生得那样好看。

容妃娘娘见了我高兴，第一句话却不是对我说的，侧了脸和周衍说一句："原来是她啊。"

周衍微笑说:"是。"

她从手上褪下一个红珊瑚的手钏予我,想要同我多说些什么,可惜宫中乳母抱着哭哭啼啼的七皇子上前,容妃再没有精力招待我们,满心哄着小皇子。周衍神色不变,行了礼告退。

容妃眼也不抬,只摆了摆手。

我与周衍踏出殿门,犹然可以听见小儿哭闹不止,隐约还有容妃柔声哄七皇子的声音。我忍不住看周衍,他神色淡淡的,好像并不在意。

正是天色渐暮的时候,他的侧颜一半剪在了日落里,美得不像话。

周衍好笑地转过头来:"我好心解你围,你为什么用可怜的眼光看我?"

我倒是诚恳地摇了摇头,原是我从前想岔了,恐怕容妃娘娘也并非如同从前传言一般多么思念自己的儿子。先前在容妃殿里,分明两人瞧着都是柔和的模样,碰在一起却是不温不火,到底是疏远了。

只可怜公子渡水沐雪地回来,兄弟父母俱全,阖宫之大,竟是没有一个一心盼他等他的人。

周衍瞧不得我可怜他的模样,凑近我,笑得越发柔和。

"姜琇,我再告诉你一个秘密。"这柔和里却藏了十分的痛,"当初我当质子一事,可是我母妃哭着向父皇求来的。"

与北齐开战之前,宫中最受宠的不是皇后,亦不是容妃,而是谢家的女儿、谢宴戈的姑母谢灵芸与北齐的王女齐缨,二女惊才绝艳,并分宫中春秋二色。然而后来一桩宫廷斗争让圣上大怒,处死了谢灵芸与齐缨,却被早有干戈之心的北齐拿住话柄,以公主之死问责大周,出师南下。

当初燕云十六州沦陷，财帛城池填补了北齐的胃口，而一个比太子还要受宠的质子更是增添了北齐获胜的颜面。北齐至此已经满意，不再南下攻打。圣上已经满意，至少江山短期内再没有忧愁。皇后已经满意，愚钝的太子再没有一个灵秀的皇子与其争锋。容妃亦是如此，帝王的愧疚比爱来得长久。

但周衍，是弃子。

是这人人圆满里的唯一不圆满。

我轻声问他："那你每次往摘星楼回看，看见的是什么？"

周衍看着我，倒是没有再笑，眼里黑沉沉的，有一瞬间我以为他会说些什么。可他只是沉默了一会儿，就开口笑说："我和你说过了，一重重的青山，什么也看不见。"

什么也看不见。

我叹了一口气，这才记起来和周衍道谢，只是如何避免与皇后结亲，未免让人头疼。

我正伏身道谢，周衍一把抓住了我的手腕，把我拎直了。

"姜琇，在我这儿，你永远不需要道谢。"

我心一乱，正对上他的眼睛，白色的大袖与我碧色的袖子在风里相碰。

我听见他说："恰好你退了亲，恰好我正妃位子虚待，又恰好我向来和皇后、太子过不去，再得罪一次也无妨。恰好你要定亲，又恰好我母妃给我张罗要娶妻，你看，这么多的恰好在一块儿，我们是不是恰好？是不是？"

我的心乱得像被风吹过一样，他逼我看他的眼睛。

暮色好像即将落尽，我半会儿才找回自己的魂，胡乱说道："天色晚了，我该归去了。"

我离开得匆忙，提着裙摆像逃一样。

我上车辇的时候被叫住。

我没想过"姜琇"这两个字能再被他念出来。

我顿了一下,转过身去,拢着袖展眉看着谢宴戈。

头两次见他没有细看,原来时隔一年多,他已经长得更高了。从前我还能勉强到他肩头,现下大约只能到他的胸膛了。少年意气仍在,还多了分沙场磨砺的冷气。

他踏着暮光走过来,我只能徒然地微笑。

他停在我面前,我下意识地往后退,我已经不能接受和他相距三尺之内。

谢宴戈将视线从我后退的足上收回,手搭在剑鞘上一嗒一嗒的,我猜想他生气了,向来只有他嫌弃别人的份儿,没有别人嫌弃他的,他大概也难以忍受。

他看向我。

"姜琇,离周衍远一些。"

我听了兀自好笑。

"你只见他面上温润,可知晓他是什么样城府的人?在北齐四年,你又知晓他如何在北齐引得几位皇子厮杀内斗,自个儿又过得极其安适无恙的?"谢宴戈说着火气有点上来了,"世上好儿郎这么多,周衍你最不该接近。"

这话听得好似他做了多大牺牲一般。我眼里酸,却还要笑。

我说:"纵然如此,这与你又有什么关系呢?"

谢宴戈,我为草为萤,又与你何关?

他一下哑住了,脸上霜白一片。

我继续说:"天下的好儿郎这样多?"我唇生讽色,压低了声音,"侧妃位空悬的太子、无法承爵的国公庶子、家有妾室的柳家子,这样的人家与我姜府议亲。谢宴戈,真是拜你所赐。天下的好儿郎大半与我没了关系。"

我将最不堪的模样翻出来,刺得自己鲜血淋漓。谢宴戈踉跄着往后退了两步。我听闻他纵横战场单枪匹马地横对千军也颜色不变、半步不退。

我自己痛得厉害,瞧见了他失意的模样却觉得畅快。他这样骄傲的人,平生怕是没有这样下脸的时候。

谁家姑娘,咬牙切齿地去爱、去恨一个人,满脸的泪却还在笑。

我怨你陪他人左右相欢,怨你偶然想起我有愧疚,更怨你因为这愧疚不得不来提点我。

可是,谁要你愧疚,谁要你可怜?

谢宴戈往回走,我在他身后,冷冷地吐声:"我唯有一愿,求君成全。"

他停住。夕阳的余晖到底散尽了,冷月如银般倾洒。

少年郎的影子在我满眼的泪里模糊,风里春寒刮人疼。

我说:"但愿不见。"

不见便不知晓,不知晓你在我及笄时回来,不知晓你与他人情投意合,不知晓你与他人三拜天地。我纵然日后听见有人传谢家的郎君与其妻情投意合举案齐眉,我亦可笑骗自己,我未婚夫婿已死在那年的战役里;他十九岁,死在了要回来娶我的梦里。至于后来,再也不提。

我前世欠你几何,到头来要我今生用血泪来还。

但愿不见,你从此不出现在我眼前,我便当你我两清。

谢宴戈转过身来,银月高悬在他之上,他眼角沾三分庆红,斩人间无尽风流。

年少的将军挺直了脊背。

"我亦有一愿，"他顿了顿，"愿你所愿皆如愿。"

那日的月色是那么冷。

我淌了满脸的泪，弯起唇微笑。

那时朝思暮想的鲜衣怒马少年，未曾想到后来竟是不愿相见。

京中近来有两热闻。

一是近日来越发有名气、成了不少贵女梦中人的二皇子周衍和刚退了亲的姜太傅家嫡长女姜琇定亲了。

二是朝堂上以谢家为首的主战派，因为是否继续出兵收复燕云十六州的问题，与以皇后母家永昌侯为首的主和派，在朝堂上争执不止。

后者我隐隐约约略有耳闻，实在是闹得厉害。燕云十六州不仅地处要塞，更代表了大周多年前被北齐打到地上的颜面，谢宴戈的两位叔父，皆战死在了守城的战场上。

但与我没有关系了，因为我要嫁人了。

母亲挑剔，却也对周衍挑不出毛病来。周衍人生得毓秀，心意也足，请的是木府全福夫人木老太太来说亲。下聘的时候手笔惊得母亲也变了颜色。

玉夫人调笑我说，这二皇子莫不是把容妃娘娘的库房都尽数搬来下聘了。

我面上发热。

等到又见到周衍的时候，相处便不如之前自然，更何况未成亲的男女本就应该避嫌。故而在我一见周衍就准备绕路走的时候，周衍叹了好长一口气。

我顿住，听见他在后头叹道："没想到姜小姐收了我的聘礼，转眼便不认人了，到头来竟是人财两空。"

我转头，怒羞相加："谁不认人了？"

却惶然撞进他满是笑意的狭长眼眸，我耳根蓦然发热。

"姜琇啊姜琇，你不是对本皇子有什么不轨之心吧，怎么这样羞？"

我半晌没说出话来。

周衍把手背在身后，俯身同我说："我呢，闲散皇子，最是不缺时间。那便请姜小姐多多指教。"

梨花轻轻地落，他眉眼含三分温柔缱绻。我明明生着气，却也忍不住笑起来，大抵嫁给周衍，也不是什么坏事。

林花谢了春红，转眼已经是蝉鸣初荷的时候了。婚期定在来年初春。母亲本想多留我两年，周衍往母亲那儿坐了两遭便说服了她。

我的筌篌和琴都闲置了，母亲对我的女红上心，时常要过来瞧我绣的嫁衣模样。

宫中难得开宴，母亲带了我和姜珍去赴宫宴。孙幼宜婚期紧，初秋便要嫁到保定卫家去，便没有再来。陆双欢倒是来了，她也已经定亲，大抵多年等不到谢宴戈半点回音，也绝望了。

虽然是宫里的宴会，规矩多了一点，但是女人们凑一堆，小话总是说不完的。

从朝堂上离奇的事说到哪家的公子爷为花魁一掷千金，诸般皆有涉及。

我含着笑侧耳静听。我这边正为姜珍满上一杯梅子酒，突然听她们说到谢宴戈。

"谢小将军怎么这样糊涂，犯下这样通天的大事？往日里看着一等恣意，到头来连累母亲生生地被气死，谢家数代人的光彩门楣，都给他一个人糟蹋了。"

我陡然一惊，姜珍小声提醒我："长姐，已溢出来了。"

我这才回神，收起玉壶。

我侧过身微笑着问："这又是怎么了？"

她们正说得热烈，转头略带诧异地看过来，看见是我，却也了然。

"姜小姐啊，你不知道？谢家那位太过得意，因为和何太史朝堂上总是不合，竟然把何太史家的姑娘糟蹋了，寻旨再一查，他居然和北齐暗通兵械以发横财，怪不得一力主战。现下谢家满门收押，而他却带着个青铃县主不知道逃往哪儿去了。真是作孽。"

因为先前诸般缘故，家中不许传谢家的消息，我又待嫁闺中，许久不踏出门，竟不知道发生了这么大的事情。

朝堂上面竟然因为这燕云十六州的事情闹得这样厉害，谢家竟然也躲不过去。是，纵然谢宴戈与我之间千般错，我也仍然知道他风光霁月、少年风流，有一腔势必要夺回燕云十六州的志气。

柳家的姑娘似庆幸、似怜悯地瞧我一眼，缓缓开口："姜琇你可算有福气，好在他早前便退了你的婚。"

我瞧着这目光熟悉，想起来我被谢宴戈退婚之后她也这么怜悯地看我，说："姜琇你也莫要太伤心，谢小将军毕竟年少风流。"

我扶了扶鬓边的钗子，平静地反问："这福气给你要不要啊？"

她一哽，转回头继续讲话了。

我看见陆双欢一副要说话的样子，以为她是为谢宴戈打抱不平，谁知道她一出口就是："早前我就知道他并非什么正人君子，死缠着我不说，甚至屡次想非礼我，我以往被一副皮囊所骗，如今终于识得他真面目了。枉我从前觉得他少年英雄。可怜何太史家的姑娘，红颜到底薄幸。"

竟然是如同被欺骗一般的愤懑。

我顿住。

眼往周围扫去，聚拢一块儿的小姐们个个捂着嘴满脸嫌恶，谁又能知晓数月前谢宴戈风光得意的时候，这一个个都是忙着给他丢绢花的模样呢？

世事轮转，当初不过一分喜欢，现在却要用百倍谩骂来还。

姜珍握住了我的手腕，对我轻轻地摇了摇头，我想了想，还是挣开了。

谢宴戈并非只是谢宴戈，更是一年前在战场上银枪浴血的谢小将军。我从前读了那么多书，没有一本书是教我在真相不明时这样对待英雄的。

我的手拢在袖里，一分不乱，再抬起一点下巴，恰好是轻蔑的弧度。

我慢慢地开口："陆双欢，好话都让你说尽了，谢宴戈百般缠你？倘若你真有一分自知之明与廉耻，便说不出这种白日荒梦。"

有小姐一下就笑出了声，陆双欢从前诸般缠着谢宴戈，贵女圈里谁人不知？谢宴戈烦陆双欢烦得要死，又谁人不知？

我平静地说："去年北齐虎狼之师再南下，京中公子多避让不愿前去，是谢宴戈主动请缨，于此之前谢家已有数名将领为国捐躯。是他先深入敌营、燃草偷袭，冒九死而取一生，单枪取敌将首级。女儿家若有半分敬畏心，便不该在因果清白尚未掷地时，一张嘴颠倒黑白。须知，言语之痛，更甚兵刃。"

我一张张脸稳稳地扫视过去,一张张脸闪躲地避开我的眼神。倒是听见鼓掌声,因为这是女宴,只有皇后在此。

果然人群退散开了一些,皇后出来了。

"说得倒是好。"

皇后的精神似乎比上次见她要好了许多,仍然是满面的柔善笑意。免了我的礼。

何太史是皇后外祖家。皇后与太子党主和,与谢家不和。我只需要知道这些就够了。况且我与周衍定亲,确实是不给她面子。

"那你说说,什么又是黑白?"

我说:"臣女愚钝,说不出来什么。但只一条,臣女知道大理寺与朝廷的结果就是白。"

"那便是如此了。"

我半夜将将入眠的时候,被轻轻的一声声"阿琇""阿琇"给唤醒,帐前朦胧一个身影,我下意识地想要尖叫,却被温厚的手掌捂住了口。

谁能想到被满上京通缉的谢小将军,此刻就在我帐前。

我半坐起来,拢起被子。

他这般狼狈的时候,我平生大约只能见两次,一次在我及笄礼时,一次便是现下。

谢宴戈侧过身去,他素来得意骄傲,也未必肯让我见到他如此狼狈模样。

我压低了嗓音,却止不住牙关相碰得害怕:"你……这是做什么?!"

谢宴戈侧脸避开我的眼。

"我来问你要一幅画。"像是怕我不应,又加上半句,"你早前应过的。"

是的,他出征之前,我应下一幅《春日宴》送他,画了又废,最后在孙幼宜的宴上寥寥画了一幅,给我放在桌案的筒里了。

是那幅岁岁不见的画。

我咬牙切齿,一字字都难吐:"应下又怎么样?这世上许诺何尝多,又岂非个个都守诺得了。一幅画值多少钱?又值得你多跑一趟?你项上人头尚且不保,却有心来寻一个缥缈的诺。"

谢宴戈居高临下地看着我,我却无端感觉他落到了尘埃里,我也痛极。

我居然觉得自己面目可憎。

我恨意昭然:"谢宴戈,我前世究竟欠你几何?要我今生泪血相偿啊。"

谢宴戈伸出手抹去我眼角的一滴泪,眉骨上划出一道血。他的手在颤抖。

"姜琇,你听好,我们不相干了。"

不相干是为何物?

是嫁娶不相干。我会目送你踏上别人的花轿,我会看他人佑你岁岁长乐,我会含笑听闻你儿孙弄膝。

是生死不相干。这条路上这么黑,我一个人走便好了。

我说好。

画就在桌上,字总归是我改了,他原本要的是《三愿如同梁上燕》那幅,现下拿走了岁岁不相见,倒也是妥帖得紧。

谢宴戈要走的时候我问:"你会死吗?"

他说:"很大可能会。"

我问:"你后悔吗?"

他顿住,却说:"不悔。"

我说好。其实很久以后我才知道，万事皆说有转机，但是没人说过，自始至终，有些人都只有一个选择，为了血脉里传承的那么一点使命，必然要丢掉一些东西。谢宴戈是如此，我也是如此。

我成了姜太傅家最好的嫡长女。

他从意气风发的小将军成了一个朝廷在逃嫌犯，不论从前风光抑或是现下狼狈万般的模样，皆因如此。

大雨倾斜，海棠打谢。

长廊八角灯点亮两盏，在风雨里摇摇晃晃。

我撑着伞在雨中等，不声不响。

雨濡湿裙摆，像是蜿蜒出了一幅画。

门终于被打开，白衣公子走出来，风雨吹不到他，却辨不出他的眉眼神色。

我抬起头："周衍，求你救他。"

周衍站在高阶上，往下看我，我从未觉得他如此远。

"是救谢宴戈，还是救谢小将军？"他的声音穿过雨帘。

是救与你曾有情谊的谢宴戈，还是救为国尽忠、如今遭人陷害的谢小将军？

我颤着长睫，冷气灌进来。

我站了很久，海棠花在我脚下安然死去，我说："是谢将军。"

过往种种，和海棠一起入眠了。

他轻笑，却莫名地带了雨的冷意。

白衣公子拾级而下，雨打在他的身上，他却置之不理。

他走到我的面前，微俯了身，我这才瞧见淋了雨后他的神情,眉眼里冷淡如霜。

我把伞递了过去。

周衍捏住我的下巴。

"我刚到北齐时,有贵族以欺辱我为乐,后来王室围猎,我在山林中拨了长箭,一箭取了他性命。北齐宫妃贪我容颜,想给我下药,我便送了她这世间最肮脏的男人。"

他指下用力,眼底越发黑。

"姜琇,你以为我是什么天生的善人吗?"

矜贵的公子终于对我露出了他一角黑色的内里。

我松开了伞,雨打下来,我感到了通身寒意,却轻轻地抱住了周衍。

这是一个炙热的身体,却因为我突然的亲近而僵硬。

黑莲花公子想用自己不堪入目的往事吓面前的姑娘,却怎么能料到她没有出现惊慌、恶心的模样,只是轻轻地抱住了他呢?

一场大雨从天而降,海棠在庭榭之中沉湎。

我叹:"周衍。我在。"

周衍极轻地回抱住我,好像拥抱的是一片云般,但他越发用力,好像要把我嵌进骨血一般。

他的声音倒是冷得平静:"姜琇,命归他。你,从此归我。"

我的嫁衣落下最后一针的时候,已经入了秋。

孙幼宜已经嫁到保定去了,临走之前她眉眼里含的都是笑意,大概也对夫婿很满意。我祝福她。她凑过来抱住我,在我耳畔说:"阿琇,莫管从前了。世上难寻第二个像周衍一样对你用心的人了。"

大抵情深都看得出来,你以为自己深沉周全,诸般情愫瞒得

你，从此归我!!

极好，可旁人一眼，就瞧见你眼底的情意。

周衍。周衍。

我本不至于再听谢宴戈的事，只是风浪太大，难免入耳。

听闻谢宴戈与青铃迟迟没有被捕，皇后的哥哥永昌侯在朝上进言，证据确凿难以狡辩，已入狱的谢家人已可治罪，以儆效尤。圣上说准奏。

向来对此事默不作声的二皇子周衍却缓缓地走了出来，说有事启奏。这一事启奏可就变了天。

从前指认谢家的诸人皆反了矛头。何太史哭着说女儿天生痴傻，养在阁中见不得人，谢将军是否能下得了手还有待商榷。督尉说与北齐暗通兵械以发横财倒是确有其事，只是却是皇后母族干的。几个御史当即老泪纵横地进言，太子一脉有诸多欺民之事。

这倒都是小菜。谁能想到，消失多日的谢宴戈与青铃突然出现。意气消沉、双颊凹陷，但到底眼亮如星。往御座一跪，跪出了一桩宫廷秘闻。

当今圣上原不是这般不作为的皇帝，诸多转变归根到底逃不开谢家的谢灵芸与北齐王女齐缨之死。二人风光无限到草盖一卷，卷走两位倾世佳人的一切。这事至今日仍然是上京禁闻。但离奇小道消息传说，是齐缨公主生下了个怪物，在谢灵芸的宫中又发现了巫蛊之术。圣上大怒之下，二人香消玉殒。

谢宴戈对匆匆纠合过来的皇后笑，问："娘娘可记得，当初让十六州沦落的导火索？齐缨公主生下了个不吉祥的怪物，最后让我谢家的姑娘代死。公主的后裔在此。"

青铃叩首，她上次一叩，从不明来路的孤女叩成了县主，现在一叩，从县主又叩成了公主。

诸般反转，估摸在上京可充当一年的饭后谈资。话本子里再写写，以后几十年也消停不了。

太子倒台、皇后废黜，谢家又重回往日光辉，谢小将军又亲自迎了姑母的衣冠入祖坟。往小了说，是谢小将军又成了贵女眼中的香饽饽；往大了说，是主和派倒了个一干二净，燕云十六州还得自己拿回来。

圣上儿女并不多，现在成年的皇子便只有周衍一个。风光大盛下，众人皆知，这位二皇子并非面上那般良善。重新站队、洗牌，乱糟糟，你方唱罢我登场。

而现下这位二皇子便在我对面斟茶，动作如行云流水，长睫垂下，十分闲适自在。

我看了他许久，到底没忍住："齐缨与谢灵芸那事究竟是怎么样的？"

周衍等了半天的话，大抵没想到我问的是这个，却忍不住笑了，淡淡地说道："齐缨公主与芸妃娘娘啊，其实二人关系并不如外界所传的那么糟，但要说相反，两人关系好得并非平常姐妹情谊。齐缨怀孕产女，却被皇后设计换成一只剥皮狸猫，又推给芸妃巫蛊之术的缘故。我母妃也在里面若有若无地推送了一把力，不过是一桩普通的宫斗戏码罢了。"

他三言两语、轻描淡写，我却能感受到其中骇浪。

我本意不过是好奇，却难免觉得他从前日子难过。

"宫里都是这样吗？"

周衍抬眼看过来，微笑着说："绝大部分情况是的。"

他的目光落在我身上，声音轻而坚定。

"但我们不会这样。"

我有心逗他："我们？哪些们呀？"

"只有我和你。我们。"

"我们不会哪样?"

周衍站起来朝我俯下身,小桌上的茶杯被他的广袖扫到地上,他的唇温淡,从我的眼睛一点一点地往下寻,终于和我的唇相贴。我想往后靠,但被他一只手拢入发里,禁锢住了后脑。

他的睫毛实在长,落在我脸上像搔到心里去一样,他像一只蛰伏的兽,温柔地描摹着我的唇,等我松懈的时候,撬开牙关长驱直入。我无路可逃。

我微喘,他良久才放开我,脸上难得地出现一点满意的神情。

周衍抵住我的额头,眼神那么认真:"只有你,以后也是。我也只喜欢你。姜琇。"

青铃公主要见我,说起来这也是自从我知道她存在后我们第一次私下见面。

她仍然生动,也只有边境才开得出这样轻灵的花。

青铃红着眼圈,说自己有错。

我问,你有什么错呢?

她说,若非她的缘故,未必会如此。

如此什么?你我心知肚明。

我说,不是的。

青铃讲起了一段我没听过的故事。

她说当初谢宴戈在战场上原本可以全胜而退,又加上早就暗中搜查到青铃被宫人暗藏的位置正巧在附近,便秘密前往亲自迎接。没想到受到了伏击,亲信左右皆死。他和青铃一路上遇到的刺杀数不胜数,他也越发明白这是如何难走的一条路。

青铃说:"姜姐姐,他一路上脏乱得如同乞丐,却每每讲究要先用雪水一点一点地揩去手上灰尘,拿出贴着心口安放的东西，他反复揉挲，却从不见他打开。我有时好奇，问他这是什么。他不说话，转过头来却冲我笑，第二日便抓紧时间赶路，他说他要去赴一场最好的及笄礼，有人尚在等他。我那时候不明白，为什么他的话这么快乐，听起来却这么让人难过。"

青铃说："就如同我不明白为什么他满心满意地回来，却又当众退了婚。那日帘子掀开的时候，我见到你端坐在车里。我就知道，那人是你，只会是你。我让你伤心了。回去之后谢宴戈又练了一晚上的剑，竹子被他砍得乱七八糟的。他和我说：'青铃，我这辈子再也不会快乐了。'后来我知道了。如果不是借着情爱这种摸不清的缘由，谁又能时时刻刻和他绑在一起，躲掉那些猜忌和数不清的暗箭刺杀。"

还有一个缘由。如果命运悬了刀在你的头上，你还敢不敢拉着你的姑娘一起承受？

他也怕。他那样的人也怕。

我看着青铃哭得难喘，一滴泪突然落在手上，我一摸，原来已是满脸的泪。

我止住她，不必再说了。

当然好。至此我已经心满意足了。原来在那段苦撑的岁月里，无人辜负我。我已经满足了。

曾经有一个冬天，我病得恍恍惚惚，有时看见窗外玄衣少年骑着黑马长笑而过；有时又见满堂惊愕的宾客、一个往风雪里走的决绝背影；有时想起那年出街，帏帽被风吹翻、拾级而下的少年郎懒笑一句"好颜色"。

但我已经不停留在冬天了。

有人拭去我腮边最后一滴泪，我懵懂地抬起头。

周衍看着我："我只许你为他再哭这么一次。"

"好。"

圣上自太子一事后病重,由二皇子周衍监国。

下了第一场冬雪的时候,周衍借了容妃娘娘的名头接我进宫。

周衍正和谢宴戈在亭前煮茶说话,大概是为了今岁出征的事。我走过去,周衍极自然地握住我的手,问我怎么穿得这么少。

我笑着说穿得够多了。

一回头发现不知道什么时候谢宴戈已经走了。

雪已经停了,他一个人往前走。雪里白茫茫的,为了寻个清雅,这块儿的雪向来是不清的。谢宴戈一脚一脚地走,却好像一绊,突然摔在了雪里,力竭半晌爬不起来。

周衍转头朝我笑,说:"我们也走吧。"

嗯,我们。

周衍在前面走,我沿着他踩出的鞋印走。

风被他挡在前头,雪白润润的。

我突然想,这样一直一直走下去,也未尝不可。

番外一

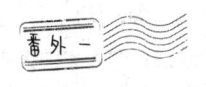

世间安得两全法

谢宴戈曾经年少轻狂，自诩人间第一流。他的姑母宠冠后宫，父辈祖辈都是镇守大周河山的英雄，他的人生起首，本就是老天都要说一声得意的模样。谢父问："我儿，你的志向是什么呢？"他收回手中剑，剑上一朵桃花宛然不颤，谢宴戈凝眉不语。

后来姑母枉死，两位叔父长眠于燕云十六州的战场上，谢府里哭成一片。燕云十六州沦陷了，谢家百年不动的荣耀终于蒙上一片荫翳。谢宴戈对着叔父的灵柩跪下，他闭上眼，他知道了，他的平生志向并非做第一等风流少年郎，是为祖辈夺回那些失去的东西。

谢宴戈恣意鲜明，即使后来发生那么多事，他也从来不悔初见。他拾级而下，风吹起十五岁少女的面纱，刚好落到他足下。他捡起，世上若真有一见君子误终生这回事，那便也该有一见姜琇误终生这回事。那日日光宛然如同琉璃，少女盈盈而立，从脖颈到眉眼都有疏离清冷的脆弱感。谢宴戈不识情爱，压下心头酸涩怦然，还如同平日般慵倨傲，流连地说一句"好颜色"。

他一生去过那样多的地方，却始终忘不了那片飒飒竹林，他见姜琇，如见神女。

姜府在城东，谢府在城西，谢宴戈时常便策马越过大半个上京，他的运气向来不太好，十次里九次遇不到姜琇。唯有那么一次，他勒马停住，满心怦然，却还要端着他谢家公子的三分疏离倨傲。他从未讨过人欢喜，便也无怪这少年郎莽撞，谢宴戈百般哑然，垂眼瞧着姜琇说："姜家的大小姐，时时守着规矩，步子都精确得像量过一样，你何苦呢？"

他是那样不懂讨姑娘喜欢的、不安分的少年，却时常守在姜府巷角的书画铺子喝茶。他知道有一个长眉乌发的姑娘在隔壁安坐，有时弄琴有时弹箜篌，声音一直传到这边。谢宴戈便抵着鬓角笑。他十七岁的时候遇见姜琇，从此平生大愿里便多了一个姜琇。

最美的时候絮花扬城，谢宴戈如愿与姜家结亲。最美的时候发生许多事，比如燕云城又起干戈，比如公主的下落有了线索。

他仍然记得，姜琇即将及笄，他出征的时候和她说，让她等等他，说给她送上最好的及笄礼。谢宴戈那时年少，还不知道世事难测，最好的承诺往往得不到圆满。

在大战结束之后，他急着接回青铃，伏击之下，亲信无一幸免，他带着青铃侥幸逃生，一路上又追杀不断。谢宴戈一路顺风顺水，从未遇见过如此绝境，那时他才明白，在这层出不穷的追杀后，浓稠得如墨般的究竟是怎样的一条路。他准备的及笄礼是一盏琉璃冠，是平城公主流落民间的陪嫁，举国之力铸就的奇器名饰，在血里却碎得毫不留情。

谢宴戈平生只哭过那么一次，他从雪里爬出来，仰倒在漫天的雪里，眼泪和血一起在雪里沉眠，他觉得自己的一生已经在冬天了，可他又记起尚且有人在等他。她在那个廊下，落花铺满地面。

姜琇在等他。

可是怎么办呢？他怎么敢拉她一起往黑路上走。

他这样想着，却又更痛了。

那个冬天，雪下得很大。十九岁的少年将军流着泪和血，做了一个他不能再痛却又不悔的决定。

年数于不在意的人眼里不过是屈指一弹，谢宴戈后来有过很多次在绝境的时候，却再也不见当初绝望模样。后生为他列传，问谢君平生顺遂，可有遗憾？他摇头不语。

平生遗憾悔恨，竟然痛至不能言。

他为他曾经的未婚妻子笄发时痛，低头可看见她历历可数的长睫，她那么小，好像轻轻一搂就能入怀。他那时笑着说，心有所属，婚约作罢。

他曾为纨绔子弟羞辱她而气怒，鲜衣策马路过她与旁人新柳洗沐。

他余生可留念想不过一幅用命求来的书画，上头"三愿岁岁年年不相见"够禁锢他一辈子的快乐。

他目送她踏上别人的花轿，不知道自己当初以退亲之名送出去的聘礼是否又混入那一箱箱的嫁妆中。他曾经无数次想过与她举案齐眉、以共白头，如今连半步都靠近不得。

他向来守诺，月光下也说的都是实话。他说，愿她所愿皆如愿。

他二十四岁那年，燕云十六州终于收复，那还是一个冬天，听闻她生下一女，如珠如玉。他也喜欢女儿，料想定如同姜琇般可爱。

可他在雪里慢慢地走,终于还是摔在了雪里。他想起十五岁的姜琇,清透婉容,那样的鲜妍。燕云十六州已然收复,姑母、叔父之名已正,可他从未如此绝望地意识到,他被困在了那个冬天里,再也走不出去了。

番外二

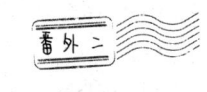

山河万里不见卿

燕云十六州动乱多年,当今圣上懦弱无为、太子平庸无能,唯有二皇子周衍,是大周昏暗皇室之中璀璨的明珠,自年幼时便立志,将平定燕云之患。

白衣无垢,君子端方,判官曾道周衍一生命格缺损,总与圆满差上一点。他生母容妃,虽受圣恩眷顾,但到底并非正官;他虽灵秀无双、心怀燕云,却并非陛下最喜欢的孩子,徒惹太子嫉恨。

但周衍从未放在心上。他并不在意,时常来往于姜太傅的府邸求学问道,驻步庭中梨花树下。读书弹琴,一待便是一下午。阳光从梨树枝叶里落下来,他垂眼微笑。

周衍是个聪慧的人,他善于筹谋、等待。

等待长眉乌发的少女捧琴而过,他抬起头,压住心中千百情愫,演练了无数遍的那个名字就这样平和而不露心意地喊出来:"姜琇。"

事事都有缺损并不要紧,但对于姜琇,他要一个圆满。

只有她，周衍一定要个圆满。

少年人将莽撞澎湃的情愫收拢起来，温风细雨地筹谋一个好的结局。他曾去母妃的库房之中看过，忖度该是什么样的无价之宝，够放进他的聘礼单中。他是那样风雨不动的人，却曾在一个雨夜中，策马沐雨出城，为姜琇讨回一株山顶的奇种牡丹。姜太傅早已知晓他的心意，那样古板的人，却睁一只眼闭一只眼，无异于默认，只待姜琇及笄之时。

周衍少有少年直白的得意模样，却每每想到姜琇，不自觉眉开眼笑。

策马上京，杨柳梨花，他与姜琇。

但差了一点。始终差了一点。他十五岁那年，燕云十六州终于全部沦陷，一夕之间，当初风光霁月的二皇子，沦为与器物一般的弃子，送往北齐为质。从此山水万重，不见上京，不见杨柳。

北齐有高楼名为摘星楼，他时常回望故国，唯见一重重的青山，更惶论上京里的那个她。

周衍这才明白，判官所言的不圆满是什么意思。

于北齐为质三年，他受尽数十年未曾受过的侮辱。宫人作践、宫妃垂涎美色、贵族欺凌，他终于一点点黑到了心里，白衣公子再非纯良之辈。无数次绝境之中，他曾痛到不能呼吸，唯有自己知道，为什么没有死在北齐的冬天。

他想回去见姜琇。她是他头破血流也想要回去见的人。

黑水河冰冷刺骨的水、北齐追兵的刀刃，山水万重，都不能阻止他回去见姜琇。

可为质三年有多少的变数，有多少他不能参与阻止的事情发生？姜琇遇见谢宴戈，姜琇喜欢谢宴戈，姜琇定了亲，又被退了婚。

母妃又生子，陛下与他早已生疏，朝臣早就忘却他的聪慧。

世事兜转，他回到大周，却站在被遗忘的境地，一身的霜雪。直到某一天，春日宴旁、桃花树下，姜琇弯起眼，喊他的名字："周衍。"

与从前语调一致，只有姜琇，没有变。

冰消雪融。他孤零的心终于落定。一切都还来得及，一切都还有转机。

他与容妃费尽周折，得罪皇后揽下婚约；他在海棠谢时所言非虚，"命归他。你，从此归我"。他并不在乎谢宴戈流亡时问姜琇讨走的那幅画、那首词，他要的是与姜琇岁岁年年常相见。

他为姜琇春柳洗沐过一次，以后也没打算再让给别人。

尘埃落定时，适逢雪霁。

他牵着姜琇的手，在积雪之中行走。她的手这样小，轻轻一拢就能握住。

周衍想，判命说错了。

他与姜琇，终究圆满。

我是皇上的结发妻子，
但在他登基后只当了贵妃。
皇上捏着我的脸，
重复了无数遍：『皇后不能是你。』
于是后来，
我不当皇后了。
也不想当他的妻子了。

三生凤命

第七朝

他笑着对我说，皇后不能是你。

我把嘴里的瓜子壳一吐，冷笑道："那皇后也不能是她。"

齐述闭了闭眼，拈去我吐在他头发丝儿上的瓜子壳，伸手就要重新塞回我的嘴里："你太吵了。"

我往后仰，躲开他的手，别过脸不在意地笑了笑："是啊！你又不是第一天认识我，我本来就是这么话多的，哪像你的宸妃一样天生娴静啊。"

我嚼碎了瓜子仁，五香的，可现下却莫名其妙地吃出了一股子苦味儿。

他像摸猫一样揉了揉我的头："乖，昭昭，你听话。"

我懒得再躲了，皱着眉头忍受他的触碰，看着他的眼睛，认真地说："齐述，我没和你开玩笑，我压根儿不在乎你喜欢苏凝旖还是柳凝旖，你宠爱哪个妃子都和我没关系，但这个皇后位子是我该有的，我要定了。"

我眼睁睁看着齐述的脸色冷下去，不知道哪句话触怒了他，听说他之前被三朝老大臣骂得狗血淋头，仍然能平静纳谏，不像现在我说两句就不高兴了。

我摇摇头，"啧"了声，可见传闻都是不大可信的。

他面色阴晴不定，到最后还是先低了头，低声解释道："即使这皇帝不是我，这皇后也必须是她。苏凝旖是天生凤命。"

我一口气差点没提上去，气死我了！狗皇帝，自己要扶野情人上位就上位，还找了个装模作样的国师说她是天生凤命。他怎么不干脆直接给我判个命叫天生野鸡命，我立刻收拾行李滚回沈府。

谁没被算命的忽悠过啊，就狗皇帝信这套。我都没说呢，我小时候，但凡是个算卦的路过我家门前，都说紫气东来，捏着我的脸转来转去，说我丫头命格贵得很，镇得住沈家将门煞气，保佑得家族逢凶化吉、不惹圣怒，是要做宫里最高位娘娘的人。

结果后来遇到齐述。

真是倒霉透顶！

"对，她是天生凤命。以往每日布衫荆钗、往上数十八代都是奴仆、长得最多算清秀，偏偏有日入了帝王的眼，直接改命，有句话怎么说来着，飞上枝头变凤凰。像我这种家族世代功勋，从帝王微时就常伴身旁的，原来就是给人做配的命。"

我抖得不成样子，指着宫门口："你给我滚。"

齐述抹去我眼角滴落的一滴泪，我也讶异，我竟是落泪了。

他的动作温柔得不像话，但是说出来的话却让人遍体生寒。

齐述说："昭昭。这是你欠她的。"

我无话可说。

我确实承蒙她一段情。

当初我被刺客追杀，失足掉下悬崖，是采茶女苏凝旖救下了我。后面赶来的刺客杀了苏凝旖家中的养父母，刀柄就要落到我俩头上的时候，齐述正好赶到。我扑进他的怀中，火光里看他只觉得像天神，却没注意到他的眼神一直落在旁边抽泣的采茶女身上，两人在受惊大哭的我面前，看对了眼。

可世上弥补人的方式这样多，为什么偏偏选择这一种最伤人的方式?

我一脚踹在他腿上,痛极反笑:"齐述,你别忘了,即便现在当皇帝的不是你,我也会是皇后。我本该就是皇后。"

齐述抿紧唇,下颌绷紧。

我这是戳中了他的痛点。

我原本不该嫁给他的,我是先皇亲赐的太子妃,要不是齐述的嫡兄、当时的太子殿下不喜欢我,我俩退了婚,要不是出现了齐述这个意外,太子现在应该已经是皇帝,我也肯定是他明媒正娶的皇后了。

如你所见,我是个十分不像话的妃子。虽然我不太得宠,但是娘家显赫得不像话。朝廷里三分之一的兵马掌握在我沈家的手里,尤其是西北边防,都靠沈家军守着。齐述能当上皇帝,原本就少不了沈家助益。

我失手扯下来一段穗子。这穗子打得真难看,还有被人老是摩挲而产生的磨旧感。并不是什么稀罕的物事。我看了眼,撇撇嘴就要扔到地上。

他的脸色一下就大变了,一把从我手里夺了过去,一副如珍似宝的模样。

我忍不住嘲讽:"一个破穗子,这么着急。"

齐述的动作顿住,侧过脸来,重复我的话,喃喃道:"破穗子。"

他看了那个穗子一会儿,闭了闭眼,方寸前还当宝贝的穗子被他丢在了脚下。他大概也觉得自己丢尽了颜面,起身大步往外走,越过珠帘时却停住了脚步。

他问:"你真的不记得那枚穗子了吗?"

我一愣神的工夫,他已经走了。

留下珠帘相碰的清脆声音。

我把地上那个五颜六色的穗子捡起来，左看右看、上看下看，总有种说不出的熟悉感。落到尾端一个小标志的时候，我才恍然想起来。这好像就是我编的穗子，不怪我认不出来，因为这穗子原本上头还有一块我的凤血玉的。

但现在没有了，只剩光秃秃的一根穗子。

这是很久以前，我送齐述他嫡兄没送出去，顺手给他的。

谁知道他会留这么久。

我穿过御花园的时候，远远就看见有人在那边嬉戏，估摸着是宫里闲得无聊的婢女们，也没太在意。

我急匆匆地走过，已经竭力避开人流，却看见个眼睛上蒙了白纱的女子抓人抓到我身上来了。我又走得急，她就绊着摔了一跤。

天知道我都没碰到她啊。宫里也流行碰瓷假摔了？

立马一大堆宫女乌压压地围上来把她给扶起来，排面还挺大。嘴里还喊着娘娘你没事吧。

应该是有点事的，我看得清楚，她刚刚左脚绊右脚，摔得结结实实的。

但不是我害的，我挠了挠头，就准备离开。

一个清瘦的宫女一抬头，指着要跑路的我就喊："大胆，撞了我家娘娘还想跑？"

两个宫女赶紧钳住了我，扯着我不让我离开。

又生出了许多疑惑，就算我上回因为偷溜出宫被禁足三个月，新进的宫女不认识我这个昭贵妃的脸，也该知道我身上穿的明显不是普通宫女能穿的衣服啊。齐述，你看看你，究竟把你的后宫管成什么样子了。

清瘦宫女赶着回身去看摔倒的妃子,急着安排我:"你先跪着。要是我们娘娘出了什么差池,你就等着皇上的处罚吧!"

话到这里,我还不知道这位娘娘是谁吗,连带着跟着的宫女都这么气焰嚣张,必定是一入宫就受尽荣宠、有望封后的宸妃——苏凝旖。

制住我的宫女都是做惯粗活的,力气大得很,扯得我生疼,但我自幼习武,反手一用巧劲,就挣脱扭伤了她们的腕骨。反倒让她们疼得"哎哟哎哟"地叫唤。

清瘦宫女仗着宸妃的名号,还没遇到过这样的情况,眉梢尽显刻薄,指着我,斥责的话出口:"我家娘娘是皇上放心尖儿宠着的,你怎么敢这么放肆!"

我也瞪大眼,整个长安谁不知道我一直放肆啊。她怎么敢惊讶的啊。

一声柔婉的女声响起来:"碧桃慎言,都让开。"

官人们纷纷让开了,白衣宫妃在宫婢搀扶之下起身,摘下蒙面白纱,露出动人的一双眼。正是宸妃苏凝旖。

我前脚刚见皇上,后脚就见苏凝旖。真可谓冤家路窄。

说实话,我压根儿不知道该用什么样的姿态面对苏凝旖,她救了跌下山崖的我,追杀我的刺客还杀了她的养父母。我并无手帕交,当时把她当姐姐一般看待,但凡我能有的,都尽可能补偿给她一份。回来那段时日,我不知何故百病缠身,眼看沈家连棺材都给我准备好了,却也叮嘱身旁人要多照料苏凝旖。我对她算是尽心尽力了。

直到病中听闻齐述封苏凝旖为宸妃。封号为宸,贵上加贵。而我身为皇上的元妻,不过是昭贵妃。

国师道，苏凝旖是天生凤命，命中注定该当皇后，宸妃这样的称号勉强可以压我一头。但凡鸠占鹊巢的都会像我一样，病得起不来。不然为什么苏凝旖一被封妃，我的病就好了？

我冲到国师府砸了他的招牌，我那是被气得从床上跳起来了，能不康复吗！有我在一天，就见不得他们恩爱！

现在被苏凝旖的宫女冲撞了，刚好撞我的气头上。

我微笑："下午好啊。苏凝旖。"

那个名唤碧桃的清瘦宫女皱着眉，下意识嘟囔："怎么直呼我们娘娘名字的，不合礼数。"

话说半截，苏凝旖立即斥责她："这是昭贵妃，还不认错。"

一听见我的名字，那两个宫婢连带着清瘦宫女都变了脸色，直直地跪下来，把头磕在地上。可见虽然我禁足三个月，但恶名还是在宫中远扬的。

苏凝旖温言向我道歉："碧桃是皇上好不容易替我找来的远亲，自小在乡野长大，性格烂漫了一些，昭贵妃见谅。"

又搬出皇上，又向我道歉，但我压根儿不吃这套。齐述不让我当皇后，我也不用有贤德的名声，自然不用顾及。

我笑着点了点："你的狗奴才，胆子一个比一个大。"

地上的宫婢背脊瑟瑟发抖。

"这几个，就自己去慎刑司领罚，也就不用回来了。这个叫碧桃的，既然你喜欢，就留着吧，只是她刚刚强令宫人要我跪着，就让她在这里跪到天黑小施惩戒，让各宫宫人都来看看，以儆效尤。宸妃，你觉得怎么样？"

苏凝旖脸色僵住。

主子护不住自己的心腹侍女，像是当众被人甩了两巴掌那样难堪。

既然事情都解决了，我也没必要留这儿了。甩了甩刚刚被扯疼的胳膊，却听见身后苏凝旖笑了一下。

并不是特别好的预感。

像谈论天气那样无心，她说："贵妃娘娘，沈将军似乎月余都没给你写信了。"

前朝后宫并不准通信，但我家是个例外。沈家就我一个女孩子，向来最宠我了。我爹是个粗人，却三天两头地写信进宫，托人给我送这个送那个，就怕我过不好。我最近心烦，竟然没有注意到很久没收到信了。

一股危机感蹿上我的背脊。

我冷冷地回过身去看着她，慢慢道："你想说什么？"

苏凝旖浅笑："我和娘娘差的，只是一个好娘家罢了。可是，要是娘娘没有背后的依仗了呢？"

苏凝旖的话让我感到心慌，刚好前两天我往假山的旮旯角里塞了一枚玉环，这是我和哥哥约定见面的信号，他一直在当羽林卫的指挥使。

现在估摸着刚好到见面的时间。左看右看上看下看，我都没有见到我哥哥。

于是无聊的我只好在水渠边蹲着等待，水面上倒映出我的面容，眼角一粒小痣。

齐述带来的那破国师，也给我算过一卦，说我本来是极贵命格，可不知何故，当下烂得一塌糊涂。我笑着点点头，然后追着他揍了半个京师。

我正想着，水面上漾起涟漪，一个月白色的倒影出现在我的倒影上方。那个倒影风姿绰约，宛如芝兰玉树。我差点翻进水里。

齐楚站在我后面，两个指头拎住我的领子，把差点摔水里的我又轻轻钩了回来，一脸嫌弃。

我惊魂未定。

你问齐楚是谁，名号也比较多了，什么京城第一美男子，贵女春闺梦里第一人，风流才子，原本该即位的废太子，还有——我的前未婚夫。

我讪笑："巧的嘞。"

齐楚的扇子轻轻一合，似笑非笑地看着我，看得我心慌慌的。

"确实挺巧的。这么大的皇宫，偏偏在这个旮旯遇见了。"

其实我还挺不愿意遇见齐楚的，面对暗恋失败的人，谁能做到真的坦然。

"听说你最近过得挺不好的，"他打量了一下我，漂亮的桃花眼带笑，"我现在一看，却觉得你越发珠圆玉润了。"

我最近确实过得不太好，原本能吃三碗米饭现在只能减半了。但齐楚也好不到哪里去，作为先帝的废太子，成王败寇，被齐述这个兄弟看管得严严实实，去年的时候还被圈禁着呢。我回复说："你应该过得更不好吧。腰上却系了五六个女儿家的香囊！"

齐楚摸了摸鼻子，我们同时默契地沉默了。

这是两个应该过得不好的人默契的沉默。

我开口打破了寂静，我说："你有什么事吗？"

言下之意是，没事你就赶紧走吧。我还要等我哥哥呢。

齐楚的眼角其实也有一颗小痣，但他的那颗颜色偏红，笑起来的时候笑容醉人，不笑的时候显得深沉。

他的眼珠黑亮，慢慢地说："你不用等了，沈知不会来了。"

我的心直直地落下去，死死地盯着他。

齐楚好似不太忍心让我知道的样子，叹了一口气："昭昭，你要做好心理准备。"

我掐住自己的手心，咬着牙关："没事，你说。"

齐楚垂眼，把我的手翻开，一点一点地拉开我攥紧的手指，果不其然地见到我手心的殷红。

"不要掐自己。十日前，我收到消息，你父亲失踪了，他本来是押送军饷和军备粮草去西北的，新帝登基，西边蠢蠢欲动。他在路上却无故失踪。新帝命人搜查，却发现运去的粮草都是混了沙子的，给战士们御寒的冬衣里充的是柳絮。新帝大怒，在你家院子下发现了数万两黄金。不只你哥哥，还有你的嫂嫂，你的母亲，满府奴仆，现下都已经被收押了。"

他每说一个字，我的脸就白上一分。

这是赤裸裸的诬陷。

狡兔死，走狗烹。

我向来是知晓我一家人的德行的，虽草莽嚣张了些，但我沈家的男儿郎，都是一顶一的忠君爱国，镇守大齐西北的英雄，怎么会做这样的事情？若是我爹贪财，我的头饰也不会就这么几副。我嫂嫂才怀了孩子，还有我体弱的娘亲，怎么能收押进监狱里去？可我在宫中，却对此一无所知，还天天惦记着那狗屁皇后的位置。真是彻头彻尾的蠢货。

齐述真让人齿寒啊。

我攥住齐楚的手，急得要掉眼泪："狱中会不会用私刑？我嫂嫂、娘亲身子都很弱。"

齐楚安抚道："狱中的事情我会替你照看的。你放心。"

我向来是知道齐楚的，他是个很重承诺的人。我知道他作为上任太子，却没有如愿成为皇帝，依着齐述的心思，他日子肯定不好过。但是，即使在这样危难的情况下，他也愿意来帮助我，我很感谢他。雪中送炭，实难。世上多是树倒猢狲散、墙倒众人推之辈。

为今之计，最干脆利落的，不过是亲自去问齐述，他究竟是想做什么？

我匆匆赶往勤政殿，但太监面露难色："娘娘请回吧，陛下在宸妃娘娘宫里呢。"

已经是夜里了。

我马不停蹄，又跑到宸妃的宫前，却被拦住了。

是前面那个被我罚跪的清瘦宫女，唤作碧桃，行走时很有些跛足，想来是罚跪跪得膝盖疼了。

她看见我，眼里闪过一丝仇恨："贵妃娘娘，皇上和娘娘要就寝了，皇上交代了说不让人来打扰。"

这是赶我的意思，可我不能走。

我抿了抿唇，难得低声下气地说："劳烦帮我通传。"

有句话怎么说来着，宰相门前七品官。

碧桃笑了："我家娘娘仁慈，早就料到您会找她。可是之前的干戈纠葛都没有理清楚。我没进宫的时候就听说了，您仗着家里得势，欺负得宸妃娘娘尽人皆知。"

我静静地等她下一句话："您在这长春宫门头跪上一个时辰，和我家娘娘两清了，我便替您通传一声。"

我笑了一下，然后直直地就跪了下去。碧桃大约没想到我跪得这么干脆，惊愕地睁大眼。她也没能想到，传闻中发起火来能让半个皇宫兵荒马乱的贵妃娘娘，竟然这样直接跪下了。

和沈家比起来，我的尊严又算什么呢。

跪个把时辰罢了。可见人在江湖飘，因果轮回都是应该的。

半道还下起了雨，顺着脖颈流进衣服里，我跪在青石板上，硌得我膝盖生疼。寒气一直蔓延到了我的心底。

长春宫里宫灯明亮，隐约可以听见笙歌曼舞，我从未如此平静，平静地悔恨自己的错误。

我不在乎许多东西，因为我曾经拥有得足够多了，我不在乎齐述生母微贱，不在乎他是否连王爵都没得继承。但我不能不在乎，他原来是这样一个卑劣的人。

当初打马过长安的沈昭，年少张扬，身世显赫，向来不知道委屈两个字怎么写，怎么会知道区区数年后，她会给一个宫婢下跪，祈求一个见到丈夫的机会呢？何等荒唐。

我曾经是个很出格的贵女，别的女儿家在学诗作画的时候，我在练武场跟着我哥学枪，一支红缨枪来去自由。别的姑娘出门恨不得面纱从头糊到尾的时候，我可以纵马过市。我这样的女孩子放到别家估计恨不得被掐死，但是在沈家，我就是全家最珍贵的明珠。

先帝也是个有意思的人，他摸着他的小胡子，笑说我是长安里最不太平的姑娘，然后给我和当时最受宠爱的太子齐楚订了婚。

但后来我嫁给了齐述。

倘若时光倒转，回到八年之前的官学，见到被众人排挤欺辱的少年，我一定不会自以为是地上前。

其间，碧桃撑着伞出来了一趟，她站在阶上往下看我："贵妃娘娘，还有一刻钟，就一个时辰了。我来给您送把伞。"

一把伞被她丢下来，恰好砸在我的鬓角。

我抬起头，记住她的模样。我希冀见到齐述，所以十分需要讨好他的心上人苏凝旖，毕竟她的一句话可以抵得上我的一百句。但我同样是个锱铢必较的人。

我去捡那把竹伞，碧桃却走下了台阶，不偏不倚一脚踩在我的手上。她低下头唇畔含笑，语气畅快，仆人肖主，颇有村妇一朝得势的轻浮感。只是不知道，她是在借机报我下午罚她跪的仇，还是真的在为她的主子鸣冤。

"昭贵妃娘娘，我家主子脾气向来软，心思也简单，这才在您手下吃了这么多的苦头。可是奴婢斗胆提醒娘娘您一句，现下天下都是皇上的天下，后宫前朝都仰仗皇上的鼻息存活，皇上一句话，我家娘娘就是天生凤命。更何况现在谁不知道沈家倒了，您最大的依仗没有了。您觉得，您有什么底气和资格瞧不起甚至折辱我家娘娘呢？"

她伞沿落下的雨砸进我的眼里。然而，她这话说得不错。

"譬如现下，身为奴婢的我，因为服侍了宸妃娘娘，此刻您就不得不——忍着。"

此时，有森然的声音穿透了雨帘，怒不可遏。

"放肆！"

碧桃一愣。然后下一瞬就被一脚踹飞了出去，吐出一口心头血来。

我已经趴在地上了，齐述小心地把我抱起来，明黄色的龙袍被蹭上脏污，发冠束着的头发也散下来一些，雨水蜿蜒在他的下颌上。我已经很久很久没见过他这么狼狈的时候了。我竟然莫名地想笑。

他的眼角泛红。齐述涩着声音一遍遍唤我的名字，深情让人作呕："昭昭，沈昭。"

我没说话。

齐述看得气急，走上几步，一脚踹上了碧桃的心口。她大约被第一下踢得还没有反应过来，这下又突然被踢了一脚，一口心头血从唇角溢出，哑哑地封住了那个未出口的"皇上"。

"狗奴才。"

他的内侍总管高俞乐撑着一把伞迎了上来，稳稳当当地撑在了齐述的头顶，被齐述一记眼刀过去，他十分有眼色地把伞移到我这边。

齐述腾出一只手帮我分开糊得满脸的头发，小心翼翼地擦干净我脸上的雨水，却被我的体温一惊，把脸贴到我的脸上，温度传递过来。

"昭昭，你别怕，我在。我在这里呢。"

就是因为你在我才这么惨。

我恨极了，张嘴就咬住了他的脸，他的脸颊瘦削，咬住的骨头硌得我牙疼，但是我还是重重地咬下去，高俞乐在旁边看得"咝"一声但到底还是没说什么。齐述也不抵抗就任凭我咬，只低低闷哼两声。

等我松开的时候，牙上已沾了血。

齐述说："够了吗？不够还有另一边，再咬。"

"陛下！"有声音传来，苏凝旖素手撑着伞，一身青衣楚楚而立。

齐述头也不回，声音像是被冰淬过一样："你知道自己什么身份。账朕会和你算的。若是她有分毫的差错，长春宫从主到仆，没人能够逃过。"

他抱着我大步离开了。

我发烧了，迷迷糊糊的，做了一个很长很长的梦。梦里我还是个未出阁的姑娘，靠着我的小轩窗写着信。窗外的芍药开得艳丽，像是要燃烧的火云。

我那个时候已经和齐楚订婚，两个人处于相看两厌的阶段，他嫌我舞刀弄枪不如他的温柔乡，我嫌他吟咏风月没有男子气概。

那时候我认识了一个宫里的朋友。宫学早已停歇，我不能时常进宫找他，只有多写书信，和他讲最近发生了什么事，外头的摊又多啦，哪家的小姐又给齐楚暗送秋波啦，我哥哥又给我带什么乱七八糟的小东西啦。

后来我想起来，也许不是齐述需要我这个朋友，是我需要他。我在长安没有交到手帕交，和未婚夫齐楚也没有共同语言，哥哥又时常有大半年都在西北和我爹训练沈家军。我不愿意承认自己孤独，总觉得是自己在照顾齐述，毕竟他过得那么惨。我帮帮他也不是不可以。

宫中开设了学堂，我被强制要求去上。我从没有见过一个少年的身姿这么落魄，在这权贵云集的学堂，他坐在皇子的位子上，却连衣衫都像是太监身上不要的，我当时都惊呆了。扯着我的未婚夫齐楚同学不可置信地问，你们皇家这么穷的吗？

齐楚同学翻了个白眼，都懒得理我。

但齐述倒是挺争气的，夫子晦涩的问题他都能逻辑严密地答出来，对比我们这些读书笨蛋真是气死人。

但过度露出锋芒是不好的，所以他下学的时候被一群学渣揍了，还是群殴。若是往常，我还有兴趣逗一逗女侠的风范，可是现在我没什么心情。

因我难得想尽尽未婚妻的本分，所以给齐楚编了条穗子，又觉得做得实在难看拿不出手,便将伴我出生的凤血玉给编了上去,很有分量,我这才算满意,却看见向来和我不对头的苏丞相千金,已经先我一步送了他一条。

不知道比我做的好看多少。

气得我转身就走,结果撞见了这样一遭事。我并没什么兴趣解救齐述,正准备装没看见路过,谁知道那些纨绔子弟一见我,下意识地转身就跑了。

实在抱歉,之前揍他们太多次,给他们揍出阴影了。

那个被打得靠在角落的瘦削少年一句话都没说。慢慢地把撕碎的书页收拢,又艰难地扶着墙站起来,就准备走了。我拿着鞭子在地上一甩,发出"啪嗒"的声音。他逆着光回头,冷漠地看向我,像是父亲曾给我从雪里抱回的一只狼崽子。

我心神一动,午后的光烫人。

我像丢烫手山芋一样,朝他晃了晃那段五颜六色的凤血穗子:"喂,送你个坠子当见面礼。我是沈昭,你呢?"

我从梦中醒来,头疼欲裂。艰难地睁开眼,看见的却是齐述。

他下颌处多了一道咬痕的痂,下巴上冒出了许多青楂,眼睛泛红。说得上是憔悴了。

他好像不知道说什么,看起来倒是挺高兴的,但是出口的也只有两个字:"昭昭。"

齐述握着我的手,把下巴往我的手上蹭了蹭,我下意识地抽回了手。他的手空了,喜悦的表情一顿,眉眼也落了下来。

曾经竭力也想要拥抱的人,现在只是相碰就让人难以忍受。

我移开目光,床帷是明黄色的,是属于帝王的颜色。越过他身后是案几,几上堆满了奏折,我后知后觉地意识到,噢,这是他的寝殿啊。

我已经很久没有踏入过了。很久以前我还是皇子妃的时候,他的房间我熟悉得不能再熟悉了,毕竟我天天住。齐述只有一个小书房用来处理事务,但他是很少去的,他说最喜欢和我待在一起。我有一只猫,经常在他读书做事的时候,我就在榻上和我的猫滚作一团,而他时不时含笑地抬头看我一眼。我对寝房里的陈设都一清二楚,可是谁能够想到,不过一年,什么都成了最陌生而恼人的情景。

他逼宫成了新帝,我成了昭贵妃,他的心上人成了宸妃。

我们从此针锋相对。

我别过眼去,几近哽咽:"沈家有什么对不住你的?我的任性,你别发泄在我家头上,好不好?"

其实沈昭这个名字现在就是大齐的一个不可说的笑话。因为建朝以来,从没有哪个皇帝上位了之后把自己原来的正妻封位成贵妃的,也没有哪个皇帝抬举一个采茶女成"天生凤命"的。齐述曾道,除了位份,一切都会和原来在皇子府一样的,不会发生改变。确实是这样的,宫中没人会忤逆我。但我要的不是这个。我受了好大的委屈,却说不出来。

齐述想要摸我头发的手顿在空中。他垂下眼,手不断蜷缩又竭力张开,好像想挣扎着抓住什么。

他慢慢地解释:"沈将军贪污一事,证据确凿,朝臣要我早日定罪,我知道里头有蹊跷,顶着压力一直在深查。我不告诉你,是怕你关心则乱,怕你胡思乱想。更怕你觉得我是个寡恩薄幸的帝王,听信佞言揣测我。"

我安静地听完。

齐述在等我的回音。

我说:"我不信啊。"

我是真的不会再信他的只言片语了。

齐述没能控制住,骤然转过头去,一滴泪滚没于明黄龙袍之中,几乎看不清。

他哑涩道:"昭昭,我们怎么就……这样了?"

我又去了长春宫。

这回倒没人拦我,长春宫的当值宫女、太监都大洗牌了一次,假传齐述口令说谁也不见的宫女碧桃,不知道销声匿迹去哪儿了,不过我也不必多问。

苏凝旖不敢在我面前落座,她清瘦了不少,面色苍白,看来那日在长春宫齐述吓到她了。她入宫前也没学过什么礼仪,现在却做得比大多数的贵女要好。在这方面,她倒也确实适合当皇后。

这回沈家的事是真的一巴掌给我打醒了,我原本想当皇后,一是为了给苏凝旖和齐述找不痛快,非要阻隔一下他们;二来大概是究竟没能释怀我和齐述之间的关系。

现在我倒是都想开了。上回碧桃说得没错,齐述是皇帝,苏凝旖是他的心上人,我犯不着和他们作对。

我给苏凝旖递过去一只盒子,她虽然原先是个采茶女,但是跟着齐述一年来见过的好东西也多,也算见惯了世面,可在打开的一瞬间,她几近失神。

精致的盒子里装的是一支九尾凤钗,金凤欲飞,华贵无双。每一处都精致得不得了,让人不得不称赞一句巧夺天工。

她失神了好一会儿。

这是应该的。我自幼出入宫闱,见过的好东西数不胜数,但是也是头一次见到这么精致的首饰。

是齐述。齐述送的。在他发动兵变逼宫的那一夜。他回来的时候我还在睡觉，迷迷糊糊地就被他从被窝里拖了出来，他银丝甲上都是血，小心地帮我绾发，插上了这枚九尾凤钗，真真惊艳。我从铜镜中窥得他的表情，是如释重负的轻松与欢喜。

他俯身，温言轻语："我会给你所有最好的。昭昭，你别后悔嫁了我。"

到现在，还没过去多长时间，我已经后悔了。

对面的苏凝旖还在看着金钗晃神。

"都给你了，"我笑了笑，"这支九尾凤钗，大齐的皇后，写在史册上的位置，都是你的了。当初刺客杀你养父母之事，到底为我所累，我一直心怀愧疚，尽力地在补偿你。能给你的都给你了，我只求你一件事。"

滔天富贵尊荣砸下来，苏凝旖屏住呼吸，下意识地问："什么事？"

我圈子绕那么久，就是为了这句话。

我嘴里发苦，喉间哽涩："若是事关沈家一事，还要请宸妃帮忙在皇上面前周转一下。"

这几日皇上的勤政殿大臣来往就没断过，我隐约听闻是西北起了动乱。我看了看天，明明才夏末，远没到蛮族惯常爱侵袭西北的时候，十分怪异。

曾几何时，我也曾护佑过那方土地，但事到如今，我连自己都护不住。

第二天我偷偷摸摸和齐楚见了一面。他看起来仍然温和俊美，闲适散漫。

我踢着石头说："皇帝那里走不通，我想总不能坐以待毙，就求了苏凝旖帮忙。"

"求？"他咀嚼着这个字，"你求了她？"

我莫名地觉得他有些生气。就像很久之前我们还在上官学时，每次我帮了齐述或者和齐述讲话了，他就会带给我这种感觉——面上不显，好像什么都没发生，但是最直接的后果就是夫子叫我回答问题时不援助我了，连功课也不帮我做了，对于当时的我这是何等的处罚！

他接着说："你可真出息。她也配？"

这话说得，真有水平，我难得地身心愉悦起来。

齐楚一开折扇，轻扇了两下，手指和玉扇骨搭在一起赏心悦目。

"西北乱了，"他看了我一眼，眼眸如漆，轻描淡写道，"你哥哥是暂时安全了。"

我怔住了，稍加思索就明白了他的意思。

西北的兵一直都是由我们沈家在带，就连我一个女儿家，都在十五岁的时候去西北磨砺了三年。边关苦寒，还真带出来一支沈家军。现在西北乱了，我父亲又失踪，能稳住局面的只有我哥哥沈知，只有沈家的血脉才能真的服众。

我骂出一句脏话，齐楚挑了挑眉。

我说："白低声下气求人了。"

齐楚把折扇一折，往我头上一敲，他说："你就没什么想法？"

我迷迷糊糊的。

他轻声说："比如说，去带个兵什么的。"

我的心脏剧烈跳动，抬眼看进他含笑的眼。

诚然，带兵打仗一直是我的梦想。我十五岁刚过及笄礼的时候，别的姑娘都待字闺中，唯有我被拎着，和我的父兄去西北练兵了，走之前我和齐楚坐在望月楼的楼顶看了一夜的月亮。那晚的月亮可真大呀，亮亮的，我拿着剑在楼顶就着月光跳着剑舞。齐楚揪了片柳叶轻轻地哼曲附和。我喝了许多酒，踩在地上像是踩在沙上一样软。

我歇了剑，提了壶酒就坐在栏杆上，两只脚在空中晃呀晃，齐楚半倚着，长风把他的黑发半吹起。我们谁都没有讲话，就安安静静地吹了半夜的风。我最欣赏齐楚这一点，他特别尊重人。像我要去西北，虽然我们沈家也出过女将，但到底在史上不多，女子带兵这件事他挑了挑眉就接受了，然后静静地送别我。这大概也是他这样受女子欢迎的原因。

时常庆幸，我的未婚夫这样优秀，天潢贵胄，却从未轻慢过任何人。

长于长安，我却并未在这里有什么朋友。临走前能道别的，只有一个齐楚罢了。至于齐述，我一直以为我是单方面朋友来着。

其实有件事我骗了你们，十六岁的沈昭不是嫌弃齐楚迷醉温柔乡没有男子气概，只是遗憾他不喜欢我罢了。当年的齐楚何等得意，贵为太子自然不用说，而且风度翩翩笑得像三月桃花，是多少贵女春闺梦里人呀。他身上唯一的缺点，就是先帝给他乱点鸳鸯谱，挨上了我这么一个不着调的未婚妻。

晒了半夜的月亮，醉意朦朦胧胧，迎着风，我突然开口："齐楚，我知道你们向来不大能接受我，嫌弃我身为女子偏偏整日里舞刀弄枪，而琴棋书画一概不通。夫子骂我愚钝，我也认了。那些贵女对我的作为一向都鄙夷，我都知道，毕竟我想天底下确实没有几个姑娘能像我这样的。可是我这样又有什么关系呢？那些头上钗子戴十几副的姑娘怎么知道用一根发带束发骑马的快活呢?有人说我仗势欺人,这倒是没错,毕竟沈家的势确实都被我一个人仗完了。我嘴笨说不过他们,只好动粗了。我大约是一辈子都改不了这个喜欢拿鞭子揍人的毛病了。可是呢,齐楚,你不一样的,你往后的身份只会更尊贵,我一直知道,我是配不上你的。这个婚约到底是委屈你了,你不喜欢我,我又是这个性子,那可怎么办呢?"

我转过头去,齐楚正眺望着夜色,白玉一样的下巴冷过月光。

我说出了早就想说的话:"齐楚,我们退婚吧。"

他好像没听见一样,月光洒在他的乌发上。良久,齐楚轻笑了一声,转过身来看着我,眼底倒映出一个小小的影来。

酒意渐渐晕上来,他的声音传到我耳朵里也模模糊糊的。

齐楚说:"你方才的话我只同意两句,一是愚钝。"

看吧。这人嘴里没几句好的。临了,也不愿意说句好听的。

"二是,天底下确实再没有像你一样的姑娘了。这样,我等你回来——"

他话还没说完,我的酒意越发浓重,拿不稳手中酒壶,"啪嗒"一声掉在地上。

我人往下一栽,刚好,一头砸在齐楚身上,堵住了他接下去要说的话。第二天早上起来,他额头一大块青紫。看着我冷笑了一声,转过头去,连话都不愿意和我说一句!

小气!

在西北尝过大漠的风沙、统领过千万人军队的人,怎么甘愿再被困在深宫里,现在西北大乱,齐楚提出的这个建议,准确无误地戳在我的痛处。

我的舌尖抵了抵上颚:"带兵?"

齐楚眼下的小痣好像蛊惑一样。

"像从前一样,"他微笑,"难道你想被困在这里吗?"

我确实动心了。没有人比我更渴望在大漠里的日子,我的红缨枪在那个时候用得最好,去如线、来如剑,枪似游龙。没有纷杂的事,家人在侧,理想入怀,那段日子是真的快活。

我踢了踢脚边的石子,很是犹豫:"可是我已经是后宫妃子了。这不合适吧。"

毕竟我不守宫规的模样,已经气得宫里的老嬷嬷搬去别宫了。

齐楚漫不经心地说:"那又怎么样,前朝武德皇后不就是先例吗?况且,现在是非常之时,要控制好西北的军队,你哥哥一个人可是很吃力的。于情于理,你都很适合。"

武德皇后英姿飒爽,用兵如神,和她的封号十分贴切。

这是一个对于我来说千载难逢的机会,为沈家正名、逃离深宫,还可以守护边疆。

我没有理由不去尝试。

我进勤政殿难得地顺利,我还以为要和上次一样受阻,守门的小太监一见是我,通报都不必,就直接让我进去了。我诧异地看了他一眼,小太监低着眉喏嚅着:"皇上交代过了,不管什么时候,您来都不必通报。"

我一见齐述的面就给他跪下了,这大概是我头一次正儿八经地跪他,这一次跪的不是齐述这个人,而是帝王这个身份。

齐述头也没抬,低声道:"沈家一事并未查明,但西北事乱,朕已经在拟旨,沈知即刻将以戴罪之身,前往西北抵御蛮族侵扰。沈家的人也会暂离牢狱之灾。"

可谓公正。

我早已明悉这个结果。只是不知道皇上是怎么想的。我怀疑皇上诬陷沈家贪污军饷，而他估计也在怀疑西北的动乱和沈家有关。毕竟前脚沈家下狱，后脚西北就乱了，不得不启用沈家。

但我今天来这里，还有别的事情想求他。

齐述捏着朱笔的手骨节发白，用力极了，已经明了我要说什么，当过两年夫妻的人，这点默契还是有的。

他把笔丢在案桌上，磕出长长的墨迹来，他说："我不会准许你去西北领兵的。今时不同往日，现在是夏季，并不是草肥马壮、要为过冬预备而侵略的良机，西北却起了战火，你难道不知道有人在搞鬼吗？那边有多危险你不清楚吗？更何况，这次不会再有人替我挡在你身后。"

对，是的。他一个皇子确实去过西北。那是我在西北的第二年，这里又苦又远，也并不繁华，尤其是先皇并不注重边关，兵饷往往欠缺，我们的士兵一个个饿得干瘦，冬日里饿极了啃雪的情况都是有的。父亲的奏折一封封送往长安，舍下一张老脸求朝廷送粮，却始终没有回音。最终，却是最不受宠的齐述，带着能让将士们过冬的棉衣和粮食来了。

是一日的傍晚，我因为老皇帝拖着军饷迟迟不发，气得在练武场练了一天的枪，长河落日圆，孤雁往远处一直飞去。我如有所感地回头，瘦削的青年牵着马儿慢慢在场门处停下，长身玉立、风尘仆仆。少年长得要快许多，一年多的工夫已有青年的姿态，几乎叫人认不出来。齐述站在那棵老枣树下面，和我对视良久。

他微笑着说："好久不见，沈昭。"

我随父辈镇守西北三年，却很少受伤，一是我在的那几年，边境也算太平；二是因为当初总有人在背后替我挡下一道道的明枪暗箭。

齐述像是背负任务而来，总是将我保护得周全，比我父亲、兄长都还要小心地教我如何在战场上保全自己。

齐述来西北待了三个月，大概是那年的冬天太冷了，蛮族过活不下去，就开始和我们打仗。我当了个小小的女将军，本来齐述这样的皇子不应该上战场的，却一再坚持要跟着我当个副将。我一开始还担心他拖我后腿，没想到他的枪用得比我还好，而且与我配合一流。我只要往前冲就好了，身侧身后，我都知道，有一个齐述在，那就放心啦。我的红缨枪使得猎猎生风，和齐述一齐得了个双煞的名头。

后来我军连连大胜，在最后追击残兵的关头，意外遇到了伏兵，箭羽破空而来，直冲我的心头，是齐述帮我挡了一箭。那个时候在下雪啊，兵荒马乱之中我觉得我的心在发烫。他流了好多血，从铠甲里一直渗出来，身下的雪地一片殷红。后来援军赶到了，可是我觉得这场战争都和我没有关系了，我在这个荒芜的战场上怀抱着他，觉得他冷得实在可怕。齐述苍白着唇，箭矢从他的胸膛里露出半截，明明都快要死了，却还在弯着唇笑，嘴里呢喃。

我颤抖着把脸靠近他的脸颊，觉得他冷得实在不像话。但我听见他说："你信命吗？"

还没等到我的回答，他又微笑："我信，也不信。"

曾经在我怀中脆弱得要消失的青年现在头戴九旒地坐在上首，沉默地看着我。他并不允诺我前往西北带兵的请求，我微笑地问他:"齐述,你信命吗?"

不等他回答,我又轻声说:"我信。我也不信。齐述,也许你真是对的。我不仅不适合当皇后,也不适合当后妃,困在后宫里的这一年,我觉得是我人生中最糟糕的时光。我很感谢你,曾经对我那么好。我现在才发现,我的世界不应该是你的宅院、你的后宫,这不是我该走的路。我天生属于辽阔的地方,西北很好,我能做比我想象得更多的事情,就算真死在那里,我也会很开心的。保家卫国、死于边疆,我喜欢这样的命运,我也愿意相信这样的命运。"

我感谢曾经有人在雪花飞扬中坚定地挡住我身前的箭羽,也允许他在某个时刻再瞧不上我转而搂旁的女子入怀。我感谢所有的命运安排,感谢曾经有这么好的齐述陪我一起策马走过茫茫大漠,一同看春花秋月夏荷冬雪,踏人间山河揽世间风月,但是呢,沈昭要长大啦。她也是个有理想的姑娘,她可不愿意一辈子一个人老死在宫里,她尚有一个沈家去守护,尚有家国边患未平,这俗死在宫里的命,她是不肯要的。

我向前三拜。

一拜还了当初我自以为是的照顾。十四岁的沈昭自以为解决了学堂里众人欺辱齐述的麻烦,却看不见因为她的援助,这欺辱反而变本加厉。虽然以他的心思解决得很好,但到底是我的错。

二拜还了当初红烛灯漾,各牵着红喜带的一端,满心欢喜地"夫妻对拜"。到头来我做不来你的妻,你也并非我的良人,倒是耽误了彼此这么久,把恩熬成仇,可惜可惜。

三拜,我拜这君主无双,从此世间再没有我的心上人齐述,我拜的是这四方敬仰的皇上。过往种种,譬如朝露,日出则无痕。

"沈昭愿前往西北平乱,望皇上恩准。"

齐述的袖子在轻微地颤抖,他闭了闭眼,再抬眼时已经恢复了平静,剑眉入鬓,隐有帝王威仪。

"准奏!"

"谢主隆恩。"

齐述侧过头瞧着一只金兽吐香,烟雾渺渺。

我正快快乐乐地准备滚了,却听见他问了一句,声音像烟雾一样轻:"昭昭,你会做梦吗?"

我摇了摇头,我很少做梦,通常一沾枕头就睡着了,一觉睡到大天亮,美滋滋的。唯有的几次梦,都是陷入了回忆的梦魇中,我会刻意遗忘的。

齐述失神了一会儿,微笑道:"那很好啊。"

他下意识想要去摩挲腰间的什么,可是那儿一条穗子都没有啦,光秃秃的。没有一个皇帝腰间是这样寒酸的。齐述犹豫了下说:"临走前,你再送我条穗子吧。这次就是为了我做。"

我诧异地抬眼,恍惚里听出了几分祈求的意味。

我的女红不能说是很好,只能说是一塌糊涂。

做穗子这种事情从前不是我的特长,现在也不会是。我很直接地就拒绝了齐述这个无理的要求。

齐述笑了笑,并未再苛求。

他从年少时就知道,世上很少有东西是属于他的。他能短暂拥有,都已经算是上苍恩赐。

不能再求更多的东西了。

我没想到,我的副将是齐楚。

我真是越来越想不通这皇帝在想什么了,于情于理都不该放齐楚在这里。

齐述登基后，原太子齐楚顿时陷入尴尬的境地，但好在没被赐死，也并未被圈禁，只是挂了个虚职，早已远离了权力中心。我之前特别怕齐述哪一天一杯毒酒送走了和他争储的兄长，现在他突然让齐楚当副将掌兵权，我都怀疑这是一场必输必死的战役，刚好把我这个碍眼的妻子和糟心兄长放一起解决了。

但事实上我知道，齐述这个人心思缜密深沉，确实是天生当皇帝的料子，他很爱惜国土子民，不大可能兴师动众就是为了送我俩去见老皇帝。

我和哥哥通过消息了，心才算放了一半下来，大概是沈家人现在已经都回到了府里，只是受到了点惊吓云云。现下府外还有侍卫看守，大约只是从一个牢到另一个牢罢了。哥哥说一家人在狱中都未曾吃过什么苦头。我料想该是齐楚替我打点过了，他做事还是靠谱的。

唯一让人操心的是，我那不知踪迹的老父亲。

我擦拭着我的刃雪剑，从旮旯角里终于翻出了它，我从来没想过有朝一日还能再用到它。剑上倒映出我的眉眼，眼下一颗小痣慑人。

好久不见啦，小刃雪。

刃雪剑以前和我的红缨枪一样，都是我的心上宝。这剑其实是先帝赐下来的，别人订婚送的都是什么玉如意啥的，就我与众不同些，和齐楚一人一把剑，我的叫刃雪，他的叫越春，同一炉火淬出来的，但是没见他用过几次，大约收了就丢仓库里去了。

这剑是真好看，冷刃如雪。虽说我其他才艺确实是没有的，但是我舞剑还是有点水平的。我曾经很有王婆卖瓜的嫌疑问齐述要不要看，齐述冷笑说："只要别带刃雪跳就好。"他一直都不是很喜欢我的刃雪，这世上本来就不是诸人都喜欢看女子耍刀弄枪的。

出征之日在即，我练功也勤得多，经常一剑挥到太阳下山皎月初初升起，然后最快乐的就是"干饭"了。自从我要去带兵的风声隐约在宫里传开了之后，我的腰板就更硬啦，一顿敢要十几个菜！"干饭"要紧。孟姑姑是我宫里管事的嬷嬷，她最喜欢看我吃饭的样子。

我吃得越多，她脸上笑出的褶子就越多几重。

等我干完第三碗饭的时候，打了个十分绵长响亮的嗝。

孟姑姑笑得更灿烂了："娘娘今天吃三碗就不吃了吗，还有半桶饭呢。"

我摆摆手，诚然我还是想吃的，但她这么一说我倒是不好意思了："不了不了。"

她也就停下了替我布菜的手，忍不住喟叹："娘娘这阵子的精神是越发好啦，真好。前几个月奴婢看娘娘每顿吃的不过从前一半饭量，精神也一日日颓靡下去，时常为娘娘担心。不过，现在可好了。"

我宽慰地拍拍她的手："现在姑姑不必担心啦。"

孟姑姑犹豫了一下，还是说道："娘娘，奴婢始终不愿提起这回事，怕引起您伤心。可是如今却不得不问，您和皇上之间会不会有些误会呢？皇上其实时常会召奴婢问您的情况。虽然并未让您当皇后，但阖宫上下，谁敢不尊敬您？连皇上都不敢给您脸色看。奴婢看人也是准的，皇上对您必有几分真心。反观宸妃那边，说是皇上对她情深意重，可奴婢瞧着，倒像是虚言。"

我眨了眨眼，认真地盯着孟姑姑说："姑姑，我知道你为我操心。可是是误会又怎么样，我感受到的痛苦可都是真真切切的啊。我这个人比较自私，只关心自己过得好不好。他让我难过，我就恨他，不问缘由。我知道，帝王的真心哪怕是一分都该感激涕零了，可是姑姑你想过没有，我根本不要帝王的一分真心，我要的是齐述，是他的所有，一丝混杂都没有的感情。他曾许诺要和我一生一世一双人！他骗了我，我又何必挽留，那样多难看啊。"

我不相信有什么苦衷，我也不相信所谓的难言之隐，我曾经彻夜清醒，从天黑看着窗子外的月亮到天亮，才明白那个会清晨在我窗棂前放一束水灵灵的桃花的青年，彻彻底底地不在啦。

孟姑姑叹了口气，过了一会儿又笑了起来："是啊，您能看开，奴婢也就放心了。"

诏书下得很快，我还没睡醒，就稀里糊涂地骑上了去边塞的马儿。

离开长安时，我曾回首看那都城，多少春秋往事，不过如梦一场。不知我走后如何光景，苏凝漪是否能如愿当上皇后，但那些都和我没有关系了。

大多数时候我们快马加鞭赶路，有些时候呢就像现在这样，慢慢地骑马走，就当作休息了。

我哥沈知在前面一些，我和齐楚并排骑着马儿慢走。

有时候不得不说人比人气死人，比如说都是舟车劳顿，结果风尘仆仆灰头土脸的就我一个，齐楚除了眉眼有些疲惫之外，还是玉树临风的。

我因数日赶路有些颓靡不振，有气无力地瞥了齐楚一眼："齐述为什么会派你来？"

齐楚的头发都被高束起，剑眉扫鬓，显得特别的英气。他漫不经心地说："也许是你们都太笨了，找我来拉高平均智商的吧。"

我的拳头硬了。瞧不起谁呢？

又听见他轻声说："谁知道呢？他本来就行事不按情理。说不准，也许是觉得我不会在你身后给你来一刀，代替他的位置，才能真的安心。"

我转过去看他，他正看着我，一双桃花眼略略上挑，一笑像是春天融化在他的眼睛里。

终究是有些遗憾的。齐楚从年幼起就被立为太子，学习君王治国之道，然而现在却不是他当皇帝。史书上对夺嫡称王一事向来没有定论，像齐述这种隐忍蛰伏一朝逼宫成功的倒也不算少见，当了太子能顺顺利利地成为皇上的也不算太多。

其实，我对他是有愧疚在的。当初齐述能夺位成功，少不了沈家助力，这让我十分吃惊，我哥倒还好，但我爹爹一直死脑筋愚忠得要命，不知道怎么会做出这个决定。

我看见齐楚腰间佩剑，隐约感觉有些熟悉，定睛看到露出的剑柄上繁复的纹路，我才恍然大悟，"呀"的一声，原来是越春剑。

"你带了它来呀，"我下意识地抚上我腰侧的刃雪剑，"怪不得我觉得刃雪有点开心呢。"

齐楚挑了挑长眉，叹了口气佯装无奈地说道："这有什么办法，谁让我就这么一把剑了。"

我忍不住笑："你的剑柄上怎么不和你的腰带一样装饰得花里胡哨的，连个剑穗都不挂呢。"

阳光洒在齐楚的眼睛里，温柔极了，他想了想说："越春剑呢又不像衣服有那么多件，挂一个就足够了。我一直在等一个姑娘替我系上她亲手做的剑穗，从前没等到，往后也不会。"

我愣了愣，竟然觉得他笑的眼里有些伤心。默默回想那些齐楚的绯闻女友，真是太多了，从卖花小妹到高门贵女，为齐楚一笑心醉神驰的可真是不少，什么花魁为了齐楚自请赎身啦，什么贵女立誓说非齐楚不嫁啦，我当年听得可不要太多，现下只能嘀咕着是哪个绝世美人骗了我们齐楚的心，又抽身离开。

我吃惊地说："我以为你流连花丛，没想到马有失蹄，栽了吧。"

齐楚笑了笑，说是。

这路离目的地也不算远了，大概还有半天就能赶到。马蹄扬起的，多是黄沙。现在的风景已经和长安是很不相同的了，戈壁碧湖，满眼茫茫，粗犷而美丽。

"抓紧赶路吧，"他扬了扬下巴，轻轻"哼"了一声，"我要看看是什么好地方让你当初待了三年。"

说真的，这座小城条件不算好，和长安的繁华一点都不一样，它贫瘠、落后，然而却又那么亲切。我在这里的三年每天都很开心，这三年里，又数齐述来的那几个月最开心，因为他带来了好多好东西。他带来长安最先进的耕种技术、棉花种子和军饷，他随行的官员亲自教当地的妇女如何种植棉花、纺织。从那一个冬天开始，这个小城就没忘记过他的名字。

守城的将领还是我当初在这里时的那几个，在我父亲麾下十几年，对我就像叔叔一样亲切，也曾兴致勃勃地说着要让自家的小子娶了我，我在长安可是万万没有这般待遇的，在长安都说"娶妻莫娶沈家女"。

大军停步城前，不等将领迎上，哥哥就翻身下马："诸位戍边辛苦了，沈知奉皇上的旨意前来接管沈家军，击退来犯蛮夷。"

几位将领疲惫的神情略略舒展开，对于我父亲的失踪不免忧心，但对于我哥哥的到来可以控场还是十分欣喜的，算是如释重负。一转过头看见了我,为首的将领带了惊讶:"这不是昭昭吗?"

我含笑称是。

他细细打量了我一会儿,叹息道:"不一样了,真是不一样了。"

我讶异地看着他。

他说:"那股天不怕地不怕的蛮劲儿没有咯。"

我笑着摇摇头,但凡在宫里走过一遭的人,什么意气风发都能被消磨完。

但会回来的。

我趁他们还在接风洗尘时,在城里城外溜达了一圈。到底是我生活过三年的地方,十分想念。

这座小城挨着边境线,最害怕寒冬和蝗灾,那意味着边境外的蛮族会骑着他们高大的马来烧杀抢掠。我在这里生活的那三年倒还算好,百姓的生活勉强过得去。但也只是勉强过得去罢了。

老皇帝还在时,有年实在青黄不接,朝廷的救济粮迟迟未到,有妇女抱着她饿死的婴孩,扯着我的袖子,哭得撕心裂肺:"皇上是不是不管我们了?你们当兵的没饭吃,百姓也没饭吃!"

后来救济粮到了,却是经年的陈米,难以入口。

我呆呆地站在原地。

我能杀敌、我能退去敌寇,但剩下的呢?我还能做什么?

但今日在城中转,来往的人脸上都泛着红润的光泽,瘦骨嶙峋的人比从前少了好多好多。新皇齐述即位之后,对边防城池照料有加,可谓皇恩浩荡。

我站在络绎不绝往来吆喝的人群里,突然就明白了,我父亲以忠孝立家，究竟为什么会帮着齐述逼宫，原来是这样的原因。边民等不起、士兵也等不起，他们要一个不会忌惮沈家、能让自己吃饱饭的君王。齐述能做到，所以爹爹违背自己的道义，帮了他。

有个在呼啦呼啦运转的木器前磨面的婶子招手喊住我："沈小将，几年没看见你了，等会儿来婶子这儿吃面哪！"

我笑着应好。

你看，齐述于我而言，并非一个好夫君。

然而，却是一个好帝王。

果然是世事两难全。

接风洗尘、商讨完军机之后，我回了院落。院子中有好大的一棵树，我刚洗完澡，头发也没干，就爬上了树晾头发，顺便看看月亮。

月亮还是这样圆。

回忆总是突然地翻涌上来。

齐述不是没对我好过。他来西北的那几个月，一直做的是我的副将，鞍前马后。我做前锋向来莽撞激进，第一是我天性如此，第二不过是仗着我身后有一个齐述，我可以安心地把后背交给他。他替我挡刀无数，却生性沉默，从不喊一声疼。城中的婶子见我身边的副将如此乖巧听话，还以为是我沈家门风彪悍，给我自小养的童养夫，笑着打趣。

我连忙摇头，指着齐述说："我未婚的夫婿可不是他，是他哥哥，当今的太子殿下。"

婶子拍了拍自己的脑袋："是我弄错啦。"

城中将士不知道为什么我每日都去问有没有从长安来的信。

我在边关三年，起初齐楚会给我写信，半个月总有一封。后来不知什么缘故，再没有一封。日日等，夜夜盼。那时没能等到，后来也没有。长安是牡丹温柔乡，终究不能知道西北的星空有多寂寥，于是终有一日，我鼓起勇气，向长安寄了封信，求了老皇帝，用我的军功换了一纸与齐楚的退婚书。

退了婚，我迷惘又怅然，像是一场爱恋还没开始，就已经被风吹散了。

我依旧过得神采飞扬的，谁也看不出我和以前有什么区别，我哥哥还很欣慰，我没因为太子那种风流子弟伤怀，只有齐述看出了我的难过。那是在黑蓝的夜空下，十七岁的沈昭和十九岁的齐述一同枕着胳膊看星空，草扎得人有点疼，天气凉凉的。

我问他："我有什么不好的？"

其实都不需要问，我都可以想出一堆我的缺点。我很多地方都不好，但改不了。

齐述安静地看着我的眼睛，倒没说什么奉承的话："沈昭，这和你好不好没有关系，你不能因为一个男人不喜欢你，就怀疑自己的价值。

"你很好，非常好。"

星光太亮，似他的眼眸，我竟然被烫了一下。

后来不知因何契机，也许是齐述愿意陪我策马大漠，一个皇子也爱凑着和我一起为农户家的小羊接生，也许是某次战役之中他替我挡下了一箭。许多许多加起来，变成了他重新要回长安那日。

我站在枣子树下，不知何故说不出道别的话，憋了半天才说出一句，却是约定重逢："齐述，你等我回长安，给你带枣干。"

回忆像是一把刀。反复割开人早已结痂的疤痕。

我依旧不能明白很多事，不明白当时齐述对我那么好，为什么现在因为国师的一句狗屁话，荒谬地要娶别人为妻。

我看着大大的月亮，听见有人叫我的名字，往下一看，原来是我的哥哥沈知。他拍了拍手，也爬上了这棵老枣树。

哥哥是个武将，但是长得斯斯文文，跟个文官一样。他不像我爹那样是个大老粗，他很懂为臣之道、注重利弊得失，却因为我的事，在朝堂之上指着齐述的鼻子骂了很多次。当然也是有后果的，比如说我父亲一出事他就立马被抓到牢里了，这就是和上司处不好关系的下场。

"父亲的事我已经着人在查，你不要过多担心，糟老头子命硬得很，轻易不会有事的。"

我轻轻"嗯"了一声。

我们谁都没讲话，默默地看着月亮。

哥哥冷不丁地说了句："我当初就不该同意你嫁给他的。"

我转过头，看着哥哥。

沈知的眼神这么温柔："我很小的时候就想，我的妹妹是天底下最好的女孩子，值得天底下最好的东西。南边的珍珠北面的纱，什么好东西都应该配你。谁说女子一定要锁在深闺，不能像男子那样建功立业？我妹妹可以做许多男子都做不到的事情。那个什么姓苏的女人，就她也配是什么天生凤命吗？要真有天生凤命这回事，也该是你。小时候，你闯的祸我都在后面收拾，你揍过的世家子们我就跟在后面再揍一遍威胁一遍。我想着，得挑一个最好的儿郎让你嫁过去，接替我的任务。结果谁知道先皇一纸婚书将你配给齐楚，接旨的时候他还在收其他贵女的手帕。我怎么能忍，当晚蒙着他的头揍了他一顿。"

我忍不住笑。我说呢，齐楚那段时间，怎么处处看我不顺眼。

"我气他明明和我妹妹订了婚，还故作风流四处留情，不守男德，即使是逢场作戏也不行。齐楚只会惹你伤心，可你又那样喜欢他。后来你拿军功退了婚，又兜兜转转和齐述在一起了。他对你好，比齐楚对你好，这就够了。我知道你一直心有芥蒂，觉得我们这样忠孝立家的人家，怎么能帮齐述逼宫，你一定觉得是我们太宠你了，心怀愧疚对不对？并不是这样的。

"我们沈家，世代戎马，功名赫赫。西北这一支沈家军镇着边关，不仅敌人会忌惮，长安城的君王也会忌惮。连年缺衣少食、兵饷一层层被剥削，又有什么办法。功高震主，沈家很多时候，连自己都保不住，若非运气好，早就被随便安个罪名抄斩，或者干脆点，沈府早该被一把火烧了。以前还能逢凶化吉，爹总说是你这个小福星保着我们，后来先皇越发忌惮，若非我们与齐述做了个交易，大逆不道地逼宫，不光沈家，这八百里将士、边民，早就化为尘土。沈昭，我告诉你这些，是觉得你长大了。"

我眼睛有点酸，喊了声："哥哥，我知道了。"

"我知道你长大了。"沈知轻轻地揉了揉我的头。

哥哥陪我看了会儿月亮，就跳下了树，忙着去处理军务了。

我正打算再看一会儿就回去了呢，结果走了一个沈知来了个齐楚。

他很轻易地就攀了上来，掌心用力时筋络轻微地发白。

齐楚大约刚沐浴完，身上还氤氲了点水汽，长长的黑发落在月白色的袍子上，像是雪地里开出的花。暗香浮动，月下美人。

他笑了一声："我早该来到这里的。"

我迷迷糊糊的，没有反应过来。

齐楚微笑着问："你还记得，你十六岁来西北后，我给你送过多少信吗?"

说起这些往事,我就恼怒,质问倒不至于,只是带了点气:"记得,三十六封,每个月例行公事两封,送了一年半就懒得送了。天晓得我当时还是你名义上的未婚妻啊!齐楚。"

他撑着额角笑:"错了,是三十七封。

"最后一封没能送出去,那封信上只有一句话,秋天的时候,我会和朝廷的军饷一起到达。就在你走后的第二年。"

我怔住了。

齐楚仰着头,声音冷冷的,似追忆流年。

"原本也没多想你。父皇已经下放政务让我磨炼,我实在很是繁忙。只是那年夏末的某一日,听探花郎说起城西有家桂花糕很好吃,他娘子每天都要吃,探花郎便时常和我告假半个时辰,忙着给他娘子去买桂花糕。我突然就想到,昭昭在,肯定也是要吃的。可你在西北,我送不到你身边。当晚我就向父皇请命,抛下事务运送军饷来西北。父皇和我促膝长谈,那一夜,我知道了父皇对于沈家的打算。我头一次觉得这样荒唐,我一直都不曾知晓,可是沈昭,正是因为我一直什么都没察觉,才觉得自己愚钝可笑。我不知道该如何面对你,那年秋天,我终究没来西北,然后等到了你的退婚书。

"我从没意识到自己错过的是什么,当年的我是太子,一日看尽长安花,拥有得那样多。幼时见你,我心道好个刁蛮的丫头,竟打掉本太子的门牙。后来我逐渐长开,长安不知多少姑娘心悦我。她们的笑见多了我也觉得无趣,只觉得你每次被我气得上蹦下跳的模样,很是生动。我何尝知道什么是喜欢?很久之后的后来,你嫁与齐述那晚,我终于明白,年少的酸涩从未消失。它生根发芽,终有一日,穿透血肉、痛彻心扉,原来叫后悔啊。

若是沈知早看过我太子府的库房,就该后悔来打了我那一顿,什么南乌珠北珊瑚,在我的聘礼单子上都有。我知道你不喜欢书,却收集了一堆兵家绝本,凑进聘礼里,料想你定会喜欢。

"我是不是没告诉过你,我要娶你的。在你去西北之前,那夜望月楼上送行,我说你是那样愚钝的姑娘,不识情爱。我原本是要告诉你,我等你回来,平平安安地回来,到时候我十里红妆娶你。"

可惜我没能听见,一头醉倒砸在他身上。西北回来之后,我和他退了婚。

我从来都不知道,齐楚曾经真的想娶我。

原来这样一句话错过,就真是一辈子的事情了。

他转过头,冷月如霜,哑声道:"昭昭,你本该是我的妻。"

世上最痛苦的两个词一为等待,等待的后头往往是错过;二为本该,本该本该,意味着还是错过。

我以前很少做梦的,晒完月亮之后就做了个梦。

里头没有齐述的出现,只有我和齐楚。

梦中的我梳着双髻,成日在宫学中和齐楚吵吵闹闹。我从没注意过有个地位微贱的皇子,从没在某一日午后撞见过被众纨绔欺辱的齐述,自然也从没随手送给他那枚我的凤血玉。

我和齐楚,虽然相看两厌,但到底算对儿欢喜冤家。

中途我远去西北,又凯旋归来,听说有个皇子薨了,但不过是茶余饭后最不值得提的谈资了,我那时候满心欢喜地缝制嫁衣,要嫁给齐楚啦。

齐楚还是那个样子,风流得意,我时常因为他太受欢迎而烦恼,但是还是如愿以偿地嫁给了他。

后来先帝驾崩，我又顺理成章地成了皇后。齐楚当了皇帝后，手段温和，颇有先祖贤主风范。有个道士同我说，我是天生凤命，谁家有我这样的人，都得兴荣好几代。像我们沈家这样煞气重的将门，功高震主，要不是我这个命格在这里镇着，早就该出事了。

我从来不信这种东西，而且人家都是皇后了说这个未免可笑，我差点笑掉凤钗。

眼下有痣，性格肆意，我和齐楚是这么相似，好像就该是天生一对的模样，朝野乃至民间都夸赞帝后琴瑟和鸣、龙凤呈祥。

我和齐楚极少吵架，虽则有嫌隙，但总是很快和好。他生得多情，手段又温柔，一起和睦地白头到老。

梦里的我寿终正寝，我这一生，时人谓之圆满。

只是有时候想起来，其实我并非天生想当皇后，我也曾是西北大漠里的一只鹰。

我从梦中醒来，好像过完了另外一个自己的人生，一摸却发现满脸的泪。我闭眼回想那个梦，却不由得地想到——那个薨了的可怜皇子，究竟是谁？

敌人这次的势头还挺足的。好在我和哥哥的到来很是鼓舞了军队的士气。

齐楚和我配合得相当不错，从前我和齐述在西北有个很值得我吹牛的名头叫双煞，现在其中一煞已经成了齐楚。从前齐述很是满意双煞这个名头，好像把我们俩的名字放在一起就是最值得他高兴的事情了。但是世事变迁流转，没有什么是不能改变的。

因为战事进展得顺利，我和齐楚闲时也在城中逛逛。

秋冬将至，往年这个时候，边城中的民众都该提心吊胆起来，总怕蛮夷过境掠夺，而现在战况良好，他们总算能放下心来。但年复一年这样防着敌人也不是办法，没有了他们，还有别的蛮族。

如何让边境长治久安，愁白了一代又一代人的头发。

齐楚负着手在我身后跟着，难得安静地听着我的抱怨。

"要是这一次真能打服他们就好了，只可惜这些人茹毛饮血，压根儿不知道什么叫痛。过两年又该来杀人来抢东西了。要是有一劳永逸的法子就好了。"我说完才发现，已经很久没听见齐楚的声音了，才停住脚步往回看。

齐楚站在我的身后不远处，夜风清凉温润。

很久未曾见到他的眼睛这样明亮，一瞬间让我重回当年，他还是大齐贵气的太子殿下。

齐楚道："我有办法。我会做到。"

谁能想到，齐楚前脚刚说他有办法，后脚就在战场上给我从身后捅了一刀。

世事还真的无常。

我就说我和这个嘉鱼谷八字不合，上回行军到这里，还是我十七岁在西北的事情了，那次我差点没被箭射死，齐述也受了重伤；这回明明是乘胜追击，却从身后来了一剑。

敌军节节败退，我们一路追到嘉鱼谷，我心里却莫名地有种不好的预感，当即准备回头急喝后撤的时候，却感觉腹部传来一阵剧痛。我茫然地低头看，只见漂亮的长剑穿透了我的铠甲，露出一个染血的尖。这剑我认识，和我的佩剑原淬于同一炉火，其名越春剑。但现下却从我身后，毫不留情地穿过了我的腹部。

我不敢置信地睁大眼，原本可以转过头去看，究竟是不是我想的那个人，握着剑重伤了我，却终究只是任凭自己坠下马去。

只要没看见握剑人的脸，我就可以相信，我的太子哥哥不会伤害我。

只要没看见握剑人的脸，我就可以告诉自己，也许是越春剑被别人抢走了。

他不会做叛国的事情，不会在战场上，借这样的事情向敌方投诚。

可终究不能。

坠下马的那一瞬间，我听见齐楚的声音，熟悉而陌生。

他说："昭昭，好好睡一觉吧。睡好了，天亮了，什么事都落定了。"

我又做梦了，梦里感觉心痛得要死。

假如人有三生三世，假如人一生中真有命数，哪个才是我该有的命运。

这次并非上次那个梦。

分明是大夜里，大火燃烧着府邸，照亮一方天空，然而周围都静悄悄的。婢女奴仆都已经被羽林卫暗部杀完，快得没能发出一声哭喊声，血就溅在背后一个"保家护国"的石碑上。我才看见，倾倒的牌匾上分明是"将军府"三个字。这是我家，这是我的家！

我看见有人跪在庭院之中，刀戟指着他们的命喉，分明是我朝夕相处的家人们。我爹娘，我的哥哥嫂嫂，还有我那还在襁褓之中的侄儿。爹爹一直不服老，如今却一夜老态龙钟，满面苍凉。

太监道："圣上仁慈，念沈家往上数为国效力多年，虽然你们沈家军伙同敌军，意图叛国，但仍然愿意赐你们全尸。此乃御赐毒酒。"

我父亲老泪纵横："沈家军有何谋反证据？"

"虽无显迹，然意有之。证据什么的，莫须有！"

爹爹不说话了，唯有身后的沈知膝行两步，急切地问："那我妹妹呢？她昨日刚被皇后召进宫里，你们把我妹妹怎么样了？她至少和太子仍有婚约。"

"沈昭姑娘自然有自己的造化，太子仍然会娶她。只是时候不早了，毒酒已赐，早些上路吧，免得叫沈姑娘赶回来看见了，白白连累了她。"

有这句话已经足够。沈家满门，并未死于战场刀剑，而是于一个寂静的夜晚，死于老皇帝的猜忌。

我看见火光四起，一直到天大亮才慢慢熄灭，只剩下断壁残垣，认不出面目的焦骨。远处加急驶来的马车刚刚停稳，就有人跟跟跄跄地往下跌落，齐楚从后头扶住她。

沈昭回来了，人人都告诉她是走水。原来，人真伤心的时候，连哭都哭不出来，只会在沈府前尖叫，撕心裂肺。

不知哪里来的算命瞎子，挑着他的旗幡走过，又哭又笑："命啊，都是命啊。凤血赠人，凤命已碎，早就帮不了家里逢凶化吉了。"

有人问："老道士，什么凤命碎了？"

他说："她把伴生的凤血玉给了不祥之人，误打误撞替该死的人挡了灾，凤命已碎，再不能庇佑家门，惹出这一桩桩的祸事来。"

沈昭始终不相信一场大火，就能烧掉她的家人。老皇帝慈爱地摸着她的细发，安抚梦里的沈昭："好孩子，你只是太伤心了，你仍然可以嫁给太子。"众人称赞老皇帝宅心仁厚，顾念旧臣，人走茶不凉，仍然愿意让她一介孤女嫁给太子。

沈昭和齐楚说她不信，齐楚沉默许久，敛尽风流，他抱住沈昭："忘了吧，昭昭。我会娶你。"

梦中的沈昭孤零零地从繁华的长安走过，眼泪都流不出来，她的哥哥、她的父亲，都没有了。

她被人从后头扯住，沈昭下意识回头，一个戴着狐狸面具的人看着她。她呆呆的，灯光流转，那人把脸上的面具轻轻扯下，露出一张俊秀的面容。是齐述。可我分明记得，在不久前我做过的梦里，齐述早就死了。

他把一盏兔儿灯提到沈昭眼前，轻声说："我信。"

沈昭愣住了。

他又耐心地重复一遍："我信你。我帮你。"

沈昭"哇"的一声就哭了，将军府没了以来，她从未这样痛快地哭过。

齐述慌了手脚，我还向来没见过他这么无措的模样。

我像是一个旁观人一样看着他们的故事。

在这个梦里，我虽然嫁给了齐楚，却因为种种阴差阳错，并非正妻，他后来的皇后，是南蛮的公主。于梦中惊鸿一瞥，我突然发现，这个南蛮公主竟然和苏凝漪生得一模一样。

齐述也并没有死，我曾将没能给齐楚的凤血玉送给了齐述，只是他没和我有超乎友谊的感情，他也不曾筹谋隐忍夺嫡。

他不过是一个再普通不过的皇子，奔走暗查沈家覆灭的原因，却被老皇帝知晓，死在羽林卫的刀戟之下。

原来，若非当初沈府助力齐述逼宫，沈府早该消亡在这场大火之中。无人再问西北沈家军，无人再顾念受困的边民。

这些梦是多么真实啊。

我觉得有些荒谬，竟然真觉得那个算命瞎子说的话是对的。第一个梦中，先皇虽忌惮沈家，却因为我的命格，沈家屡屡逢凶化吉；第二个梦中，我无意中送出凤血玉，救下了早该亡逝的皇子齐述，却因此凤命碎裂，沈家覆亡。

若真如此，现在竟是最好的情形。齐述提前筹谋逼宫，沈家尤在，沈家军尤在。

真是太荒唐了。

我从梦里醒来，脑袋痛得不行。

第一反应倒不是捂着脑袋喊疼，乃是不可置信："越春剑是不是被别人拿走了？齐楚怎么连自己的剑都管不好！"

我还记着呢，我追敌兵追得好好的，从后边就被人用越春剑捅了个对穿。

沈知守在我边上，看着我欲言又止，几番犹豫才开头："昭昭，是他从背后刺的你。"

我起了身，和没听见一样满地找鞋："我去问问齐楚，是不是连把剑都握不稳，让他杀敌怎么手一抖刺到我身上来了。"

沈知扯住我的手，道："他通敌叛国了。"

我突然不动了。

沈知道："你听清楚没有，废太子齐楚叛国了，已经从他的房间里搜出了和敌人私相往来的书信。齐楚用军情为饵，用捅杀你一刀来投诚。好在你命硬，没捅到致命处。我们终究是错信他了。长安来信，从一开始父亲失踪、沈家被诬陷贪污军饷，到后来西北莫名大乱、引诱你主动请兵西北，都是他有意为之，就是为了能让皇上封他为你的副将，名正言顺地来到西北。他早就和敌人串通好了。"

我并没有回头，碎发垂下来，盖住我的眼睛。

声音挺轻的："原来是这样吗？"

我始终记得，某一日我在皇宫里乱走，爬上一个宫殿的围墙，有个太子在里头写什么来着，总之是治国的策论。日头是那么亮堂，他挺直脊背，十分专心。他也曾是要掌管整个大齐的君主，如今怎么就发展成这样的结局了。

我偏过头去，遮去眼下的泪意，很急促地换了个话题："哥，见到你真好，我刚刚梦见你死了，骨灰都见不到的那种。"

沈知关切的表情一僵，咬牙切齿："你能不能梦点好的！"

我笑了笑，却感觉脸上一凉，原来是我的眼泪掉下来了，验证般地问道："哥哥，为什么你们选择那个夜里，和齐述一起逼宫啊？"

沈知转过身去。我这才发现，这里并不是军营，也不在小城之中，只见屋前有碧湖，碧透得像是一汪绿宝石。

他声音沙哑："那夜，要不是我们占了先机，沈家早就不在了。先皇密令，羽林卫夜袭沈家、要屠戮沈家满门。自古忠义两难全，谁愿意做弑主的臣子？沈家可以死，可是西北不绝的兵患怎么办，连饭都吃不上还要站在风沙里保卫疆土的士兵怎么办，被敌人夺去的妇女婴孩怎么办？"

谁能给个答案。

没人能说出来。

但这一番话，几乎验证了我前面的猜想，那两个荒谬得不能再荒谬的梦，竟然很大程度上可能是真的。

我脑子实在是太乱了。

哥哥把我留在这里养伤，不许我能动弹之前再回兵营。

我也确实需要一个安静的环境来审视自己。

想想这二十年的时光，关于那些我爱过的、我恨过的、我忽视的、我做错的。

此处地势隐蔽，环境也好，我每天都努力吃饭、努力休养，争取早一些回到战场上去。我慢慢可以下床，可以行走，但要拿得动剑，还需一段时日。

这里的日子很孤单，幸好我捡到了一只猫，取名喵喵，和我从前在皇子府里养的别无二致，一样乖顺。我笑嘻嘻地点着它的鼻尖，它软绵绵的。

下了第一场大雪的时候，我正在睡觉，喵喵拱了拱我的脚，往门外跑了出去。

漫天的大雪飞舞，荡在这方天地里。我赤脚踩着雪，冰凉凉的。乌黑的长发垂在我的身后，轻轻飘动着。

我往雪里奔跑。

我想起那年牵着马停在老枣树下的青年，想起他满身白雪地捧着一只红薯叩响我的门扉，想起我在深宫里看雪一点点落在红墙，我最后喘着气停住，想起十七岁那年遇到伏兵万箭齐发时在雪地里奄奄一息的齐述。

我抬头看雪，感觉所有的感情随着大雪而来，渐渐如同大雪一般离去了。

一滴泪从眼角流下。

喵喵在雪地里栽了个跟头，显得十分笨拙可爱，我弯下腰把它给抱起来，一抬头，却在雪色苍茫处，看见一抹明黄的影子，身后还跟着贴身侍卫。

我不知道远在长安的天子齐述，为什么会到这里来。

雪还在下。

没想到他见我的第一句,却是轻声问道:"昭昭,你怎么光着脚?"

无论前情如何,总该有一个铺陈开来的机会。

门窗都关着,侍卫为远来的天子燃上龙涎香,煤炭烧得屋子里暖融融的,隐约里可以听见雪簌簌地从枝叶中穿行的声音。

齐述就坐在我对面。

多月未见,少年夫妻,早已心生隔阂,到如今唯有生疏沉默。

我想了想,问他:"齐述,你会做梦吗?我到西北之后,做了两个很古怪的梦,也许,你也曾梦见过。"

在我出征之前齐述似乎也这样问过我,现在想起来,也许是他当初就想告诉我一些事情,可惜被我噎回去了,终究没能说出来。

齐述侧过头去,我以为他在看我挂着的佩剑,其实没有,他只是茫然地放空视线。他说:"从你及笄后去西北,我就一直在做一个梦,零零碎碎的。有时候是火光,有时候是黑暗,有时候又看见你哭泣的模样。我竟然梦见,父皇要倾覆了沈家,当时只觉得实在荒唐,毕竟沈家圣眷正浓。但是梦那样逼真,我开始私下去查,真给我查出一些东西来。父皇早就对西北的沈家军不满,暗地里的动作并不少。我不是信命的人,却去找了国师,问问我这个预知梦究竟是什么意思。国师说,我早就是该死的人,若不是一个心好命好的小娘子,将自己的伴生凤血玉给了我,替我挡了一劫,我早就死了。可是她的凤命因此没有了,依靠她每每逢凶化吉的沈家,也站不住脚了。若我不做些什么,我的梦境,就是沈府的明天。

"于是我隐忍蛰伏,终于成了皇帝。我以为事在人为,天命可违,一切都能有最好的结局。"齐述微笑,却几近咬牙切齿,恨意昭然,"可是并非如此。我又做了个梦,梦中说一个素不相识的采茶女天降凤命,要我封她为后。我不愿意,结果你离奇被刺客追杀,兜兜转转竟然还是把她送到我面前。救回你之后,你开始百病缠身,直到我听国师的话,赐她宸妃,你才康复。世上的事,居然能这样荒唐。"

一个虚无缥缈的凤血玉,一个无法捉摸的凤命二字,竟然能牵扯出这样多的事情来。

"一切的起因孽缘,不过都是因为我。倘若我从未出现过,就不会生出这样多的事端。终究是我,对你们不住。"

他像是一只蝴蝶,扇动了翅膀,却在千里之外掀起一场风暴。

厚雪终于将枝干压断,砸在地上发出沉闷的声音。

我和齐述算是已经说开了。

其实前尘往事究竟为何,也许我早就不在乎了,但总算是了了一个心结。我也不知道我该不该信这些。

我只知道,我以后的命运将永远掌握在自己的手中。

无论这场大战会不会结束,我都永远不会再回长安,不会再回他的后宫。我那日和嬷嬷说的都是真心话,无论是不是误会我都不会再回头,我的面前有一片望不到尽头的大漠待我去驰骋。

我的伤好得差不多了,正好可以和齐述他们一块儿回兵营。我整理好行李,出门正好见着齐述在廊边吹雪。喵喵不知道到哪儿去了,他就一个人坐着,面对着漫天的雪不说话,竟然是无边的寂寥。

旁边站着将领，低声和他讲外头的新军情，他时不时地"嗯"一声。

谈到叛变的齐楚时，守关的将领免不了是要唾骂一声的。

"千防万防，家贼难防。"

我心里隐秘地疼痛了一下，事到如今，我仍然不相信齐楚真的会叛国。在我的心里，他一直清风朗月，永远尊贵无双。虽然太子已废，处境大不如前，但现在才是真正在他的名字上彻底蒙上一层荫翳。昔日太子，今朝叛徒，受万人唾骂。我并不能理解齐楚的作为，我真的不知道他求什么。

等回到军营的时候，我才把军情了解得差不多了。我休养的这段时日里，有了慷慨强大的大齐朝廷作为依靠，西北的战力不可同日而语，沈家军十分勇猛，打得敌人都蒙了。一直后撤数百里，撤无可撤。

正是议和的时候。

敌人议和的要求唯有一条，要我沈昭作为使臣前去敌营。其实敌人早就被我们打服了，真要对使臣使什么坏也不太可能。这一看就是齐楚想让我去。废太子的心思让人捉摸不透，你看，他说叛变就叛变，说捅刀就捅刀，明明前一夜，他还和我在城中散步呢。

我不知道自己怎么想的，也许是我狂妄自大，我总觉得齐楚所做的一切，或许都有隐情。

更何况，我的爹爹还不知下落，应该就在齐楚的手中。

一切，总该有个了结。

我嘴笨，齐述给我配了几个能说会道的文臣同行，我并未佩剑，就这样一身干净地一步步走向敌营。千军万马中过，进敌营的时候我回头望，莫名有种直觉齐述在瞭望台里看我，阳光那么好，我冲他微微一笑。

直面生死危机，才忽觉从前不过那么一回事。

白色的帐中有不少人，敌人的首领、大臣，还有让人不可忽视的齐楚，他整个人就像是一把在血里浸透的桃花枝，从前肆意若星，现下更是沾了血气，更加璀璨起来。

他们说，从此不会再犯中原。

这样的话他们之前也不是没说过，但该抢的还是来抢，该杀掠的还是杀掠。

首领主动说，要求开放边境榷场，互通贸易，他们也会每年向大齐进贡上好的良驹和矿石来换取茶叶、粮食，自然不必再动干戈，以后也会有长久安定的关系。因为他们侵犯在先，理亏得不行，所以还自觉割让疆土。

他指了指齐楚，道："为表诚心，我会把这个叛徒送回你们大齐，任凭你们处置。要不是他撺掇，我们怎么会侵犯你们的领土，还是在夏天这种时候。不过他提出的这个和谈策略，我们都很满意，以后都不用再打仗了。"

听到这里，我陡然颤了一下，抬起头，猛然撞进齐楚的眼底。原来这就是他想要的。

大齐如今很强盛，齐述又不像先皇一样压着西北的军饷，我们只差一场战役来打服敌人，证明给边境诸族看大齐的实力。齐楚就用他废太子的身份引诱无知傲慢的敌人发起战役，让他们理亏在先；又假意投敌，潜入他们内部，让他们从上到下都认为，除了和平贸易没有别的法子可以走了。

而大齐不但能收获敌人的骏马、矿石，甚至还能依托于此，开拓出一条往西的商路。没有人会不满意这个结局。

除了齐楚。

他已经是两国公认的叛徒。没人能洗刷他的冤屈，若是公开承认齐楚是为大齐效力，双赢的局面会被瞬间打破。

不知道过了多久，和谈早已结束，我轻声道："让我和齐楚单独待一会儿吧。"

随行的官员并不同意，却在我皱眉之下，还是退了出去。

首领咧着嘴笑，以为我是要惩罚叛徒，把身上的弯刀丢下来给我："沈将军要杀人，仔细自己的手啊。"

帐中只剩下我和齐楚两个人。齐楚坐在榻上，却失笑苦恼地扶着鬓角，弯着眼笑我何必苦大仇深。

他倒了两杯奶酒，指了指道："老规矩，你选一杯吧。"

从前在官学中，他就喜欢这样玩。两杯果酒，一杯被他放了酸醋，时常让我先选一杯，我总是能选到让我酸得挤眉弄眼的那杯。但我不服气，下一次还玩。

我随手就拿了杯，并不设防地就喝下了。这次没有什么奇怪的味道。

齐楚自己拿过那杯剩下的，放在面前把玩。看着我一饮而尽，失笑道："还是牛饮啊，沈昭。"

我擦了擦嘴，忍住眼底的泪意："是啊。太子哥哥，等我们回去，你再好好教我礼仪吧。"

他并未接过话头，却说了另一番话："沈将军已经被我送回长安了，我小时候练武可是吃了这个老头子不少苦头，临到现在总算是找到机会报了点仇。你捶我干什么！我真没干什么！好吃好喝地供了他一段时间而已。这也没办法啊，要是沈老将军还在，那还有你出征什么事啊，我可是把你救出了皇宫，要不要感谢我？"

齐楚此行周折，做了两件事。

一件是让边境从此免遭战火之苦。

一件是让我脱离皇宫折磨之地。

我用力地点点头，说："很感谢。太子哥哥，我们回去吧。"

他的笑意浅淡下来，眉眼沉静，恍然间便让我想起当年太子殿下是何等的尊贵："边境总是打来打去的，也不是办法，可是大齐少一个出兵的理由，我这样出手，总该是为你们铺了个台阶，边市往来大概日后会通畅起来。从此往后，大齐不会再缺少健壮的兵马，边民不再会受侵袭之苦。

"孤虽自幼学尽为君之道，享万民俸禄，却终究没做过一件真正利国利民的好事。父皇曾道，他亏欠西北的百姓众多。然而为君者，不得不讲究制衡之道，如今我做这些，也算是为父皇赎了罪。"

他用的是孤。

仍然尊贵无双。

他拿起剩下的那杯酒，一饮而尽，指骨用力得发白。杯子被他摔在地上，发出脆裂的声音。我若有所感，却终究没能阻挡得及。

我几乎是哀求着去抓他的手："不要再说了，等你回去，我等你慢慢地说。"

齐楚拂开我的手，看我的眼神那样温柔，笑着说："来不及了，酒中有毒。我没有多少时间了。沈昭，我也回不去了。大齐怎么能容下一个叛国的废太子。其实，我早已别无所求。剩下的愿望，不过是希望你不必为任何事所牵挂，从此喜乐安康。如果齐述对你不好，那就离开。就像我当年的轻狂让你伤心，离开我那样。我是不是从没有告诉你，你十五岁及笄那年的上元灯节，我的丝绦系在了你的袖子上？"

当年十五岁恰好及笄的沈昭,跟着哥哥沈知在上元节的灯会里转,我在找谁呢?我在找随陛下一同在万民面前放天灯的太子殿下,我才和他闹了别扭,不知道他会把自己的丝绦送给谁。

若是当年她低头,可以见到袖子上就藏了太子的寄情丝绦;若她回过头,可以看见灯火阑珊处太子跟随在她的身后。

可是这么多年过去,谁能记得那年的灯多明亮。

我早已泪流满面,泣不成声。

齐楚絮絮叨叨的,我从没见过他话这么多的样子,好像一切都来不及了,他只能尽可能地把他能想到的,一股脑地倒给我,我听他说我去西北的那些年他在做什么,他给我收拾的聘礼箱子里又装了什么故事,关于他名字的由来,那些他后悔的决定,他从前设想的关于未来的恢宏想象,外头的太阳落下去,难见的血红。

他看见了落日,怔了下。

"天色晚了,回去吧。"

说来他身上还沾了战场的血,黑发被高束起,眉眼里却绽放了三月艳极的桃花。

优雅闲适的模样,让我想起我第一次见桃树下诵读圣贤书的太子,芝兰玉树,青莲为骨,桃花瓣落在他的肩头,他转过来看趴在墙头上的我,颇有兴味地一笑:"原来是沈家的小娘子。小沈昭,你好呀,我是你太子哥哥。"

我被他的笑意一眩,掉下墙头,他为了接我,被我砸掉了两颗门牙。从此欢喜冤家,相喜相厌。

现在纵然狼狈的他也掩不住那股子贵气。

"再见啦,小沈昭。"

一路往前走,千万千万别回头。

他自负慧敏，却在情爱上宛转愚钝。他不知道为什么总是喜欢看她气得跳脚；不知道为什么要在上元节将寄情丝绦藏入那个小姑娘的袖中；他不知道为何在她走后，他想要千里前去西北送桂花糕。

他明白得太晚，愧疚太深。

我几乎走不动路，想要号啕大哭，却只能死死地咬住唇。我走到门口，失力之下几乎要跌倒，拽住帘子才稳住身形，听见后头有呕血的声音，却不忍回头，我千尊万贵的太子殿下，怎么能让人瞧见他最难堪的场景。七窍流血，受万民唾骂而死，真是难看的死法。

但别无他法。这是他唯一所求。

我仰头看落日，悬日落下去。

再见，齐楚。

再见啦，我的太子殿下。

大战结束后，万事皆平。无论是沈家军还是边民，抑或是大齐，都将会有一个璀璨明亮的未来。

我为齐楚立了衣冠冢。若干年后，他的清名，自会有史书谱写。他仍然会是那个为了西北安定不惜牺牲的太子殿下。后人会记得他的风姿。

我并未随齐述回宫，只是送了他一程，继续和沈知留在西北。

上一回，我用军功和老皇帝换了一张和齐楚的退婚书；这一回，我用军功和齐述换了和离的契约，从此世间再无昭贵妃，唯有西北女将军沈昭。

齐述和他的随从早已整理好行装，出发回长安了，我和他止步于君臣之别。只见风沙吹滚,于茫茫的背景之中,却突然出现一人一马,急匆匆地回头而来。

齐述在我面前勒马停下,鬓边发丝飞动,眼底悬泪。

"我会废除苏凝漪,后宫也不会再有别人,所谓离奇的凤命不会再把控任何人。"

他的后宫没有妃嫔,也就不会再有什么鸠占鹊巢导致百病缠身这样离谱荒谬的事情出现。只是这些不再和我有关。我只是有些怔然,不知道为什么他脱离队伍孤身回头。

齐述道:"沈昭,能得你为妻,实属我的幸运。伤你心肝,实属我的过错。我没尽好一个丈夫的责任,可我按捺不住情愫回头,不过是要和你说一句,和你在一起的日子,是我平生最快意的时光。"

他并不多言,怕遭我厌烦。他朝我笑了笑,却潸然落泪。我看见有信纸在他指尖,却迟迟没能递出,齐述终究转过身去,扬起马鞭往长安去了。

这次他没有再回头的理由。

山一程水一程,就送到这里吧。

我转头看向大漠。

漫天的风沙吹滚之中,我看见了自己清晰渴望的未来。

那里有往西的商路,还有数不清的敌寇,藏满了宝藏和凶险,这是属于我的征途。

漫天风沙吹滚

从此世间再无昭贵妃,唯有西北女将军沈昭。

齐述的信

沈昭吾妻，不知何以开口，聊将书信为答。

很多次我都想回到过去。

告诉自己，不要伸出手接过你给的凤血玉穗子，不要贪恋那一时的温暖，也许万事都不会错到如今这个地步。

很久以前我就开始做梦，梦见自己死在十九岁。我出身永巷，生母又早逝，只有一个忠心的老太监将我辛苦养大，终日在潮湿的黑暗里辗转前行。我唯一想做的，不过是在我十九岁之前，为老太监寻一个安享晚年之处。至于我，死不死在十九岁，其实并无大所谓。

人间于我，并无意义。

我其实很早之前就见过你，沈家的姑娘，你的毽子上回被我捡到了，我想要还给你，却被官人误会打了一顿。那毽子真好看，里三层轻羽，外三层七彩长羽，在阳光下熠熠生辉。那时候我看着把你围了好几层的官人就明白，你是和我不一样的人。

有人是生来被爱的。

我不是。

但也会好奇，温暖是什么感觉。

直到有一日午后，你送给了我一段彩色的凤血玉穗。

昭昭。我不该握住的。

我太用力了，就在你转身的那一刹那，它就碎在了我的手心里，像是血一样，从此往后，我再没做过死在十九岁的梦。我才后知后觉地意识到，有些事情也许发生了变数。

但那是要有东西去交换的。

你这样好的姑娘，理当是长命百岁、福泽深厚之人。我却在你去西北的时候梦到你在箭雨里死去。于是周折百番，我去了西北，做了你的副将，果真替你挡下一箭。

万幸你还在。还会笑，还会用红缨枪，你说回长安了，会给我带枣干。

我不知道什么是喜欢，不知何为情爱，只是觉得见了你欢喜，见你落泪就心疼。你说你喜欢我，我深知，不过是你伸错手给我的片刻欢愉，我却想占为己有。

就像那枚凤血玉穗，本不是给我的。后来国师和我说，我做的都是预知梦，我会死在十九岁。若非替我挡下必死的命格，你的一生，远不至于如此颠沛流离，如此多艰险。

那会是很好很好的一生。

然而，你遇见了我。

从此我需要做无数努力去回转结局。我梦见先帝恐沈家功高震主，一夜间沈府被夷为平地，于是我和沈知筹谋逼宫，我当了皇帝，保全了沈府。

梦中要我娶苏凝旖，我不愿意。后来你还是在山崖坠下，我们仍然遇见了她。我无能至此，需要周旋才能保全你。我精疲力竭，一步错，步步错。

可我原本早已想好退路，只用两年，待局面稳定，我就把皇位还给齐楚，我不是皇帝，自然不会有凤命诸般限制。

但我伤你至深。

我不是没有机会和你把实情说出来。可我不敢。我怕你说，宁肯从未遇见我。我怕你发觉，我就是你生活里这样一个彻头彻尾的罪魁祸首。

我就这样如痴傻者一般，咬紧了牙关，缄口不言。

像钝刀割肉，割你的，也割我的。

沈昭。能娶到你，是我的福分。没能珍惜留住你，是我的错，我的命。

如果重来一次，我不会接过你的凤血玉穗了。

你是很好很好的姑娘，是应该永远被爱的，你当过着很好很好的一生，到老了还会哈哈大笑，会儿孙满堂。

但不应该是和我。

我应该死在十九岁。

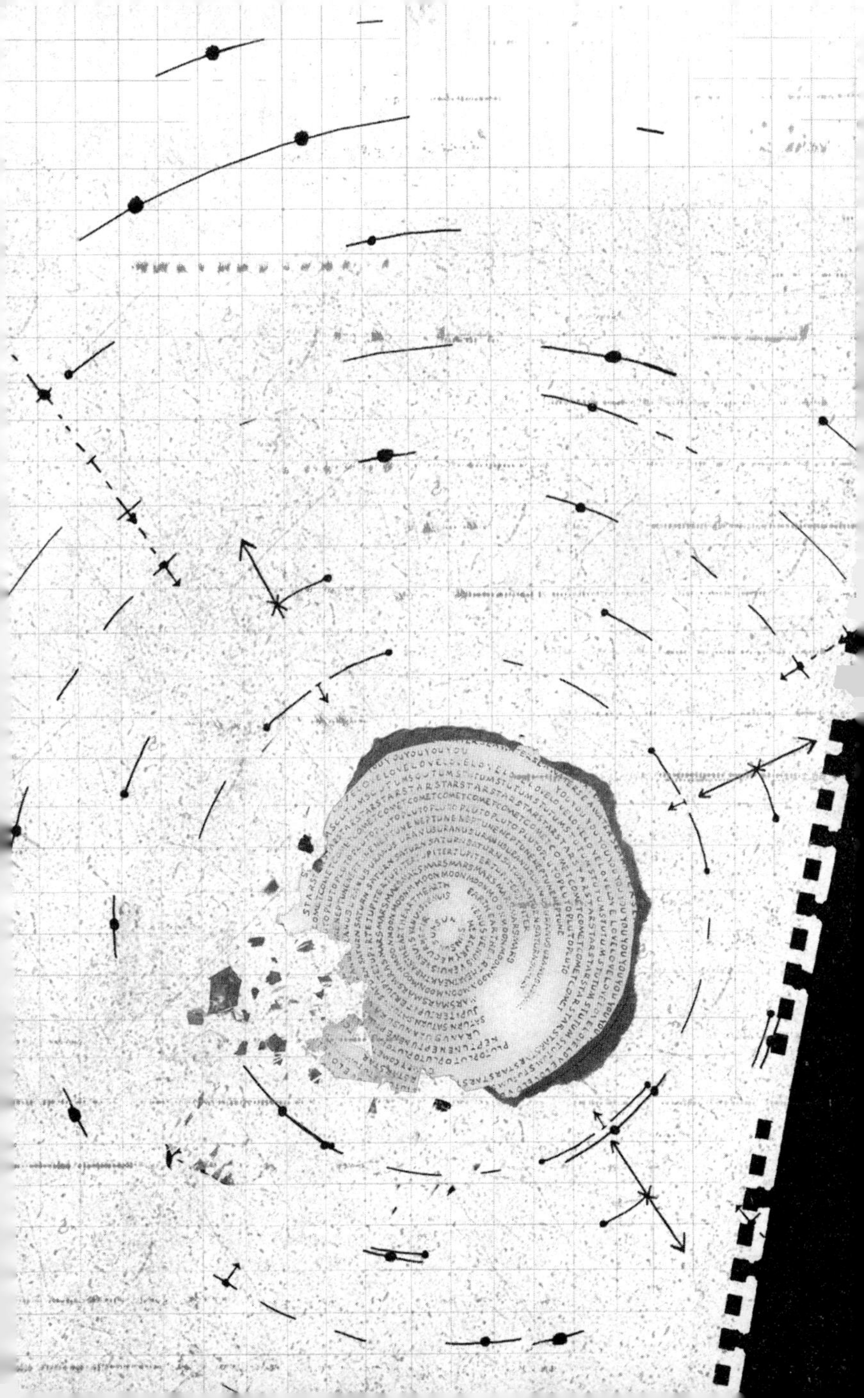

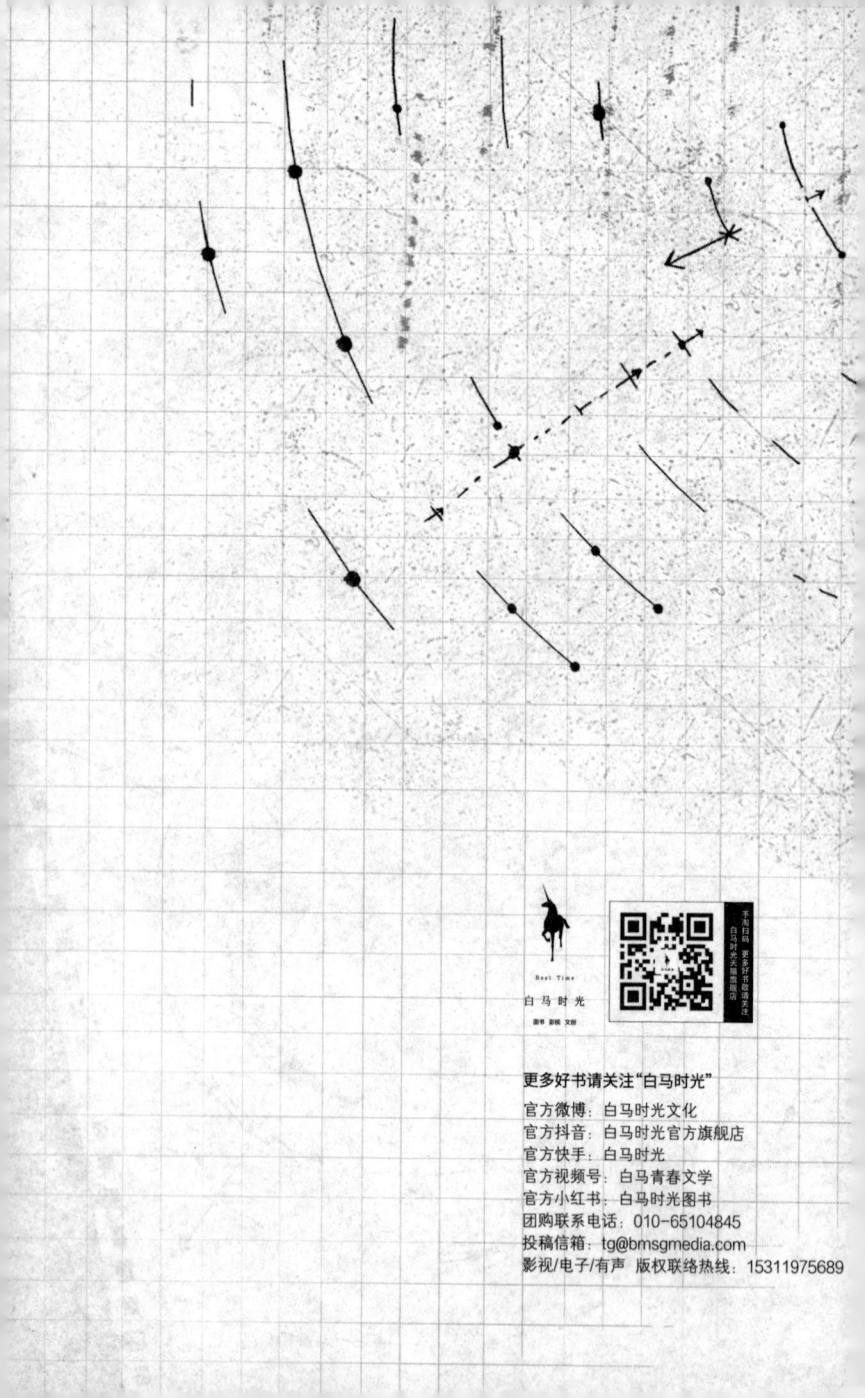

更多好书请关注"白马时光"
官方微博：白马时光文化
官方抖音：白马时光官方旗舰店
官方快手：白马时光
官方视频号：白马青春文学
官方小红书：白马时光图书
团购联系电话：010-65104845
投稿信箱：tg@bmsgmedia.com
影视/电子/有声 版权联络热线：15311975689